역주 행명재시집 2

譯註 涬溟齋詩集

역주 행명재시집 2

譯註 涬溟齋詩集

尹順之 저
독서당고전교육원 역

보고사
BOGOSA

머리말

이 번역본은 초역의 주석 작업에만 일 년여를 들였을 만큼 유불도의 방대한 독서에 바탕한 언어취사의 폭이 넓은 원본을 대상으로 한 것이다. 2014년 초 완료된 초역의 교감 작업 과정에서 초역자와 교감자들 간의 알력이 번역진 이산의 불화를 초래함을 당시에는 비통한 심정으로 받아들였지만, 지나고 나니 원본의 내용이 본디 지녔던 진폭의 파장에서 말미암았던 당연한 사실로 회상되고 만다. 최종적으로 남게 된 두 사람의 교열자는 원저자의 친족 후손이라는 조건 외에도 성격상의 소음성(少陰性) 침잠, 사색, 겸양 등등의 수동적 자세를 공유하는 처지인 바, 이는 다름 아닌 원작자 행명재께서 지니셨던 생애와 성격의 전승이라는 감격적인 자각에 귀납하는 체험이 두 사람의 교열자에게 남게 되었다. 행명재 어르신 생애의 부침까지 두 사람에게 이어질까는 아직 남겨진 생애 때문에 단언할 수 없지만, 이 역주본의 출간이 미칠 영향은 교감 교열 작업에 참여하는 동안의 체험을 바탕으로 충분히 예감되는 바이며, 또한 그 결과의 포폄 상황에 따른 두 사람에 대한 여망 여부도 그대로 받아들여야 함을 심중하게 예견하는 바이다.

이런 여러 가지 사실에 대한 회상을 기조로 하는 경위 보고를 시작하고자 한다. 2012년 유도회에서 주최한 서포 모친 "윤씨부인 선양회" 세미나에서 던져진 질문- "이렇게 훌륭한 문재를 지닌 여성 출현을 뒷받침한 가학의 전승이 있지 않겠는가"에 답하는 길로 찾아진 2013년 초 사단법인 유도회 부설 한문연수원과 해평윤문 사이에 맺어진 해평

윤씨 문중 주요문집 번역 계약은 해평윤문 주요 문집의 번역을 기약하는 장대한 기획의 일환으로 출발했지만 일차 번역 대상인『행명재시집』에 소요된 시간에 기획 예정된 거의 전시기가 소요되고 말았다. 이 결과는 초역에 일년 여를 소비하면서부터 예상된 것이지만, 교감 과정이 늘어나면서 부터는 거의 확정적인 사실로 인지되었다. 여기에 초역에 가담한 출자–주석–정리 과정을 부연하고자 한다. 출자는 돌아가신 필자의 선친 남계(南溪) 윤 지(支)자 노(老)자 어르신의 헌신적인 지원금 일 억원이었다. 이 출자는 당시 한문연수원 원장이셨던 고 지산(地山) 장 재(在)자 한(釬)자 어른께 보고되었지만, 실제 운영은 초역 주도자 조기영씨에게 맡겨졌는데 조씨가 한문번역원 설립을 기도하면서 지산 선생님께 저지른 불충을 영전에 참회하는 심경을 지금도 지니고 있다.

이 책을 독서당고전교육원 명의로 출간하지만 모태는 유도회 부설 한문연수원에 있었음을 고백하면서 필자가 유도회 이사장인 한문연수원 제 일기 동료인 앙지(仰之) 정후수씨에게 약속한 특별지원금은 다름 아닌 필자도 가담한 스승님들께 대한 불충 사태에 대한 작은 보상임을 밝히고자 한다. 필자 선친께서 보여주신 신묘한 지감(知感) 덕분에 필자로서는 거액의 수용보상금을 받아서 독서당고전교육원의 운영 경비로 사용하고 있음을 이 기회에 함께 밝힌다. 그 단초가 된 81년의 3,000 여평 전답 매입 시 선친께서 들려주신 "이 땅을 네가 운영할 한문서당에 쓰거라" 하신 성음을 회억할 때 마다 필자는 가없으신 은혜에 체읍을 지난 통곡을 금할 수 없는 불효자임도 만천하에 알리고자 한다.

교감 과정에 적극 참여하셨던 김영봉씨는 자신 때문에 빚어진 번역진 이산에 부담을 가지고 교감자 명단에서 빠지셨지만, 그가 해평 윤문의『月汀集』번역에 가담한 것을 흡족해 하던 모습을 회상할 때마다 부끄러움을 금할 수밖에 없고, 김씨가 칭송해 마지 않던 해평윤문 월정 공파 후손들께 이 책의 출간을 통보해야 한다는 책무감도 거기서 비롯되었음을 밝힌다.

이 책의 출간 이후 가질 출간기념식에서 최후의 교열자 두 사람이 소개겸 펼칠 발표에서 윤호진 교수는 행명재 시집의 서지 사항을 점검하고 필자는 시조 시인의 명분에 맞추어진 작품론을 마련하고자 한다. 삼가, 행명재 어르신과 돌아가신 유도회의 선생님들, 그리고 필자가 기휘하여 왔던 선친에 대한 사적인 추숭까지도 허락 받는 중요한 자리가 되기를 기원한다.

2020년 9월 말

독서당고전교육원장 윤덕진 삼가 아룀

추기 : 4권으로 분권된 이 책 각권마다 머리말이 들어가야 한다는 편집자의 조언을 따르면서 편차에 대한 설명을 덧붙이고자 한다.

1권 : 화보와 전체 차례의 뒤에 머리말. 뒤따라 『행명재시집』 제1권 주역과 원문
2권 : 『행명재시집』 제2권과 제3권(「동사록」 머리말 새로 작성해 붙임)
3권 : 『행명재시집』 제4권과 제5권
4권 : 『행명재시집』 제6권(속집 1권)과 부록

이 책의 편차는 대체로 연대별로 배열되어 있어서 제1권과 제2권 수록작은 대참화(백사공의 참형사건) 이후 파주 별업에 묻혀있을 때와 병

자호란 호종의 공으로 다시 환로에 오른 초기의 작이며 제 3권은 제 5차 일본 통신사 정사로 봉공했을 때의 작이다. 제4권과 제5권 수록작은 관직 봉행의 여가나 치사 후 주로 파주 전원생활을 배경으로 하였는데 이 시집에서 가장 한일한 정서를 토로한 수작들이 다대히 배열되어 있다. 시인으로서의 자각과 책무까지를 인식하는 행명재의 자세에서 근대시 선도자의 면모를 감지할 수도 있다. 제 6권은 문집 편차 뒤의 여적인 듯한데 이미 5권으로 분찬된 체제에 보태기에는 부족하여 속집 1권으로 묶인 듯하다.

차례

행명재시집 권2

涬溟齋詩集 卷二

중원[1] 지나는 길에

中原途中

먼 여정[2] 다 끝나지 못했으니	長亭猶不盡,
가다가 어느 때 이를 것인가?	去去幾時窮?
산은 외딴 성 밖 훤히 트였고	山豁孤城外,
강물은 큰 들판 가운데 흐르네.	江流大野中.
시골 마을 한낮에도 텅 비어있는데	村閭虛白日,
꽃과 버들에 절로 봄바람 불어오네.	花柳自春風.
세상천지 모두 전쟁 통인데	天地干戈滿,
이 길 지나려니 무척 슬프네.	深憐此路通.

---

1) 중원: 오늘날 충청북도 충주 지역을 말한다.

2) 먼 여정: '장정(長亭)'은 10리마다 길가에 있는 역사(驛舍)와 비슷한 나그네의 쉼터로 5리마다 있는 것은 단정(短亭)이라고 하였다.

용추[1]에서

龍湫

오래 인간 세상 살다가	久在人間世,
다시 따분함 뒤 유람하네.	還成倦後遊.
맑은 날 조령[2]으로 가다가	晴天行鳥嶺,
한낮에 용추 계곡 도착하였네.	白日到龍湫.
말 타고[3] 푸른 벼랑 바라다보고	倚馬看蒼壁,
시 지으며 파란 물결 굽어보노라.	題詩俯碧流.
아지 못게라, 오랜 세월 뒤	不知千百載,
뉘 이름 석 자 남기게 될지.	誰得姓名留.

---

1) 용추: 위에 폭포가 있고 아래에 깊은 소가 있는 것을 용추라고 이르는데, 여기서는 문경 대야산에 있는 용추계곡을 말하는 듯하다.

2) 조령: 충청북도 괴산군 연풍면과 경상북도 문경군 문경읍 사이에 있는 고개로 새재[鳥嶺]라 고도 부른다. 교령(嶠嶺)·초점(草岾)·신령(新嶺)이라고도 한다.

3) 말 타고: '의마(倚馬)'는 말에 기댄다는 것이니 말을 탄 것이 된다. '의마가대(倚馬可待)'라는 말이 있는데, 말 등에 기대어 순식간에 좋은 글을 써내는 것을 말하는데, 재주와 사량함이 민첩하여 순식간에 글을 짓는 것이다.

눈앞의 광경

卽事

들 빛은 지는 해 머금고
산 얼굴 저녁노을 띠었네.
개구리 울음에 비 올 줄 먼저 알고
나비 나붓겨 꽃 핀 걸 처음 아누나.
뜬 세상에 몸을 잠시 맡긴 듯
타향살이 이른 곳이 집이로다.
이웃 사람이 채소 다발 나눠주고
시골 술은 또 외상으로 내주네.

野色含殘日,
山容帶落霞.
亂蛙先覺雨,
狂蝶始知花.
浮世身如寄,
他鄕到是家.
鄰人分菜把,
村酒又堪賖.

동화사[1]

東華寺

10개 지위[2] 다스리는 전륜왕[3]의 집이요	十地輪王宅,
삼천세계[4] 호위하는 범천왕[5]의 집이네.	三千梵帝家.
진여[6]를 묻고 깨달음의 방도[7]를 살피며	問眞窺覺路,

---

1) 동화사: 대구 동구 도학동 팔공산에 있는 동화사(桐華寺)를 말한다. 신라 소지왕 15년(493)에 극달 화상이 창건하여 유가사(瑜伽寺)라고 하다가 흥덕왕 7년(832)에 이르러 심지 왕사가 중창하면서 절 주변에 오동나무 꽃이 많이 피어 있어 동화사라고 했다고 한다. 고려 문종 때 원천 법천사의 지선국사(智先國師)가 나오는 등 수많은 승려들이 배출되었으며, 조선시대에 이르러 임진왜란으로 불타버린 것을 광해군 1년(1608)에 중건하고 그 뒤에도 계속 중창하여 현재에 이르렀다. 1610년 사명당 유정(惟政)이 입적한 절이기도 하다. 충청북도 청원군 남이면 동화산(東華山)에도 동화사가 있다.

2) 10개의 지위: '십지(十地)'는 부처의 지혜를 갖추어 중생을 가르치고 이끌어 온갖 번뇌에서 벗어나 이롭고 행복하게 살도록 하는 10개의 지위를 말하니, 환희지(歡喜地)·이구지(離垢地)·발광지(發光地)·염혜지(焰慧地)·난승지(難勝地)·현전지(現前地)·원행지(遠行地)·부동지(不動地)·선혜지(善慧地)·법운지(法雲地) 등이 그것이다. 불문에 들어가서 반야를 닦는 것을 주(住)라고 하며, 주(住)하면서 공덕을 내는 것을 지(地)라고 하는데, 십지는 이미 신심을 가진 뒤에 나아가 부처의 지혜 위에 주(住)하는 것으로 십주(十住)라고도 한다.

3) 전륜왕: '윤왕(輪王)'은 전륜왕(轉輪王)의 준말로, 불법의 수레바퀴를 굴려서 모든 세계를 다스리는 이상적인 제왕을 말한다. 몸에 32상(相)을 갖추어 위엄과 정법으로 모든 세계를 지배하고 선량한 정치로 중생들을 교화한다고 한다. 전륜성제(轉輪聖帝)·전륜대왕(轉輪大王)·전륜성왕(轉輪聖王)이라고도 한다.

4) 삼천세계: 일대삼천대천세계(一大三千大千世界)의 준말로, 소천·중천·대천의 세 종류 하늘 세계로 이루어진 대천세계(大千世界)를 말하니, 수미산을 중심으로 해·달·사대주(四大洲)·육욕천(六欲天)·범천(梵天)을 합하여 하나의 세계라고 하며, 이것의 천 배가 소천(小千), 다시 소천의 천 배가 중천(中千), 다시 중천의 천 배가 대천세계이다. 삼천대계(三千大界) 또는 삼천대천(三千大千)이라고도 한다.

5) 범천왕: '범제'는 삼천세계를 다스리는 범천왕(梵天王)을 말한다. 제석천(帝釋天)과 함께 부처를 좌우에서 모시는 불법 수호의 신으로, 범(梵)·범왕(梵王)·범천(梵天)이라고도 한다.

6) 진여: '진(眞)'은 망(妄)과 상대되는 개념으로, 진여(眞如) 또는 진공(眞空)을 말하니, 불교의 진리에 해당하는 말이다. 곧 우주 만유(萬有)의 본체를 가리키니, 실상(實相)이나 법계(法界)와 같은 뜻이다. "眞如卽萬法, 萬法卽眞如."인 것이다.

진제[8]를 찾으려 진실한 수레[9]를 당기네.　　　　尋諦引眞車.

청정 경계[10] 허공 밖으로 잇닿아 있나니　　　　淨界連空表,

불당[11]에서 웅얼대는 염불소리가 울리네.　　　　琳宮起呫嗟.

부처 신광[12] 저 멀리 현포[13]까지 아른대고　　　　光搖玄圃遠,

도량 형세 아득히 천궁[14]으로 들어가네.　　　　勢入紫霄賖.

산봉우리 껴안은 겹처마 단정하고　　　　擁岫重簷肅,

낭떠러지 타고 쌓은 돌길 비스듬하네.　　　　緣崖複磴斜.

경문 읽느라[15] 패엽[16]이 놓여있고　　　　繙經留貝葉,

---

7) 깨달음의 방도: '각로(覺路)'는 성불(成佛)의 길, 곧 불도 깨달음의 방도를 말한다.

8) 진제: '제(諦)'는 진실하여 그릇되지도 허망하지도 않는 도리이니, 진제(眞諦)는 가장 진실하고 적정(寂靜)한 열반의 도리를 말한다. 당나라 원진(元稹)의 〈대운사(大雲寺)〉에 "眞諦成知別, 迷心尙有雲."이라고 하였다.

9) 진실한 수레: '진거(眞車)'는 《법화경》에 보면, 어떤 장자가 밖에 나갔다 돌아오니 집이 불타는데 아이들은 아무것도 모르고 집안에서 놀고 있어 소리쳐 불러도 듣지 않자 양의 수레[羊車]와 사슴의 수레[鹿車]를 들여보내 밖으로 나오게 한 뒤에 온갖 보물을 실은 흰 황소의 큰 수레[白牛大車]에 태워서 좋은 집으로 이사 가서 살게 하였다는 내용이 있다. 이는 부처가 번뇌의 불 속에 있는 중생들을 끌어내기 위해 처음에는 두 개의 수레[二乘], 곧 소승법(小乘法)을 보이다가 다시 진실한 수레[眞車], 곧 대승법(大乘法)을 가르쳐서 열반의 경지로 인도함을 비유한 것이다.

10) 청정 경계: '정계(淨界)'는 청정무구(淸淨無垢)한 경계로, 사원을 가리킨다. 송나라 매요신(梅堯臣)의 〈회선사(會善寺)〉에 "琉璃開淨界, 薜荔啓禪關."이라고 하였다.

11) 불당: '임궁(琳宮)'은 신선의 궁전으로, 도관(道觀)이나 전당의 미칭(美稱)이다.

12) 부처 신광: 부처의 몸에서 나오는 빛으로, 불상에서 비치는 밝은 빛을 말한다.

13) 현포(玄圃): 곤륜산(崑崙山) 정상에 있는 신선이 사는 곳으로 기이한 꽃과 바위가 있다고 한다. 《회남자》에 의하면, '현(玄)'과 '현(懸)'은 서로 통하는 글자라고 하여 현포(懸圃)라고 했으며, 북위(北魏) 역도원(酈道元)의 《수경주(水經注)》에 "곤륜산에 세 등급이 있으니, 맨 아래가 번동(樊桐)으로 일명 판송(板松)이라 하며, 둘째가 현포로 일명 낭풍(閬風)이라 하며, 셋째가 층성(層城)으로 일명 천정(天庭)이라 한다. 이는 태제(太帝)가 사는 곳이다.[崑崙之山三級, 下曰樊桐, 一名板松, 二曰玄圃, 一名閬風, 三曰層城, 一名天庭. 是爲太帝之居.]"라고 하였다.

14) 천궁: '자소(紫霄)'는 높은 하늘이나, 천제가 사는 궁전을 말한다.

15) 경문 읽느라: '번경(繙經)'은 독경(讀經)과 같은 말로, 불교경전을 읽는 것이다.

16) 패엽(貝葉): 고대인도 사람들이 사용하여 경전을 베껴 쓴 나뭇잎으로, 불교경전을 가리키기도 한다.

부도[17] 위에는 연꽃이 돋아 나왔네.   仙塔湧蓮花.

뵈지 않는 폭포 소리에 비 오는 줄 알고   暗瀑聲疑雨,

단청 칠한 승방 그림자는 노을 닮았네.   丹寮影似霞.

신령스런 물고기는 옥빛 샘물에 잠겨있고   靈魚涵玉井,

길들여진 비둘기는 금빛 모래 희롱하네.   馴鴿戲金沙.

좌선하여 불법[18]의 즐거움 알아가거늘   坐識空門樂,

어찌 명문귀족[19] 호사함을 말하겠는가?   寧論甲第奢?

자비 구름[20] 피어나 새벽마다 뭉실뭉실   慈雲晨靉靆,

지혜 달빛[21] 비치어 밤새도록 번쩍번쩍.   慧月夜參差.

묘한 불법 관건이란 원래는 상이 없고[22]   妙鍵原無相,

들어가는 법문[23] 고요히 시끄럽지 않네.   玄關寂不譁.

용[24]이 다가오자 지팡이 짚고 따라가며[25]   龍來隨杖錫,

---

17) 부도: '선탑(仙塔)'은 부도(浮屠)이니, 덕이 높은 승려의 사리나 유골을 넣고 쌓은 둥근 돌탑을 말한다. 여기서 '선(仙)'은 죽은 사람에게 사용하는 완곡한 말이다.

18) 불법: '공문(空門)'은 불법(佛法)을 말하니, 대승(大乘)에서 관공(觀空)으로 입문(入門)을 삼기 때문에 붙여진 이름이다. 송나라 육유(陸游)의 〈취제(醉題)〉에 "不學空門不學仙, 淸樽隨處且陶然."이라 하였다. 또는 불사(佛寺)를 가리키는 말이다.

19) 명문귀족: '갑제(甲第)'는 호사한 명문 귀족의 집을 가리키는 말이다.

20) 자비 구름: '자운(慈雲)'은 자비로운 마음이 널리 세상과 중생들을 덮는 구름과 같음을 비유한 말이다.

21) 지혜 달빛: '혜월(慧月)'은 중생의 번뇌를 깨뜨려 없애는 지혜를 이른다. 달빛이 맑고 시원한 것으로 비유한 것이다. 명나라 당순지(唐順之)의 〈유숭산소림사(游嵩山少林寺)〉에 "慧月秋逾徹, 泥珠夕更鮮."이라고 하였다.

22) 상이 없고: '무상(無相)'은 세속의 상대(相對)가 있다는 인식을 깨뜨리고 벗어나서 얻어진 진여(眞如)의 실상(實相)을 말한다. 당나라 요합(姚合)의 〈과흠상인원(過欽上人院)〉에 "有相無相身, 惟師說始眞."이라고 하였다.

23) 입도의 법문: '현관(玄關)'은 불교에서 입도(入道)의 법문(法門)을 일컬은 것이다.

24) 용: '용(龍)'은 불법을 보호하고 지키는 팔부중(八部衆) 가운데 하나이다. 새벽 동쪽 하늘에 보이는 샛별을 가리키기도 하고, 또는 회오리바람을 가리키기도 한다.

25) 지팡이 짚고 따라가며: '장석(杖錫)'은 중이 길을 떠나는 것을 말하니, 지팡이는 돌아다니는 중[雲遊僧]이 지니는 법기(法器)이다.

새가 내려오니 가사 벗어 보호하네.[26]　　　　　烏下護袈裟.

지극한 불과[27]를 오랜 세월[28] 전하여왔고　　　　至果傳千刼,

오묘한 이치[29] 육아 코끼리[30]를 감동시켰네.　　幽機感六牙.

석가의 기림[31]에는 인욕초[32]가 허다하고　　　　祇林多忍草,

스님의 공양에는 참깨[33] 자주 오른다네.　　　　僧飯薦胡麻.

시주[34] 보시는 누구로부터 얻을 것인가?　　　　檀越從誰得?

봉산[35] 신선이 반드시 보태주지 못하네.　　　　蓬山未必加.

우연히 와서 보배로운 뗏목[36]에 오르니　　　　偶來登寶筏,

---

26) 새가 …… 보호하네: 《대승본생심지관경(大乘本生心地觀經)》〈가사십리(袈裟十利)〉에, 용을 잡아먹는 대붕조(大鵬鳥) 금시조(金翅鳥)가 매일 큰 용 한 마리에 작은 용 5백 마리를 먹어야 배가 불렀으므로, 매일 날개로 바닷물을 가르며 용을 잡아먹었다고 한다. 이에 용왕이 부처에게 구원을 청하자 부처가 용왕에게 가사(袈裟)를 주어 그의 용들이 갑옷 같은 가사를 입어 금시조에게 잡아먹히는 어려움을 피하게 되었다는 고사이다.

27) 불과: '불과(佛果)'는 성불(成佛)하는 것이 오래도록 수행하여 얻는 결과임을 말한다.

28) 오랜 세월: '천겁(千劫)'은 아주 오랜 세월을 말한다.

29) 오묘한 이치: '유기(幽機)'는 현기(玄機), 곧 오묘한 이치를 말한다.

30) 육아 코끼리: '육아(六牙)'는 육아백상(六牙白象)을 말한다. '육아(六牙)'는 여섯 가지 신통함을 나타내며, 코끼리는 유순하고 힘이 있음을 나타낸다. 도솔천의 선혜보살(善慧菩薩)이 인간 세상으로 내려올 적에 변화하여 석가모니의 모친인 마야부인(摩耶夫人)의 태몽에 들어가서 석가모니가 육아(六牙)의 흰 코끼리 타고 왔다고 전하는 것이다.

31) 기림: '기림(祇林)'은 기원(祇園)으로 기수급고독원(祇樹給孤獨園)의 준말이니, 곧 사찰(佛寺)을 말한다.

32) 인욕초: '인초(忍草)'는 인욕초(忍辱草)의 준말이니, 육바라밀 가운데 하나인 인욕을 말한다. 설산에 인욕(忍辱)이 있으며, 소와 양이 그것을 먹고 우유를 만든다고 전한다.

33) 참깨: '호마(胡麻)'는 지마(芝麻)를 가리키니 검은 참깨를 말한다. 한나라 장건(張騫)이 서역에서 그 씨를 얻었기 때문에 호마라고 하였다. 《신농본초경(神農本草經)》에 "호마는 일명 거승(巨勝)이다." 하였고, 진(晉)나라 갈홍(葛洪)의 《포박자(抱朴子)》〈선약(仙藥)〉에 "거승은 일명 호마로 먹으면 늙지 않으니, 풍습을 견디고 노쇠함을 보충한다.[巨勝一名胡麻, 餌服之不老, 耐風濕補衰老也.]"고 하였다.

34) 시주: '단월(檀越)'은 시주(施主)를 뜻하니, 스님이나 사찰에 물건을 베풀어주는 사람이다.

35) 봉산: 봉래산(蓬萊山)을 말하니, 신선이 사는 곳을 말한다.

36) 보배로운 뗏목: '보벌(寶筏)'은 고해(苦海)에서 허덕이는 중생을 구원해주는 부처의 법을 비유한 말이다.

뗏목 타고 은하수를 올라가는³⁷⁾ 듯하네.　　　　如得上星槎.

망령된 생각³⁸⁾ 모두 앎의 번뇌³⁹⁾이니　　　妄想皆知累,

우리 삶에 어찌 다 하는 일 있겠나?　　　　吾生詎有涯?

다른 세계⁴⁰⁾에서 마음이 이미 안정되고　　　他方心已定,

선정 기쁨⁴¹⁾ 유달리 좋다는 걸 맛보았네.　　禪悅味偏嘉.

눈을 씻고 모든 번뇌 말끔하게 없애고　　　　洗眼除煩惱,

성불인연 수행하여⁴²⁾ 묘법연화⁴³⁾ 증명하네.　修因證法華.

원하건대 공덕수⁴⁴⁾에 의지하여 살아가고　　願依功德水,

귀의하여 노숙한 유마거사⁴⁵⁾ 본받으려네.　　歸學老毗邪.

---

37) 뗏목 타고 은하수를 올라가는: '성사(星槎)'는 은하수를 오고갈 때 타는 뗏목을 말한다. 옛날에 은하수와 바다가 이어져서 한나라 때 어떤 사람이 바다로부터 뗏목을 타고 은하수에 가서 우연히 견우와 직녀를 만났다는 고사가 전한다.

38) 망령된 생각: '망상'은 망령되이 분별하여 여러 가지 상을 취하는 것을 말한다.

39) 번뇌: '누(累)'는 적취(積聚)이니, 번뇌를 말한다.

40) 다른 세계: '타방(他方)'은 방외(方外)와 같은 말로, 세속에 구애받지 않는 자유로운 세계, 또는 불가나 도가를 말한다. 또는 피안(彼岸)과 같은 말로, 타방 정토를 말하니 불교의 극락정토를 가리키기도 한다.

41) 선정 기쁨: 선정에 들어가서 심신(心神)을 기쁘게 하는 것을 말한다.

42) 성불인연 수행하여: '수인(修因)'은 성불(成佛)하는 인연을 닦아서 성불의 결과를 이루는 것을 말한다.

43) 묘법연화: '법화(法華)'는 묘법연화(妙法蓮華)의 준말로, 여기서는 법화삼매(法華三昧)인 죄업을 참회하는 경지를 말한다. 또는 보살이 닦는 행법과 증과(證果)를 밝혀서 설명한 대승 불교의 경전을 뜻하기도 한다.

44) 공덕수: '공덕(功德)'은 좋은 일을 쌓은 공과 불도를 수행한 덕을 말하니, '팔공덕수(八功德水)'는 서방 극락세계의 욕지(浴池)에 여덟 가지 공덕수가 있는데, 일감(一甘)·이랭(二冷)·삼연(三軟)·사경(四輕)·오청정(五淸淨)·육불취(六不臭)·칠불손후(七不損喉)·팔불상복(八不傷腹)이니, 달고·차고·부드럽고·가볍고·깨끗하고·냄새가 없고·마실 때 목이 상하는 일이 없고·마시고 나서 배탈이 없는 것이라고 하였다.

45) 유마거사: '비야(毗邪)'는 유마힐(維摩詰)을 가리키니, 중생들을 인도하는 보살을 가리킨다. 또는 불법(佛法)에 대하여 정통하거나, 불교 이치를 잘 설명하는 사람을 비유하는 데 사용하기도 한다.

박상사의 숲속 집

題朴上舍林居

등덩굴 사립 덮고 버들가지 이끼 쓰는	藤合柴門柳拂苔,
몇몇 집 울타리 시내 따라 열려있네.	數村籬落趁溪開.
처마 앞 수풀 새로 산꼭대기 보이고	簷前林缺他山出,
대숲 속 샘물 소리 비 잠깐 오는 듯.	竹裏泉鳴小雨來.
들판 학 중 이끌어 밤에 얘기 나누며	野鶴引僧供夜話,
바위에 핀 꽃 손님 잡아 봄 술잔 권하네.	巖花留客勸春盃.
내 삶은 언덕 골짝¹⁾에 유독 취향 이뤘는데	吾生丘壑偏成趣,
동쪽 이웃²⁾ 못 정해서 돌아갈 념 아니하네.	不卜東鄰不擬回.

---

1) 언덕 골짝: '구학(丘壑)'은 깊숙하게 치우친 곳으로 은일(隱逸)하는 곳을 가리키거나, 산수가
   그윽하고 아름다운 곳을 가리키기도 한다.
2) 동쪽 이웃: '동린(東鄰)'은 부유하게 사는 동쪽 이웃이나, 아름답게 생긴 여인 또는 사람을
   가리키는 말이다. 《주역》〈기제괘(旣濟卦) 구오(九五)〉에 "동쪽 이웃이 소를 잡아 성대하게
   제사를 지내는 것이 서쪽 이웃이 조촐하게 제사를 지내고 실제로 그 복을 받는 것만 못하다.[東
   隣殺牛, 不如西隣之禴祭, 實受其福.]"는 내용에서 '동린(東鄰)'을 부유한 이웃으로 지칭하
   였고, 초나라 송옥(宋玉)의 〈등도자호색부(登徒子好色賦)〉에서 "초나라의 아려한 자는 신리
   만 같지 못하고, 신리의 아름다운 자 동쪽 집 자식만 같지 못하다.[楚國之麗者, 莫若臣里,
   臣里之美者, 莫若臣東家之子.]"고 한 이래로 '동린(東鄰)'이 미녀를 가리키게 되었다.

박선달[1]에게 차운하다

次朴先達

한 떼기의 띳집[2]에 깊숙이 문을 닫고
점점 한가해가니 쓸쓸해지는 마음이라.
마른 잎[3]은 서리 맞아 골짜기를 메우고
조각구름 달을 몰고 성긴 숲을 나오도다.
공명 좇다[4] 늙은지라 꿈이라곤 없고
시 짓기도 가을 지나며 귀찮아지네.
마당가에 핀 국화가 마치 웃고 있는[5] 듯
고요 속에 맑은 흥취 제 어쩌지 못하네

一區蓬藋擁門深,
漸得寬閑寂寞心.
危葉抱霜埋斷壑,
片雲將月出疎林.
名韁到老渾無夢,
詩課經秋亦懶尋.
庭畔寒花如索笑,
靜中淸興自難任.

---

1) 선달: 조선시대에 무과(武科)에 급제하였으나 아직 벼슬하지 못한 사람을 이르던 말이다.
또는 과거에 급제하였으나 아직 벼슬하지 않은 사람을 가리키는 말이다.
2) 띳집: '봉조(蓬藋)'는 쑥과 명아주로, 잡초더미를 가리키니 가난한 사람이 사는 띳집을 말한다.
3) 마른 잎: '위엽(危葉)'은 장차 떨어지려는 마른 잎을 말한다.
4) 공명 좇다: '명강(名韁)'은 진망명강(塵網名韁) 또는 명강이쇄(名韁利鎖)의 준말로, 세속의
공명과 이익에 사로잡히거나 속박되는 것을 말한다.
5) 웃고 있는: 색소(索笑)는 즐거움에 머물거나 웃고 있는 것을 말한다. 송나라 육유(陸游)의
〈매화(梅花)〉에 "不愁索笑無多子, 惟恨相思太瘦生."이라고 하였다.

채씨 정자의 시운에 차운하다

次蔡氏亭子韻

물가 있는 저 정자 누구의 집이던고?	水邊亭舍是誰家?
어부며 나무꾼들 노 저으며 지났네.	曾混漁樵倚棹過.
산속 길에 비가 개니 향긋한 풀 우거지고	山徑雨晴芳草合,
들판 못가 봄 다하니 떨어진 꽃 많을시고.	野塘春盡落花多.
구름 가 푸른 산¹⁾에 맑은 대²⁾ 빽빽하고	雲邊翠黛森寒玉,
난간 밖 시냇물 흰 비단처럼 갈라지네.	檻外川紳劈素羅.
땅 외져 산림 친구³⁾ 모임 가다금 아는 것은	地僻漸知溪友集,
나루터에 갈매기 해오라기 맑은 모래 내릴 때.	渡邊鷗鷺下晴沙.

---

1) 푸른 산: '취대(翠黛)'은 푸른 눈썹 모양을 한 산언덕이나 산등성이를 말한다.
2) 맑은 대: '한옥(寒玉)'은 맑고 깨끗한 물이나 달이나 대나무 따위를 비유하는 말로, 산언덕에 서있는 대나무를 말한다.
3) 산림친구: '계우(溪友)'는 시냇가에 살면서 산수에 정을 붙이고 사는 친구, 곧 속세를 벗어나서 산속에 사는 친구를 말한다.

시골집[1]으로 돌아와
다시 옛날 시운을 사용하다 두 수

歸庄復用舊韻 二首

꽃은 반겨 웃는 듯 새는 말을 하는 듯　　　　花如迎笑鳥能言,
시골 옛 오솔길이 남아있다 알려주네.　　　　報道田園一逕存.
버들 벌써 듬성하니 가을기운 찾아오고　　　　巷柳已疎秋到樹,
울짱 다시 둘러치니 달이 문에 비쳐드네.　　　　籬荊重葺月臨門.
샘물 소리 들려옴을 시끄럽다 꺼리겠나?　　　　泉聲到耳寧嫌鬧?
푸른 산색 창에 닥쳐 절로 우뚝 서 있네.　　　　嶽色當窓自在尊.
오늘 집에 돌아온 건 그저 그럴 뿐이니　　　　今日得歸聊爾耳,
시골 사람 살림살이 감히 거듭 논하겠나?　　　　野夫生活敢重論?

등덩굴 엉킨 큰 나무 선 어스름 산자락　　　　亂藤喬木暮山邊,
어렴풋한 외딴 마을 하얀 연기 오르네.　　　　隱約孤村起白煙.
요동 학[2] 미련 있어 다시금 돌아오니　　　　遼鶴有情今再到,
들 갈매기 짝한 지 이미 여러 해로구나.　　　　野鷗相伴已多年.
나무 걸었던 낡은 표주박[3] 못 찾겠는데　　　　殘瓢難覓曾懸樹,

---

1) 시골집: '장(庄)'은 파장(坡庄)의 준말로, 파주의 시골집을 가리킨다.
2) 요동 학: '요학(遼鶴)'은 요동의 정령위(丁令威)가 신선의 도술을 배워 학으로 변하여 마을로 돌아왔다는 고사인데, 도잠(陶潛)의 《수신후기(搜神後記)》에 의하면 학이 되어 마을로 돌아온 정령위가 공중을 배회하면서 말하기를, "새가 되고 새가 된 정령위가 집 떠난 지 천년 만에 돌아왔도다.[有鳥有鳥丁令威, 去家千年今始歸.]"라고 하였는데 이로 인해 요학(遼鶴)이 천년을 가리키게 되었다.

깨진 항아리 아직 남아 밭에 물 주네.⁴⁾   破甕猶殘舊灌田.

마을에 남은 백성 풀밭에 와 퍼져 앉아   里社遺氓來藉草,

전란 얘기 나누다 두 줄기 눈물 흘리네.   共談兵火涕雙懸.

---

3) 나무 걸었던 낡은 표주박 : '현표(懸瓢)'는 중국 고대의 허유(許由)가 물을 마실 적에 잔이 없자 어떤 사람이 표주박 하나를 주었는데 허유가 물을 마시고나서 나무 위에 걸어두었다는 고사로, 은거의 전고가 되었다. 또는 호로표(葫蘆瓢)를 가리키니, 옛날에 술을 담는 그릇으로 사용하였다. 당나라 장열(張說)의 〈영표(詠瓢)〉에 "맛있는 술을 현표에 따르니, 참되고 순박함이 서로 비쳐 좋구나.[美酒酌懸瓢, 眞淳好相映.]"라고 하였다.

4) 깨진 항아리 …… 물 주네:《장자》〈천지〉에 보면, 전설에 공자의 제자 자공(子貢)이 한음(漢陰) 지방을 지날 때 한 노인이 한차례씩 항아리를 안고 가서 채소밭에 물을 주는 것을 보고 다른 기계를 사용하여 물을 주면 더욱 효과적이라고 말했으나, 노인은 기심(機心)을 갖는 것이 부끄러워 할 수 없다고 하였다. 그 뒤로부터 포옹관원(抱甕灌園)은 모자라고 부족한 순박한 생활을 편안히 여김을 비유하는 말이 되었다. 당나라 이백의 〈증장공주혁처사(贈張公洲革處士)〉에 "항아리를 안고 가을 채소밭에 물주니, 마음이 한가하여 하늘 구름 가에 노니네.[抱甕灌秋蔬, 心閑遊天雲.]"라고 하였다.

조령에 오르다

登鳥嶺

남기 오르고 안개 피어 그 기운 자욱한데　　嵐蒸霧泄氣絪縕,
기쁘게도 드높은 산 세상 분란 끊었구나.　　仰喜巉嵒絶世紛.
높은 바위 무너질 듯 등덩굴에 묶여 있고　　危石欲崩藤尙縛,
두 봉우리 만나려다가 물로 또 갈라졌네.　　兩峯將合水還分.
그늘 벼랑 어지러이 장생초[1] 돋아나고　　陰崖亂迸長生草,
오랜 골짝 느릿느릿 떠돌던 구름 잠기네.　　古洞徐沉不繫雲.
옛부터 몇 사람이 이 땅 거쳐 갔을까　　終古幾人經此地,
나 이제 머리 긁으며 저녁햇빛 받는데.　　我今搔首倚斜曛.

---

1) 장생초: 두릅나무과에 속한 여러해살이풀로, 영양이 풍부한 산나물이다.

안음현¹⁾ 객관에서 우연히 짓다

安陰縣舘偶題

백리 강산 그림만 못 하리오	百里江山畫不如,
푸른 홰며 대 관아를 감쌌네.	綠槐蒼竹護官居.
고을 사또²⁾ 아직까지 신라 구풍 계승하고	雷封尚襲新羅舊,
마을 풍속 여전히도 일두³⁾ 학풍 전하도다.	風俗猶傳一蠹餘.
객관에선 술잔 내어 백엽주⁴⁾ 기울이고	賓舘進盃傾栢葉,
부엌에선 그물 거두어 농어 올리는구나.	野廚收網薦鱸魚.
앞 들판 날이 개니 농부가 울려 퍼지고	前郊日霽農謳遍,
봄비 내려 전답 수로⁵⁾ 새로이 불어나네.	春雨新添鄭白渠.

---

1) 안음: 경상남도 함양 지역의 옛 지명이다.

2) 고을 사또: '뇌봉(雷封)'은 작은 고을의 수령을 말한다. 보통 사방 백리 정도 되는 고을이 현(縣)인데, 천둥이 치면 그 소리가 백리쯤 진동시킨다고 하여 현령(縣令)을 뇌봉이라고 하였다.

3) 일두: 정여창(鄭汝昌, 1450~1504)은 본관이 하동(河東), 자가 백욱(伯勗), 호가 일두(一蠹)이다. 경상남도 함양 출신으로 김종직(金宗直)의 문인이며, 1498년(연산군 4) 무오사화 때 종성(鍾城)에 유배되고, 1504년에 죽은 뒤 갑자사화에 연루되어 부관참시(剖棺斬屍)되었다.

4) 백엽주: 잣나무의 잎을 담가서 우려낸 술을 말한다.

5) 전답 수로: '정백거(鄭白渠)'는 고대 관중(關中) 지방의 수리시설인 정국거(鄭國渠)와 백거(白渠)를 말한다. 정국거는 진시황(秦始皇)이 한(韓)나라 수공(水工) 정국(鄭國)의 건의를 받아들여 만든 수로로, 경수(涇水)를 끌어들여 넓은 농지에 관개(灌漑)하여 관중의 전답을 옥토로 만들었으며, 백거는 한무제(漢武帝) 태시(太始) 2년에 조(趙)나라 중대부(中大夫) 백공(白公)이 경수를 유입하여 관중에 만든 수리 시설로, 곡구(谷口)에서 시작하여 역양(櫟陽)을 거쳐 위중(渭中)으로 들어가 모든 전답에 물을 관개하였다.

정경여 상사¹⁾의 은거생활 두 수

題鄭上舍慶餘幽棲 二首

산골짜기 깊은 집 그림보다 낫구나	谷口幽棲畫不如,
평지에 신선 거처 그대가 부럽구나.	羨君平地有仙居.
마당에는 팽택 선생²⁾ 버드나무 남아있고	庭留彭澤先生柳,
시렁에는 용문 태사³⁾ 서책들이 꽂혔구나.	架插龍門太史書.
실 죽순 새로 나니 왕자 대⁴⁾ 될 게요	絲笋新生王子竹,
연한 물고긴 계응 농어⁵⁾ 못지않구나.	纖鱗不讓季鷹魚.
안개 낀 모래밭 넝쿨 서린 달 아래 바장이며	煙沙蘿月盤桓地,
창랑가⁶⁾ 부르니 허공 딛는 신선 같구나.⁷⁾	一曲滄浪擬步虛.

---

1) 상사: 조선시대에 성균관의 유생으로, 생원(生員)이나 진사(進士) 시험에 합격한 사람을 말한다.
2) 팽택 선생: 도연명을 말한다.
3) 용문 태사: 사마천을 말한다.
4) 왕자 대: '왕자(王子)'는 진(晉)나라 왕희지(王羲之)의 다섯째 아들인 왕자유(王子猷)를 말하니, 왕자유(王子猷)는 산음 지방에 살면서 평소에 대나무를 무척 사랑하여 대나무 밭에 작은 길을 만들어 매일 거닐어 사람들이 그를 죽군(竹君)이라고 불렀으며, 한밤에 큰 눈이 오자 문득 깨어 문을 열고 술을 따라 마시고 대나무 밭 사방을 거닐며 좌사(左思)의 〈초은(招隱)〉을 노래하였다는 고사를 말한다.
5) 계응 농어: '계응어(季鷹魚)'는 계응(季鷹)의 농어를 말한다. 후한(後漢)의 오군(吳郡) 사람 장한(張翰)은 자가 계응(季鷹)으로 낙양(洛陽)에서 벼슬하다가 세상이 어지러워지자 고향의 순채국과 농어회가 그립다면서 벼슬을 그만두고 고향으로 돌아갔다고 한다.
6) 창랑가: '창랑(滄浪)'은 《맹자》〈이루상(離婁上)〉에 나오는 노래를 말하니, 어떤 어린아이가 노래하기를, "창랑의 물이 맑거든 나의 갓끈을 씻고, 창랑의 물이 흐리거든 나의 발을 씻으리라.[滄浪之水淸兮, 可以濯我纓. 滄浪之水濁兮, 可以濯我足.]"라고 하였는데, 세속을 초월하여 고결한 지조를 지키는 것을 의미한다.
7) 허공 걷는 신선이라: '보허(步虛)'는 신선이 공중을 오르며 걸어가는 것을 말하니, 여기서는 신선이 된 것 같은 경지를 말한다.

물가 따라 닿는 대로 가다가 보니
지팡이 짚은 채 수운향[8] 이르렀네.
봄빛 환한 꽃밭 언덕서 바둑 두고
비 개인 솔 그늘 창가 도가서 읽네.
문발 걷고 문득 푸른 산 달 맞이하고
난간 기대 한가로이 시내 고기 헤이네.
그대와 더불어 오늘 정녕 약속하나니
내년 옮겨오겠단 말 진정 빈말 아니네.

浪跡江潭縱所如,
一筇今到水雲居.
春明花塢留棋局,
雨霽松窓讀道書.
捲箔乍邀靑嶂月,
倚欄閒數碧溪魚.
與君今日丁寧約,
來歲移家定不虛.

---

8) 수운향: '수운거(水雲居)'는 수운향(水雲鄕)이니, 물과 구름이 맞닿아 가득하고 풍경이 맑고
그윽한 곳으로 은자가 거처하는 곳을 말한다.

한가롭게 지내며 되는대로 읊조리다[1]

閒居謾占

어둑어둑 앞마을 길	黯黯前村路,
가물가물 먼 물가 숲	依依遠浦樹.
밤 들자 모래벌 구름	夜來沙際雲,
몰려가며 산기슭 비.	去作山邊雨,

---

1) 읊조리다: '점(占)'은 구점(口占)을 가리키니, 즉흥적으로 입으로 읊조려서 시를 짓는 것을 말한다. 구호(口號)라고도 한다.

동화사를 찾아가다

尋東華寺

한가한 날 틈 타서 절에 이르니
속세 먼지 털지 못함 부끄럽구나.
법연 오랜 서역 스님[1] 자상도 하시지
문에 나와 맞이해선 당귀차[2] 주시네.

偶乘閒日到禪扉,
深愧紅塵未拂衣.
臘久胡僧多意緖,
出門迎贈蜀當歸.

---

1) 서역 스님: '호승(胡僧)'은 인도나 서역 등에서 온 승려를 말한다.
2) 당귀차: '촉당귀(蜀當歸)'는 당나라 현종(玄宗) 때 안녹산(安祿山)의 난이 일어나자 어떤 스님이 제자를 시켜 현종에게 약초 촉당귀(蜀當歸)를 바치게 하였는데, 무슨 뜻인지 알지 못하다가 뒤늦게 안녹산(安祿山)의 난을 피하여 촉나라로 몽진했다가 돌아와야 무사하다는 것을 암시한 것임을 알았다고 하였다. 당귀는 승검초 뿌리로 피를 잘 돌게 하고 강장제, 진정제로 쓰이며, 여기서는 당귀차를 말한다.

서효자[1]의 산림 생활 두 수

題徐孝子林居 二首

성긴 문발 비추는 아침 해에 술이 깨니　　　日照踈簾卯酒醒,
물가 꽃들 미소 짓고 버드나무 파릇파릇.　　汀花如笑柳靑靑.
남새밭에 김 다 매고 남은 일 없어　　　　　蔬畦鋤罷無餘事,
돌아와 신농씨 《본초경[2]》 살펴보네.　　歸檢神農本草經.

물 길어 꽃에 주고 동산에도 뿌려주니　　　汲水澆花兼灌園,
푸른 오이 열매 품고 대나무 순 돋네.　　　青瓜抱子竹生孫.
시골집 한가로이 사는 재미 남아돌아　　　田家贐有閒居味,
이십년 래 문밖에 나가지를 않았네.　　　二十年來不出門.

---

1) 서효자: 서시립(徐時立, ?~1665)을 말한다. 본관은 달성(達城), 자는 입지(立支), 호는 전귀당(全歸堂)이다. 어려서부터 조부모 및 부모를 지극 정성으로 섬겼으며, 임진왜란이 일어나자 성을 지키기 위해 할아버지와 아버지가 모두 집을 떠나자 15살에 홀로 집에 남아서 사당을 지키면서 할머니와 어머니를 모시고 공산(公山)의 삼성암(三省菴)으로 피난하였고, 정유재란 때에는 가족을 산속에 피신시키고 동래까지 왕래하면서 쌀을 구하여 부모를 공양하였다. 당시 이호민(李好閔)이 그의 지극한 효행에 감동하여 진상할 밀과(蜜果)·어육(魚肉) 등을 내려 할머니를 봉양하게 하고, '전귀(全歸)'로써 당호(堂號)로 삼게 하였다. 전란으로 학문을 나하지 못한 것을 탄식하면서 서사원(徐思遠)·정구(鄭逑)·장현광(張顯光)의 문하에서 수학하였다. 벼슬이 참봉에 이르렀으며, 좌랑에 증직되고 대구 백원서원(百源書院)에 제향되었다.
2) 본초경: 신농씨가 지었다고 전해지는 의약 책으로, 약초 365종에 대한 내용이 실려 있다.

7월 초하룻날
七月初一日

채색 누각 행랑채 이미 절로 서늘하니　　畫閣重廊已自凉,
댓자리 이슬 맺히고 밤 다시 길어지네.　　露華凝簟夜還長.
섬돌 근처 귀뚜라미 꽤나 많이 울어대고　　寒蛩近砌偏多咽,
둥지 떠난 다 큰 제비 어찌 그리 바쁜지.　　紫燕辭巢有底忙.
나그네 신세에도 때 늦어감 막지 못하니　　客裏不禁時晼晚,
거울 속 허연 살쩍[1] 어떻게 면하겠나?　　鏡中郍免鬐滄浪?
저녁구름 하늘 끝 자주 머리 돌리거늘　　暮雲天末頻回首,
타향이 고향보다 낫다 차마 말하겠나?　　忍說他鄉勝故鄉?

---

1) 허연 살쩍: '창랑(滄浪)'은 머리가 반백이 되는 것을 말하니, 허옇게 된 살쩍을 가리킨다.

가을날 되는대로 읊다

秋日漫吟

가을 맞고 보내느라	逢秋與送秋,
오래 중선 누대¹⁾ 기대	長倚仲宣樓.
저녁 햇볕 뉘엿뉘엿	返照亭亭下,
다듬이소리 곳곳마다.	寒砧處處愁.
천리 길 국화 다시 노란데	又黃千里菊,
평생 머리만 세고 말았네.	空白一生頭.
전란에 아직 어려움 많은데	戎馬猶多難,
어찌 〈원유²⁾〉 노래하랴?	那堪賦遠遊.

---

1) 중선 누대: '중선루(仲宣樓)'는 중선(仲宣)의 누대라는 뜻으로 타향에 있는 누대에 오르는
것을 말한다. 한나라 말기의 왕찬(王粲)은 자가 중선(仲宣)으로 난리를 피하여 형주로 가서
형주자사(荊州刺史) 유표(劉表)의 식객으로 있을 때에 누대에 올라가 고향을 생각하며 〈등루
부(登樓賦)〉를 지었는데, "참으로 아름답지만 나의 땅이 아니니, 어찌 잠시인들 머물 수 있으
리오.[雖信美而非吾土兮, 增何足以少留.]"라고 하였다.

2) 원유: 굴원(屈原)의 《초사(楚辭)》〈원유(遠遊)〉에서 "시속의 핍박을 슬퍼하노니, 훌훌 털고
멀리 노닐기를 원하노라.[悲時俗之迫阨兮, 願輕擧而遠遊.]"라고 하여 세속을 멀리 벗어나
고자 하는 뜻을 읊은 바 있다.

남쪽으로 돌아가다 충원¹⁾에 이르러 배를 타다

南歸到忠原乘舟

탄금대²⁾ 아래에서 배를 띄워 가다가	彈琴臺下解行舟,
밤에 황려³⁾ 백척 누각⁴⁾에 배 대었네.	夜泊黃驪百尺樓.
물안개 강 가득하고 산에 달이 밝은데	煙霧滿江山月白,
노 젓는 소리 들으며 양주⁵⁾로 향하네.	數聲柔櫓向楊州.

---

1) 충원: 충청북도 충주의 옛 지명이다.

2) 탄금대: 충청북도 충주시 칠금동에 있는 탄금대는 신라 진흥왕 때 우륵(于勒)이 가야금을 연주하던 곳이라 하여 붙여진 이름이다. 또 탄금대는 임진왜란 때 무장 신립(申砬)이 8천여 명의 군사를 거느리고 왜적을 맞아 전투하던 곳이기도 하다.

3) 황려: 경기도 여주의 옛 지명으로, 고려 태조 때부터 불러진 이름이다. 여주에서 신륵사로 가는 길에 영월루가 있고, 영월루 바로 아래에 괴암 절벽이 있는데 바위 위에 '마암(馬巖)'이라는 글씨가 새겨져 있다. 이 암혈에서 황마(黃馬)·여마(驪馬)가 승천하였다고 하여 마을 이름을 황려(黃驪)라고 했으며, 뒤에 여흥이라 했다가 지금의 여주로 바뀌었다.

4) 백척 누각: 경기도 여주 상리에 있는 영월루(迎月樓)를 말한다.

5) 양주: 경기도 양주를 말하니, 고려시대 이후 조선시대까지는 그 땅이 한양 일대로 북쪽으로는 화산(華山)에 의지하고 남쪽으로는 한강에 닿아 토지가 넓고 물자가 풍부하며 인구가 많아 번화하였다.

분서[1] 영공[2]의 〈심행록〉 뒤에 쓰다

題汾西令公〈瀋行錄〉後

압강 서쪽 달려 연경 관문 닿았더니	鴨江西走接燕關,
사신 갔다가 이길 따라 돌아오셨네.	玉帛曾從此路還.
좋은 경물 천리 밖에 그대로 남겨두고[3]	物色分留千里外,
전란으로 십년 동안 나라 어지러웠네.	兵戈騷屑十年間.
풍류는 오래도록 하평숙[4]을 우러르며	風流久仰何平叔,
글짓기는 지금까지 유자산[5]을 그리네.	詞賦今憐庾子山.
부질없이 시주머니[6] 잡고 자꾸 감개하니	漫把奚囊多感慨,
한번 펼쳐 노래할 때마다 눈물이 줄줄.	一回披唱一潸潸.

---

1) 분서: 박미(朴瀰, 1592~1645)는 본관이 반남(潘南), 자가 중연(仲淵), 호가 분서로, 참찬 동량(東亮)의 아들이며, 선조의 부마이다. 이항복(李恒福)의 문인으로, 1603년에 선조의 다섯째 딸인 정안옹주(貞安翁主)와 혼인하여 금양위(錦陽尉)에 봉해졌다.

2) 영공: 정삼품(正三品)과 종이품(從二品)의 관리를 높여 이르던 말로, 영감(令監) 또는 대감(大監)이라고도 한다.

3) 좋은 …… 남겨두고: 시로 읊을 만한 좋은 경물을 천리 밖에 그냥 두고 왔다는 말이다. 두보(杜甫)의 시에 "송공이 쫓겨난 뒤에 일찍이 벽에 시 지어 붙였는데, 물색을 남겨 주어 노부를 기다렸구나.[宋公放逐曾題壁, 物色分留待老夫.]"라고 하였다.

4) 하평숙: 삼국시대 위나라 하안(何晏)으로, 자가 평숙이고 도가적 청담을 즐겼다.

5) 유자산: 북주(北周)의 시인 유신(庾信)으로, 자가 자산이다. 그의 화려한 문체는 서릉(徐陵)과 함께 서유체(徐庾體)라 불리었다.

6) 시주머니: '해낭(奚囊)'은 시초(詩草)를 담는 주머니로, 당나라 시인 이하(李賀)가 명승지를 돌아다니며 지은 시를 종인 해노(奚奴)가 가지고 다니는 주머니에 넣었다는 고사에서 연유한다.

무자위[1]를 만드는 노래

作水車歌

사또나리 가뭄 근심에 무자위 만드느라　　　　　使君憂旱作水車,
깊은 계곡 쩌렁쩌렁 나무를 베는구나.　　　　　伐木丁丁深谷裏.
장인[2] 솜씨 마음 맞아 손에 붙으니　　　　　輪扁心得應於手,
제도 규모 두 가지 아름답게 되가네.　　　　　制度規模兩臻美.
도르래가 빙빙 돌아 마치 물레[3] 같은데　　　　　轆轤圓轉若繰車,
좌로 돌리고 우로 뽑으며[4] 물을 올리네.　　　　　左旋右抽能挈水.
계획대로 정교하고 조화롭게 잘 부리면　　　　　機謀巧刮造化權,
수확 줄은 흉년에도 죽을까 두려워하랴?　　　　　歲儉年凶郁怕死?
비옥한 황토 십리 논 풍년이 들리니　　　　　黃淤十里定有秋,
백성들이 부지런히 김매는 걸 보겠네.　　　　　可見黎庶勤耘耔.
시험 삼아 논둑 사이 설치하여　　　　　試令置之田畝間,
다시 농부에게 돌리게 하는데　　　　　更敎農叮披拂是.
젊은 사내도 한번 당기면 여덟 아홉 번 쉬니　　　　　健夫一挽八九休,
하루 내내 겨우 서른 평 물 대는데 그치도다.　　　　　一日纔灌一畝止.

---

1) 무자위: '수차(水車)'는 무자위를 말하니, 낮은 곳의 물을 높은 지대의 논이나 밭으로 떠올리는 농기구를 말한다. 수룡(水龍)이라고도 한다.

2) 장인: '윤편(輪扁)'은 제나라 때 수레바퀴를 만드는 장인 편이라는 사람을 말한다.

3) 물레: '소거(繰車)'는 실을 뽑을 때 사용하는 기구, 물레를 말한다. 방거(紡車)라고도 한다.

4) 좌로 돌리고 우로 뽑으며: '좌선우추(左旋右抽)'는 《시경》〈청인(淸人)〉에 "왼쪽 사람은 수레를 돌리고, 오른쪽 사람은 칼을 뽑도다. 중군의 장수는 그 모습 의젓하도다.[左旋右抽, 中軍作好.]"에서 나온 말이다.

수고로움 맷돌 따라 도는 개미[5] 같지마는	劬勞仿佛蟻旋磨,
성과는 외레 항아리 안고 물대는[6] 것 같네	見功還將抱甕侶.
알겠도다, 낑낑대며 힘을 많이 쓰더라도[7]	從知搰搰用力多,
작은 은혜 두루 못 미쳐[8] 도리어 부끄러움을.	小惠未徧還可恥.
만약에 사람 몸에 질병이 없다면	假使人身無疾病,
희령[9] 조제 번거로이 해야 하나[10].	不必豨苓煩佐使,
단단히 문 걸어 뜻밖의 일 대비하지만	緘縢扃鐍備不虞,
우리 백성 겁탈함[11] 없애줌만 못하리라.	未若斯民絶姦宄.
어진 재상 부지런히 잘 다스리길 바라니	我願賢相勤爕理,
비바람이 고르다면[12] 어찌 이를 쓰겠는가?	雨順風調安用此?

---

5) 맷돌 따라 도는 개미: '의선마(蟻旋磨)'는 개미가 맷돌을 따라 돈다는 말로, 중생이 자기 운명에 따라 사는 것을 말한다. 도는 맷돌은 천지가 운행하는 것을 말하고, 따라 도는 개미는 커다란 운명의 굴레 속을 떠도는 하찮은 미물이라는 말이다.

6) 항아리 안고 물 대는: '포옹(抱甕)'은 《장자》〈천지(天地)〉의 '포옹관원(抱甕灌園)'에서 나온 말이다. 더 좋은 농사방법이 있어도 쓰지 않고 간소한 옛날 농사방법을 고집하는 것을 말한다.

7) 낑낑대며 힘을 많이 쓰더라도: '골골용력다(搰搰用力多)'는 《장자(莊子)》〈천지(天地)〉에 "자공(子貢)이 초나라에 노닐다가 진나라로 돌아갈 때 항아리로 물을 길어 밭에 물을 주는 농부에게 '두레박으로 퍼 올려 물을 대시오. 낑낑대며 힘을 많이 써도 성과가 적구려.'[抱甕而出灌. 搰搰然用力甚多而見功寡.] 하니, '기계를 사용하려는 마음이 생기면 순백(純白)한 마음을 가질 수 없고, 이에 도심(道心)을 지킬 수 없으므로 알면서도 쓰지 않는다.'라고 하였다."는 고사에서 나온 말이다. 골골(搰搰)은 힘쓰는 모양이다.

8) 작은 은혜 두루 못 미쳐: '소혜미편(小惠未徧)'은 《좌전(左傳)》장공(莊公) 10년에 "작은 은혜 두루 못 미치면 백성들이 따르지 아니하도다.[小惠未遍, 民弗從也.]"라고 한 데서 나온 말이다.

9) 희령: '희령'은 버섯의 일종으로 모양과 빛깔이 돼지 똥과 비슷하여 이름이 붙여진 아주 천한 약재(藥材)이며, 저령(猪苓) 또는 주령(朱苓)이라고 한다. 아주 천하고 보잘것없는 것을 뜻하기도 한다.

10) 조제 번거로이 해야하나: '좌사(佐使)'는 약물의 군신좌사(君臣佐使)를 말한다. 한의학 용어로 병을 치료하는 주요 역할을 하는 주 약재를 군(君)이라 하고, 보조 역할을 하는 약재를 신(臣)이라 하며, 증상을 치료할 때 주 약재의 부작용을 막아 주는 약재를 좌(佐)라 하고, 약물의 성분을 곧바로 환부(患部)에 이르게 하거나 여러 약물을 조화시키는 약재를 사(使)라고 한다.

11) 겁탈함: '간귀(姦宄)'는 겁탈(劫奪)하는 것을 말한다.

12) 비바람이 고르다면: '우순풍조(雨順風調)'는 비가 때맞추어 알맞게 내리고 바람이 고르게
　　분다는 뜻으로, 농사에 알맞게 기후가 순조로움을 이르는 말이다. 소식(蘇軾)의 시에 "비와
　　바람 순조로워야 풍년이 들 것이요, 백성들이 굶주리고 춥지 않아야 최고의 복이로다.[雨順風
　　調百穀登, 民不飢寒爲上瑞.]"라고 하였다.

가야[1]에서 옛날 유람했던 일을 노래하여 적다

伽倻歌記舊遊

옛날 남쪽 유람할 제 가야산을 지났는데　　　　我昔南遊過伽倻,

비온 뒤 구름 걷히며 뾰족한 바위 드러내었네.

　　　　　　　　　　　　　　　　　　　　雨後雲山戰戰露角牙.

독수리 봉우리[2] 남두육성 잡느라 멀리 벋고　　鷲峯執侵南斗賒,

소라 머리 안개 상투에 푸른 비녀 밝혔네.　　　螺鬟霧髻明翠珂.

사방 벼랑 겹친 산봉 차례로 가로막고　　　　　回崖疊嶂互蔽遮,

솔 편백 가시 녹나무 그늘엔 인삼[3] 나네　　　松檜梗枏陰三椏.

푸르스름한 골짝 가운데 트여 깊고 우묵한데　　翠峽中闢窈而窊,

이끼 낀 바위엔 절로 술 항아리 만들어졌네.　　蒼巖自成樽罍窪.

구슬 시내 물 뿜어 너럭웅덩이 채우고　　　　　珠流噴沫貯盤渦,

옥거울 보배 경대에 금빛 모래 담겼네.　　　　玉鏡寶奩涵金沙.

짚신에 대지팡이로 그윽한 데 들어가니　　　　芒鞋竹杖窮幽遐,

갑작스레 깊은 숲에 노루 사슴 어울렸네.　　　倏忽深林雜麕麚.

산 비탈길 물가 벼랑 모두 다 지나서　　　　　歷盡山岅與水涯,

제천[4] 범천왕[5] 집안으로 들어섰네.　　　　　路入諸天梵王家.

---

1) 가야: 해인사(海印寺)가 있는 경남 합천군의 가야산을 말한다.

2) 독수리 봉우리: '취봉(鷲峯)'은 석가모니가 설법한 인도의 영취산을 닮은 독수리 형상의 산이라는 말이다.

3) 인삼: '삼아(三椏)'는 인삼을 가리킨다. 고려 사람들이 인삼을 '삼아오엽(三椏五葉)'이라 했는데, 인삼이 처음에 하나의 가장귀에 다섯 잎이고, 5년쯤 뒤에 두 가장귀가 생기고, 10년 뒤에는 세 가장귀가 생긴다고 한다.

사찰 불당 횅한 골짜기에 기대있고 　　琳宮法宇倚谽谺,

이층 누각 겹회랑 가로질러 빗겼네. 　　複閣重廊橫復斜.

늘어선 절간들 기세 성대하고 　　耽耽棟宇氣紛挐,

단청 승방 분칠 벽이 아침노을을 머금었네. 　　丹寮粉壁含晨霞.

뜰 앞 두 잣 옛 뗏목인양 버텨서고 　　庭前雙栢蹲古槎,

여섯 갈래 치자나무 하늘 꽃을 피웠네. 　　六出薝蔔開天葩.

희끗한 눈썹 노스님 귀밑머리 벌어지고 　　厖眉老宿鬒鰭鬖,

문밖 나와 반기는데 가사 챙겨 입었네. 　　出門迎我披袈裟.

앞장 서서 법당 올라 부처에게 예배하고 　　升堂導我禮昆邪,

내 앞에서 재배하며 손을 내내 맞잡았네. 　　我前再拜手仍叉.

절에 많은[6] 중들[7]이 다투어 인사하고 　　千指雲衲競來呀,

은근하게 예우함이 평상에 더 하였네.[8] 　　遇我慇懃邅有加.

대광주리 나물바구니에 푸른 싹 따오고 　　筠籃菜籠擷翠芽,

조호미[9]로 밥을 하고 단룡차[10]를 달였네. 　　雕胡之飯團龍茶.

스님 말씀 　　　　　　　　　　僧言

팔만대장경[11]이 남화경[12]과 통하는데 　　八萬番經演南華,

---

4) 제천: 모든 천상 세계이니, 불교에서는 마음을 수양한 경계에 따라서 여러 하늘로 나누어진다고 하는데 그 모든 하늘을 말한다.

5) 범천왕: '범왕'은 삼천세계를 다스리는 범천왕(梵天王)을 말한다. 제석천(帝釋天)과 함께 부처를 좌우에서 모시는 불법 수호의 신으로, 범(梵)·범왕(梵王)·범천(梵天)이라고도 한다.

6) 많은: '천지(千指)'는 한 사람이 열 손가락이니, 천 손가락이면 사람이 많음을 형용하는 것이다.

7) 중들: '운납(雲衲)'은 여기저기 탁발하러 돌아다니며 수행하는 중을 무상한 구름과 물에 비유하여 운수납자(雲水衲子)라고 하였다.

8) 예우함이 평상에 더 하였네: '가변(加邊)'은 예우가 평상시보다 더욱 두터운 것을 말한다.

9) 조호미: 조호미(雕胡米)는 과미(瓜米)이니, 다섯 여섯 차례 가공하여 술을 빚는 원료로 사용하는 잡곡[糇米]을 말한다.

10) 단룡차: 둥근 모양으로 만든 다과와 차를 말하며, 용단차(龍團茶) 또는 용봉차(龍鳳茶)라고도 한다.

지금껏 아름다운 글¹³⁾에 어긋남이 없다네.　　　至今琬琰無訛差.

중간에 만과 촉¹⁴⁾의 두 나라 전쟁을 겪고서　　　中經蠻觸兩棲蝸,

사천왕¹⁵⁾ 수호로 참된 수레¹⁶⁾ 남은 것이로다.　　　鬼物守護留眞車.

삼생¹⁷⁾ 윤회의 이야기 혼미 사악 씻어주고　　　三生軟語蕩昏邪,

묘한 진제와 진실한 요결은 과장하지 않도다.　　　妙諦眞訣言非夸.

악한 행업¹⁸⁾ 사라지니 작은 결점도 끊어지고　　　黑業消盡絶寸瑕,

시원하게 신선 손톱으로 긁는 것¹⁹⁾만 같구나.　　　灑然如得仙爪爬.

구름 끝에 금빛 두꺼비²⁰⁾ 불쑥불쑥 솟아나고　　　雲端湧出金蝦蟇,

---

11) 팔만대장경: '팔만번경(八萬番經)'은 팔만대장경(八萬大藏經)을 말한다.

12) 남화경: '남화(南華)'는 《남화경》, 곧 《장자(莊子)》를 말한다.

13) 아름다운 글: '완염(琬琰)'은 아름다운 옥이나 비석 또는 아름다운 문장을 가리키는 말로, 여기서는 팔만대장경과 남화경의 문장을 가리킨다.

14) 만과 촉: '만촉(蠻觸)'은 《장자》〈칙양(則陽)〉에 의하면, 달팽이 뿔 왼쪽에 있는 촉씨(觸氏)라는 나라와 달팽이 뿔 오른쪽에 있는 만씨(蠻氏)라는 나라가 서로 싸워 죽은 시체가 수만이고 북쪽으로 쫓아가서 15일 뒤에 돌아왔다고 하였는데, 그 뒤로 '만촉(蠻觸)'은 항상 작은 일로 서로 싸우는 것을 비유하게 되었다. 또는 와각지쟁(蝸角之爭)이라고도 한다.

15) 사천왕: '귀물(鬼物)'은 사왕천(四王天)의 주인으로 수미산을 수호하는 신(神)을 가리키니, 곧 지국천왕(持國天王)·증장천왕(增長天王)·광목천왕(廣目天王)·다문천왕(多聞天王)을 말한다.

16) 참된 수레: '진거(眞車)'는 대승(大乘) 불교를 말한다.

17) 삼생: 과거와 현재와 미래를 뜻하는 전생과 현재와 내세를 말하며, 여기서는 삼생의 윤회를 이르는 말이다.

18) 악업: '흑업(黑業)'은 악업, 곧 나쁜 결과를 부르는 행업을 말한다.

19) 신선 손톱으로 긁는 것: '득선조파(得仙爪爬)'는 송나라 소식(蘇軾)의 〈흥룡절시연전일일미설(興龍節侍宴前一日微雪)〉에 "등이 가려울 때 마침 신선의 손톱을 얻어서 긁었도다.[背癢恰得仙爪爬.]"라고 하였는데, 동한(東漢) 환제(桓帝) 때 신선 왕원(王遠)이 신선 마고(麻姑)를 불러 채경(蔡經)의 집으로 갔는데, 채경이 가늘고 길며 젊고 아름다운 마고의 손가락을 보고는 등이 가려울 때 긁으면 좋겠다고 하였다는 고사에서 유래하였다.

20) 금빛 두꺼비: '금하마(金蝦蟆)'는 금하마(金蝦蟆)라고도 하며, 금빛 두꺼비가 출현함을 일종의 길흉이나 선악의 징조로 삼았던 것이다. 당나라 두보(杜甫)의 〈봉동곽급사탕동령추작(奉同郭給事湯東靈湫作)〉에 "坡陀金蝦蟆, 出見蓋有由."라고 하였는데, 두꺼비의 독은 벽사(辟邪)의 능력을 가지고 있다고 믿어 불교에서는 두꺼비가 불보(佛寶)를 수호하는 영물로 생각하였다.

수정 문발 드리우니 허공 꽃21)이 흩날리도다.　　　水晶簾箔飄空花.

한밤중에 삼천세계 고요하여 시끄럽지 않고　　　三更大界寂無譁,

베개 베고 쿨쿨 자니 번뇌 고민22) 없어지네.　　　就枕齁齁除睡蛇.

둥당당 쇠북 세 번씩 쳐서23) 아침을 밝히나니　　　喤喤鍾鼓曉摻撾,

햇살이 반짝반짝 상서로운 까마귀를 비추는구나.　日脚曈曈飜瑞鴉.

속세 인연 오래도록 맡겨둘 수 없는 것이라　　　塵緣不可久托些,

일상으로 돌아오니 어지럽기가 삼실 같구나.　　　歸來世務紛如麻.

그때의 좋은 구경 자랑하기 충분하건만　　　　當時勝賞足堪誇,

오늘 돌아다보니 부질없이 한숨만 나네.　　　　此日回首空長嗟.

한강에서 배 타고 낚시하길 원치 않고　　　　我不願歸釣漢江艖,

동릉 오이24) 심는 것도 배우길 원치 않네.　　　又不願學種東陵瓜.

갈 때엔 뗏목 끌고 신선 떼배 쫓아가서　　　　逝將引筏逐仙槎,

피안에 가 살면서 영단을 쪄먹으리라.　　　　來住彼岸蒸靈砂.

시 지음에 다만 절로 영가 시25)를 기억하니　　　題詩只自記永嘉,

이후에도 푸른 천으로 감쌀26) 필요 없으리라.　　不用他年籠碧紗.

---

21) 허공 꽃: '공화(空花)'는 '공화(空華)'와 같으며, 눈병 있는 사람에게 나타나는 흐릿한 헛된 영상으로 어지러운 망상과 가상(假相)을 비유한다. 또는 설화(雪花)를 가리킨다.

22) 번뇌 고민: '수사(睡蛇)'는 번뇌와 고민으로 마음이 편안하지 못한 정신상태를 비유한다.

23) 세 번씩 쳐서: '섬과(摻撾)'는 섬과(摻檛)와 같으며, 옛날의 고곡(鼓曲)으로 세 번 종이나 북을 치는 것을 한 박자로 삼았다.

24) 동릉 오이: '동릉과(東陵瓜)'는 오색과(五色瓜)라고도 한다. 한나라 초기에 소평(邵平)은 본래 진(秦)의 동릉후(東陵侯)였으나 진나라가 망하자 평범한 백성이 되어 장안성(長安城) 동쪽에 살면서 오이를 심었으며, 오이 맛이 매우 훌륭하여 사람들이 동릉과(東陵瓜)라고 불렀다.

25) 영가 시: '영가(永嘉)'는 영가사령(永嘉四靈)의 준말로, 남송 때 시인 서조(徐照)의 자가 영휘(靈暉), 서기(徐璣)의 호가 영연(靈淵), 옹권(翁卷)의 자가 영서(靈舒), 조사수(趙師秀)의 호가 영수(靈秀)였기 때문에 붙여진 이름이다. 모두 만당(晩唐)의 시풍을 표방하여 강서시파(江西詩派)를 반대하고, 당나라 가도(賈島)와 요합(姚合)의 시풍을 배우려고 하였다.

회포를 서술하다

述懷

어려서부터 때에 맞는 좋은 자질 없어서	少無適時資,
그윽하고 외진 곳에 숨어삶¹⁾을 생각했네.	丘壑思輕擧.
갓끈을 창랑 물에 씻는 것²⁾이 싫었지만	纓嫌濯滄浪,
내 자신이 즐거이 세상 정치 져버렸도다.³⁾	身肎負鼎俎.
우는 학이 한 번 울음 잘못한 것인데⁴⁾	鳴鶴誤一唳,
하늘빛의 고운 옥⁵⁾이 동서⁶⁾에 천거되었도다.	天球薦東序.
봉래산 오색구름⁷⁾ 휘황한 궁궐	蓬萊五雲間,
나고 들며 신선 동료⁸⁾ 따랐구나.	出入隨仙侶.

---

1) 숨어살 일: '경거(輕擧)'는 세상을 피해 숨어사는 것이나, 하늘로 오르는 신선을 말한다.

2) 갓끈 갖고 창랑 물에 씻는 것: '탁창랑(濯滄浪)'은 초(楚)나라의 굴원(屈原)의 〈어부사〉에 "창랑의 물이 맑거든 내 갓끈을 씻을 것이리라.[滄浪之水淸兮, 可以濯我纓.]"고 한 데서 나온 말이다.

3) 세상 정치 져버렸도다: '부정조(負鼎俎)'는 탕 임금을 도와 왕도를 펼친 재상 이윤(伊尹)의 고사로, 나라를 다스리는 중임을 맡은 것을 말한다. 《사기(史記)》〈은본기(殷本紀)〉에 의하면, 상(商)나라 때 이윤이 정조(鼎俎)를 등에 짊어지고 가서 탕(湯)을 만났다고 하였다.

4) 우는 학 …… 한 번 울음 잘못한 것인데: '명학(鳴鶴)'은 《시경》〈소아·학명(鶴鳴)〉에 나오는 '학명(鶴鳴)'을 말하니, "학이 높은 언덕에서 우니, 소리가 들녘에 들리네[鶴鳴于九皋, 聲聞于野.]"라고 하여 현자가 은거함을 가리켰는데, 잘못하여 한번 울어버려 세상에 명성이 알려지게 되어 은거를 하지 못함을 말한 것이다.

5) 하늘빛의 고운 옥: '천구(天球)'는 옥 이름으로, 《서경》〈고명(顧命)〉에 "대옥(大玉)과 이옥(夷玉)과 천구(天球)와 하도(河圖)가 동서(東序)에 있다."고 하였는데, 정현이 천구(天球)는 옹주(雍州)에서 바친 옥으로 빛깔이 하늘과 같다고 하였다.

6) 동서: '동서(東序)'는 동교(東膠)로 하나라 태학(大學)이며, 나라 안 왕궁의 동쪽에 있다고 하였다. 또는 국로(國老)를 봉양하는 곳이라 하여 《예기》〈왕제(王制)〉에 하우씨(夏后氏)가 국로(國老)를 동서(東序)에서 봉양하였다고 하였다.

7) 오색구름: '오운(五雲)'은 임금님이 계시는 궁궐 안을 말한다.

가까이 뫼실 땐 향긋한 옥안[9)]에 앉게 하시고 　　　　近君香玉案,

보살핌 받을 땐 금련 등불[10)] 들게 하셨도다. 　　　　擁君金蓮炬.

원추새 난새[11)] 갑작스레 날개 꺾여[12)] 　　　　鵷鸞遽鎩翮,

자취 거두어서 두릉[13)] 별장에 돌아갔네. 　　　　欲跡歸杜墅.

쓸쓸한 물가에서 모자란 본성 기르며[14)] 　　　　養拙寂寞濱,

민산 칡베 옷으로 십년[15)] 더위 지냈도다. 　　　　岷葛經十暑.

옛 사람 벗을 삼아[16)] 책벌레[17)] 되어 　　　　尙友黃卷人,

---

8) 신선 동료: '선려(仙侶)'는 인품이 고상하여 마음과 정신이 잘 맞는 친구를 말하나, 여기서는 조정에서 같이 벼슬하는 동료들을 가리키는 말이다.

9) 향긋한 옥안: '향옥안(香玉案)'은 향안(香案)이라고도 하며, 승지(承旨)처럼 궁정에서 임금을 모시는 관리를 향안리(香案吏)라고 한다.

10) 금련 등불: '금연거(金蓮炬)'는 금련화거(金蓮華炬)의 준말로, 금으로 장식한 연꽃 모양의 등불로, 임금 앞에서 쓰는 등불이다. 당나라 선종(宣宗)이 한림학사 영호도(令狐綯)를 불러서 밤늦도록 얘기하고 돌려보낼 때 금련 등불을 주어 밤길을 비추게 하였다는 고사로 임금이 신하를 아끼고 예우하는 것을 말한다.

11) 원추새 난새: '원란(鵷鸞)'은 원추새와 난새로, 조정의 관리나 현자를 비유한다.

12) 날개 꺾여: '쇄핵(鎩翮)'은 '쇄우(鎩羽)'라고도 하며, 날개가 꺾이고 깃털이 떨어지는 것으로 뜻을 얻지 못함을 말한다. 쇄우폭린(鎩羽暴鱗) 또는 쇄우학린(鎩羽涸鱗)의 준말로서, 공중을 나는 새가 깃털이 떨어지고 물고기를 기르는 물이 말라버렸다는 뜻이니, 뜻을 얻지 못하여 매우 곤란한 처지에 있음을 비유하는 것이다. 남조(南朝) 시대 송나라 포조(鮑照)의 〈시랑상소(侍郞上疏)〉에서 "날개가 꺾이고 비늘이 말랐으니, 다시 날갯짓하고 펄쩍 뛰어 오름을 볼 수 있을까?[鎩羽暴鱗, 復見翻躍.]"라고 하였다.

13) 두릉: '두서(杜墅)'는 두릉(杜陵)으로, 당나라 시인 두보(杜甫)의 조상이 살았던 장안(長安) 만년현(萬年縣) 동남쪽에 있는 마을을 말한다. 두보 자신이 이곳 전원에 은거하면서 두릉야로(杜陵野老), 두릉야객(杜陵野客), 두릉포의(杜陵布衣)라고 자칭하였다.

14) 모자란 본성 기르며: '양졸(養拙)'은 재능이 모자라서 한가롭게 지내며 세월을 보내는 것을 말한다. 또는 은퇴하여 벼슬살이하지 않는 사람의 겸손한 말이다.

15) 민산 …… 지냈도다: 두보의 〈풍질주중복침서회삼십륙운봉정호남친우(風疾舟中伏枕書懷三十六韻奉呈湖南親友)〉에 "촉 지방 민산에서 칡베 옷으로 10년 더위를 보냈다.[十暑岷山葛.]"는 시구가 있다.

16) 옛 사람 벗을 삼아: '상우(尙友)'는 옛 사람과 친구가 되는 것이니, 《맹자》〈만장하(萬章下)〉에 나오는 말이다.

17) 책벌레: 책벌레는 책을 가까이하여 많이 읽거나 공부에 열심히 하는 사람을 비유적으로 이르는 말이다. '황권(黃卷)'은 책을 가리키는 말이니, 옛날에 종이를 사용할 때 황얼(黃蘗)의 즙을 발라서 책벌레를 막았기 때문에 책을 황권이라고 불렀다고 한다.

또록또록 떨어져버린 실마리를 찾았도다.　　　兀兀尋墜緒.

높은 벼슬 다시금 오긴 왔는데　　　軒冕復倘來,

때마침 임금님이 어려운 일 만났도다.[18]　　　適値君在莒.

말을 몰고[19] 백등산[20]을 향해 갔으나　　　揚鑣赴白登,

발이 묶여[21] 온갖 고초 맛보았네.　　　裹足嘗險阻.

야박한 풍속 오히려 내 처지 닮아　　　薄俗尚猶吾,

안락한 땅을 노래하며 떠났구나.[22]　　　樂土歌去汝.

신맛 짠맛[23] 입맛 서로 다른 세상　　　酸醎與世殊,

깃발 들고[24] 궁궐을 하직하였도다.　　　一麾辭禁籞.

머리 숙여 속박 세상[25]에 나아갔고　　　低頭就韁鎖,

허리 굽혀 매 맞는 형벌[26] 받았구나.　　　折腰事捶楚.

---

18) 어려운 일을 만났도다: '재거(在莒)'는 춘추시대 제나라에 난리가 일어나 공자소백(公子小白)이 거 땅으로 도망갔다가 돌아와서 왕위에 올랐는데 이가 환공(桓公)이다. 또 제나라 민왕(閔王)이 죽자 아들 법장(法章)이 이름을 바꾸고 거 땅 태사(太史)의 집에 일꾼으로 들어가 살면서 태사 딸의 사랑을 받고 의식을 해결하다가 뒤에 법장이 양왕(襄王)이 되었다는 고사를 말하니, 모두 지난날에 재앙을 받고 곤란을 겪는 것을 '재거(在莒)'라고 하였다.

19) 말을 몰고: '양표(揚鑣)'는 말의 재갈을 일으키는 것이니, 말을 모는 것을 말한다.

20) 백등산: 한나라 고조 유방(劉邦)이 흉노를 토벌하러 평성의 백등산(白登山)에 갔다가 7일 동안 포위되는 수모를 겪은 뒤에 진평(陳平)의 계책으로 간신히 빠져 나온 고사를 말한다. 여기서는 병자호란 때 남한산성에서 인조(仁祖)를 모신 것을 가리킨다.

21) 발이 묶여: '과족(裹足)'은 발을 묶고 있어 앞으로 나가지 못하는 것이다. 한 걸음도 앞으로 나가지 못함을 말한다.

22) 안락한 …… 떠났구나:《시경》〈위풍·석서(碩鼠)〉에서 "장차 너를 떠나서 저 안락한 땅으로 가리라.[逝將去女, 適彼樂土.]"라고 하였는데, 백성을 착취하는 관료를 큰 쥐에 비유하여 노래한 것이다.

23) 신맛 짠맛: '산함(酸醎)'은 산함(酸鹹)으로도 표기하며, 사람들의 똑같지 않은 기호나 취미를 말한다.

24) 깃발 들고: '일휘(一麾)'는 일휘출수(一麾出守)의 준말로, 조정 관리가 지방 관리로 나가는 것을 말하며, '휘'는 가지고 가는 깃발을 말한다.

25) 속박 세상: '강쇄(韁鎖)'는 고삐와 쇠사슬로, 세상살이의 속박이나 구속을 비유한다.

26) 매 맞는 형벌: '추초(捶楚)'는 곤장으로 때리는 것이니 형벌 가운데 하나이다.

세상살이²⁷⁾ 부질없이 조마조마   行藏漫棲棲,

벼슬살이는 옥살이와 같았도다.   守官類圄圄.

왕식은 되레 나온 걸 후회했고²⁸⁾   王式却悔來,

도연명은 말없이 돌아갈 걸 생각했네.   淵明默思去.

진흙탕에 꼬리 끄는 거북이 될지언정²⁹⁾   寧爲曳尾龜,

곡식 창고 쥐³⁰⁾ 되는 것이 부끄러웠도다.   羞作太倉鼠.

심하도다! 어리석고 졸렬한 성품이여!   甚矣戇拙性,

일찍이 권세가³¹⁾를 두려워하지 않았구나.   曾不畏强禦.

---

27) 세상살이: '행장(行藏)'은 출처 또는 행동거지를 가리키니, 출처는 세상에 나서고 집에 있는 일을 말한다. 《논어》〈술이(述而)〉에 보면, "공자가 안연에게 말하기를, '등용되면 도를 행하고, 버려지면 몸을 숨겨야 하니 오직 나와 너만이 이것을 하겠구나!'라고 하였다.[子謂顏淵曰, '用之則行, 舍之則藏, 唯我與爾有是夫!']"는 데서 나온 말이다.

28) 왕식은 …… 후회했고: 한나라 소제(昭帝)가 죽고 창읍왕(昌邑王)이 뒤를 이었는데 음란한 행동으로 폐위되면서 창읍왕의 스승이던 왕식(王式)이 옥에 갇혀 죽게 되었는데, 형관이 문초하기를 "왕사라는 자가 어찌 간하는 글을 올리지 않았는가?" 하자, 왕식이 답하기를, "저는 《시경》305편을 아침저녁으로 왕에게 가르쳤습니다. 충신과 효자를 다룬 시는 왕을 위해서 반복하여 외웠고, 위망(危亡)에 이르고 도를 잃은 임금에 관련된 시는 눈물을 흘리며 왕을 위해 진달하였습니다. 이 때문에 간하는 글이 없었던 것입니다."라고 하자 형관이 왕식을 사면하여 죽음을 면하게 하였다. 뒤에 박사(博士)가 되었으나 강공(江公)에게 치욕을 당하자 병으로 사직하고 귀향하며 말하기를, "나는 본래 여기 오려고 하지 않았는데 여러 박사들이 나를 권하여 온 것인데, 뜻밖에 천박한 자들에게 모욕을 당했으니 병으로 사직하고 고향에 돌아가겠소."라고 하였다.

29) 진흙탕에 …… 될지언정: 《장자》〈추수(秋水)〉에 나오는 '예미도중(曳尾塗中)'의 고사로, 거북이가 진흙탕 속에서 꼬리를 끌며 자유롭게 산다는 뜻이다. 벼슬하여 속박받기보다는 가난하게 살더라도 집에서 편안하게 사는 것이 나음을 비유한 말이다.

30) 곡식 창고의 쥐: 진(秦)나라 재상 이사(李斯)는 초나라 상채(上蔡) 사람으로 젊어서 벼슬이 낮을 적에 하루는 쥐 두 마리를 보고 처세의 이치를 깨달았는데, 뒷간에 사는 쥐는 똥을 먹으면서도 사람이나 개가 나타나면 깜짝 놀라 도망을 가고, 곡물 창고 안에 있는 쥐[太倉鼠]는 쌓아놓은 곡식을 먹으면서 여유롭게 지내며 사람이 나타나도 두려워하지 않으니, 이에 이사는 "사람이 어질거나 못나거나 하는 것은 비유하자면 이런 쥐와 같아서 자신이 처해 있는 곳에 달렸을 뿐이다.[人之賢不肖譬如鼠矣, 在所自處耳.]"라고 하며 출세의 길에 올라 진시황의 재상이 되었다는 고사이다.

31) 권세가: '강어(强禦)'는 권세 있는 사람을 말한다. 《시경》〈대아·증민(烝民)〉에 "홀아비 홀어미 업신여기지 않으며, 권세 있는 사람 두려워하지 않도다.[不侮矜寡, 不畏彊禦.]"라고

비록 간사한 관리를 때려주고자 해도 　　　　　　　　縱欲搋吏奸,
어찌 능히 계책³²⁾을 잘 세울 수 있었으랴? 　　　　安能善鉤鉅?
권세가를 원수처럼 보는 게 괴로웠고 　　　　　　　巨室苦歸視,
하는 일마다 공정하지 못한³³⁾ 게 많았도다. 　　　触事多齟齬.
전란 지난 뒤 좋은 명망³⁴⁾ 끊어졌으며 　　　　　戰餘絶芬華,
평소 지냄에 어디서나 빡빡했도다. 　　　　　　　　平居喫緊處.
나 스스로 사내들의 무쇠다리 비웃었고 　　　　　　自笑夫鐵脚,
동쪽 이웃 여자³⁵⁾들을 허여하지 않았네. 　　　　不許東鄰女.
어찌 즉묵대부를 헐뜯는 줄³⁶⁾ 알았으랴? 　　　　郍知卽墨毀?

하였다.

32) 계책: '구거(鉤鉅)'는 강한 갈고리로, 기모(機謀)·계책을 말한다.

33) 공정하지 못한: '저어(齟齬)'는 위아래의 이가 서로 맞지 않는 것이나, 평등하고 공정하지 못함을 비유하는 말이다.

34) 좋은 명망: '분화(芬華)'는 좋은 명망을 말한다. 《사기(史記)》 〈상군열전(商君列傳)〉에서 "공이 있는 자는 영예로운 명성이 세상에 드러나고, 공이 없는 자는 비록 부유하더라도 향기롭고 화려한 바가 없다.[有功者顯榮, 無功者雖富, 無所芬華.]"라고 하였다.

35) 동쪽 이웃 여자: '동린녀(東隣女)'는 송옥(宋玉)의 〈등도자호색부(登徒子好色賦)〉에 "3년 동안 동쪽 이웃집 여자를 돌아보지 않았다.[三年不顧東隣女.]"는 데서 나온 말이다. 등도자(登徒子)가 초나라 양양(襄王)에게 송옥이 여색을 좋아한다고 헐뜯자 송옥이 왕에게 말하기를, "천하의 미인 중에는 초나라 여자가 최고이고, 초나라 중에는 제가 사는 마을의 여자가 최고이며, 제가 사는 마을 중에는 저의 동쪽 이웃의 딸이 제일 예쁩니다. 그 여자가 3년 동안 담장에 올라서 저를 엿보았지만 저는 그녀를 거들떠보지도 않았습니다."라고 하였다. 그 뒤로 인녀(隣女)는 춘정을 품은 여자를 가리키게 되었으나, 여기서는 자신을 헐뜯는 말이 사실이 아님을 말한다.

36) 즉묵대부를 헐뜯는 줄: '즉묵훼(卽墨毀)'는 간신들의 헐뜯음을 말한다. 제나라 위왕(威王)이 즉묵대부(卽墨大夫) 전종수(田種首)에게 말하기를, "자네가 즉묵대부로 부임한 뒤 비방하는 말이 매일 들려와서 내가 사람을 시켜 살펴보니 비방하는 말과는 달리 잘 수행하고 있었다. 비방하는 말은 자네가 측근에게 뇌물을 주지 않았기 때문이로다."라 하고 만가소아대부(萬家召阿大夫)에 봉해 주었다고 한다. 《송사(宋史)》 〈등원발열전(滕元發列傳)〉에 의하면, 송나라 신종(神宗) 때 어사중승(御史中丞)·한림학사(翰林學士) 등의 벼슬을 지낸 등원발(滕元發)은 처음에 신종에게 신임을 받았으나 부당(婦黨) 이봉(李逢)의 역모(逆謀)로 인하여 지방으로 좌천되어 10여 년을 보낸 뒤 마침내 자기 자신을 소명하는 상소문을 올려 "악양(樂羊)이 세운 공이 없자 비방하는 글이 상자에 가득하였고, 즉묵대부(卽墨大夫)는 무슨 잘못이 있어 헐뜯는 말이 매일 이르렀습니까?"라고 하였다.

증삼의 어머니도 베틀북 버리고[37] 도망쳤구나.　竟投曾母杼.

다투어 우물 속으로 돌을 던지니[38]　紛紛下井石,

어느 누가 옹수 초수[39] 분간할 수 있으랴?　有誰分灉潒?

속박에 젖은 삶을 벗어나서　脫身濕束中,

조각배로 거침없이[40] 돌아가누나.　片帆歸容與.

쓸쓸하게 거문고와 학 한 마리뿐　蕭然一琴鶴,

기러기 좇아 물가를 걸었었네.　隨飛鴻遵渚.

돌아와서 예 사던 마을 찾으니　歸來尋舊里,

잘린 언덕에 닳은 주춧돌만 남았네.　斷岸留短礎.

머슴이 사립문 고치고　蒼頭理柴荊,

어린애는 대광주리 수선하네.　赤脚補筐筥.

이곳에서 잠깐 어렵게 살지라도[41]　於斯蹔倚薄,

고상한 벗 사귀며[42] 애오라지 숨어살리라.[43]　結蘭聊延佇.

---

37) 증삼의 어머니도 베틀북 버리고: 증삼(曾參)이 사람을 죽였다는 말을 세 차례나 들은 증삼의 어머니도 남의 거짓말을 믿고 베틀을 그냥 두고 그 마을을 도망쳤다는 고사를 말한다.

38) 우물 속으로 돌을 던지니: '하정석(下井石)'은 투정하석(投井下石)의 준말로, 우물 속에 빠진 사람에게 돌을 던진다는 뜻이니, 다른 사람의 위기를 틈타서 해치려고 하는 것을 비유한다. 당나라 한유(韓愈)의 〈유자후묘지명(柳子厚墓志銘)〉에 "하루아침에 작은 이익과 손해에 임하여서는, 함정에 빠지면 손으로 당겨 구해주지 않고 도리어 밀치고 또 돌을 던지는 것이니 모두 이것이다.[一旦臨小利害, 落陷穽, 不一引手救, 反擠之, 又下石焉者, 皆是也.]"라고 하였다.

39) 옹수 초수: '옹초(灉潒)'는 하수(河水)로부터 흘러나오는 것이 '옹'이고, 제수(濟水)로부터 흘러나오는 것이 '초'이다. 《이아》에 좌태충(左太沖)의 〈위도부〉에서 "맑은 계명주는 제수와 같고, 탁한 막걸리는 하수와 같다.[淸酤如濟, 濁醪如河.]"고 하여 옹(灉)과 초(潒)의 물로 술맛을 구분한다고 하였으니, 여기서는 맑고 흐림 또는 잘잘못을 구분한다는 뜻으로 쓰였다.

40) 거침없이: '용여(容與)'는 《초사》 〈섭강(涉江)〉에서 "배가 일렁일렁 흔들리며 나아가지 못하도다.[船容與而不進兮]"라고 하여 배가 물결 따라 일렁일렁 흔들리는 모양을 가리키는 말이다. 또는 방종(放縱)이나 방임(放任)과 같은 말로, 아무 거리낌이 없이 내 멋대로 행동하는 것을 뜻하기도 한다.

41) 어렵게 살지라도: '의박(倚薄)'은 생활이 가난하고 곤궁함을 말한다.

수풀 속에 영지 차조 여기저기 자라고 　　叢林挺芝朮,

돌 틈에는 술지게미 아직 남아있구나.⁴⁴⁾ 　　石縫餘糟醨.

바위 샘물 향긋하여 떠 마실 만하고 　　巖泉香可掬,

냇가 풀은 맛이 좋아 먹을 만하여라. 　　磵毛美可茹.

뽕나무는 벌써부터 잎이 쑥쑥 나고 　　桑柘旣已苗,

참마뿌리⁴⁵⁾ 또한 쪄서 먹을 만하도다. 　　山藥亦堪煮.

반죽 지팡이 짚고 약초 길을 걸으며 　　斑杖行藥徑,

남여 타고 대나무 숲으로 나가도다. 　　輕輿造竹所.

한가로이 지내니 고즈넉함이 좋아서 　　優遊愜靜便,

이 즐거움 도리어 불러올 만하구나. 　　此樂還如許.

집에서 네 벽 텅 비어도 달가워하니 　　家甘四壁虛,

---

42) 고상한 벗 사귀며: '결란(結蘭)'은 난교(蘭交)를 말하며, 마음이 통하는 고상한 벗과 사귐을
나타내는 말이다. 《주역》〈계사상〉에 "두 사람이 마음이 같으면 날카로움이 쇠를 자를 수
있고, 서로 마음이 맞는 말은 향기로움이 난초와 같다.[二人同心, 其利斷金, 同心之言, 其臭
如蘭.]"고 하였다. 남조 송나라 포조(鮑照)의 〈증고인마자교(贈故人馬子喬)〉에 "淹流徒攀
桂, 延佇空結蘭."이라고 하였다.

43) 숨어살리라: '연저(延佇)'는 오래도록 서있거나 머무는 것을 말한다. 또는 목을 빼고 간절하
게 바라보는 것을 말하니, 도잠(陶潛)의 〈정운(停雲)〉에 "좋은 벗은 아득히 멀리 있고, 머리
긁으며 간절하게 바라보도다.[良朋悠邈, 搔首延佇.]"라고 하였다. 또는 귀은(歸隱)을 가리
키니, 남조 양나라 심약(沈約)의 〈적송간(赤松澗)〉에 "어느 때나 마땅히 전원으로 돌아와서,
푸른 바위 곁에 오래도록 숨어살 건가?[何時當來還, 延佇靑巖側.]"라고 하였다. 또는 배회
하면서 관망하고 머뭇거리며 결정하지 못하는 것을 말한다.

44) 돌 틈에는 …… 남아있구나: 소식(蘇軾)의 〈화채경번해주석실(和蔡景繁海州石室)〉에, "그
때 취해 누워서 천 날을 보냈는데, 지금도 돌 틈에는 술지게미 남아있네.[當時醉臥動千日,
至今石縫餘糟醨.]"라고 하였다.

45) 참마뿌리: '산약(山藥)'은 서여(薯蕷), 곧 참마를 말한다. 맛과(麻科)에 속한 여러해살이
덩굴 풀로, 여름에 자색 꽃이 피고 실눈은 먹기도 하며 뿌리는 산약(山藥)이라 하여 강장제로
쓰인다. 당나라 마대(馬戴)의 〈과야수거(過野叟居)〉에 "아이 불러 참마를 캐고, 송아지 풀어
시냇물을 마시게 하네.[呼兒採山藥, 放犢飲溪泉.]"라 하고, 소식(蘇軾)은 〈십월십사일이병
재고독작(十月十四日以病在告獨酌)〉에서 "청동화로에 잣을 익히고, 돌솥에는 참마뿌리를
찌도다.[銅爐燒柏子, 石鼎煮山藥.]"라고 하였다.

가난을 어찌 장돈46)에게 주리오?　　　　　　貧豈章惇予?

이 세상은 본래 껄끄러운 대자리요　　　　　　天地本籧篨,

만물은 모두 금방 지나가는 나그네.47)　　　　萬物俱逆旅,

몸뚱이는 하나의 쓸데없는 혹 덩이　　　　　　形骸一贅疣,

공명이란 한번 지어먹는 기장밥이라.　　　　功名一炊黍.

얻음과 잃음을 거칠게 나누어보면　　　　　　粗分得與喪,

자꾸 애태우고 속 끓일 필요 없도다.　　　　不必煩憂癙.

본래대로 돌아와서48) 지난날 사나움 슬퍼하고　歸愚悼前猛,

마음을 살피며 아름다운 말49)을 두도다.　　　探膓有綺語.

사업이란 응당 시운이 있는 것이니　　　　　事業會有時,

한번 쫓겨났다고 스스로 꺼어지랴?　　　　一黜寧自沮?

그때 지목하여 비웃던 사람이　　　　　　　當時目笑人,

마침내 보기50)로 여길 것이로다.　　　　　終能重鼎呂.

---

46) 장돈: 송나라 왕안석(王安石)의 장인으로 당시에 권세가이며, 자는 자후(子厚)이다. 신종(神宗) 때 왕안석이 정권을 잡자 편수삼사조례관(編修三司條例官)에 발탁되어 형호(荊湖) 지방을 살피고 계동(溪洞)의 변경을 개척하여 원주(沅州)를 설치하였으며, 철종(哲宗) 때에는 지추밀원사(知樞密院事)·상서좌복야겸문하시랑(尙書左僕射兼門下侍郞) 등에 등용되었다가 휘종(徽宗) 때에는 서주단련부사(舒州團練副使)로 폄직되었다.

47) 금방 지나가는 나그네: '역려(逆旅)'는 여관이나 나그네살이를 가리키거나, 일생이 금방 지나가고 짧음을 나타내는 말이다.

48) 본래대로 돌아와서: '귀우(歸愚)'는 귀거래하여 어리석은 본분을 지킨다는 뜻으로, 한유(韓愈)의 〈추회시(秋懷詩)〉에서 "본래대로 돌아와서 길이 평탄함을 알았고, 옛 우물에서 물 길음에 긴 두레박줄 얻었어라.[歸愚識夷途, 汲古得脩綆.]"라고 하였다.

49) 아름다운 말: '기어(綺語)'는 화려하고 아름다운 시문을 말한다.

50) 보기: '정려(鼎呂)'는 세상에서 보배롭게 여기는 기물로, 구정(九鼎)과 대려(大呂)를 말한다. 구정은 우(禹) 임금이 구주(九州)의 쇠를 거두어 주조한 9개의 솥이고, 대려는 주(周)나라 종묘에 설치한 종으로, 모두 천하의 보기(寶器)로 여기던 것이다.

신기루[1]를 구경하는 노래

觀海市歌

하늘집 치오르니 새론 비 온 뒤요	天宇高褰新雨後,
바다 빛이 둥둥 뜨니 맑기가 술 같아라.	海色浮空澄似酒.
처음에는 용백[2]이 구름노을 토하는 듯	初如龍伯吐雲霞,
잠깐사이 청색 홍색 언덕으로 변하도다.	頃刻靑紅變陵阜.
아른아른 고운 집채 느닷없이 솟아나고	耽耽綺宇忽湧出,
가물가물 겹친 행랑 좌우로 둘렀어라.	翼翼重廊繚左右.
새긴 난간 포갠 대청 햇빛이 영롱하고	雕欄疊榭光玲瓏,
안개 누각 바람 난간 창문이 열렸구나.	霧閣風欞開戶牖.
옥돌 추녀 분장 벽에 비취색 병풍이요	璇題粉壁翡翠屛,
진주조개 숨긴 빛이 사라졌다 나타났다.	珠貝隱映無還有.
원앙 기와[3] 마룻대 댄 데에 고기비늘 새기었고	鴛瓦接甍鏤魚鱗,

---

1) 신기루: '해시(海市)'는 대기권에 햇빛이 비쳐서 형성되는 지면에 반영되는 물체의 현상으로 신기(蜃氣)라고 한다. 진(晉)나라 복침(伏琛)의 〈삼제략기(三齊略記)〉에 "바다 위의 신기가 때때로 누대를 이루어 해시라고 이름 한다.[海上蜃氣, 時結樓臺, 名海市.]"고 하였다.

2) 용백: 중국 전설속의 세 거인인 박보(樸父)·과보(夸父)·용백(龍伯) 가운데 한 사람이다. 《열자(列子)》〈탕문(湯問)〉에, "발해(渤海)의 동쪽에는 대여(岱輿)·원교(員嶠)·방호(方壺)·영주(瀛洲)·봉래(蓬萊)의 다섯 신산(神山)이 있는데, 이 산들이 조수(潮水)에 표류하며 정착하지 못하자 천제(天帝)가 이 산들이 서극(西極)으로 흘러갈까 염려하여 큰 거북 15마리로 이 산들을 머리에 이게 하여 정착되었다. 그 뒤에 용백국(龍伯國)의 거인이 한번에 거북 6마리를 낚아감으로 인하여 대여와 원교의 두 산이 서쪽으로 표류하고, 방호·영주·봉래의 세 산만 남았다."고 하였다.

3) 원앙 기와: '원와(鴛瓦)'는 기와지붕의 기왓등과 기왓골을 말하니, 수키와[童瓦]와 암기와[仰瓦]가 어울려 지붕을 이루므로 원앙새의 암수같이 사이좋게 놓임을 말하는 것이다.

불빛 점점 번쩍번쩍 대지[4]위에 서리도다.　　炫轉熒煌蟠地紐.

따로 있는 구슬 누대 아득히 높으니[5]　　別有瓊樓俯無地,

짓느라고 노반 공수[6] 얼마나 애썼을까?　　結構郁煩般倕手?

뾰족이 쌓은 금박단청 큰 길에 빛나고　　稜層金碧耀通衢,

수정 발 금박에 티끌먼지 없도다.　　水晶簾箔無塵垢.

평온한 천상에도 관청들이 가득 하니[7]　　居然上界足官府,

하늘 땅[8] 이제야 갈라진 건 아닌가.　　混沌還疑今始剖.

교인 비단[9] 파는 저자에 오가는 사람은　　鮫綃靈市往來人,

자수 소매 비단옷에 자색 인끈 휘날리네.　　繡袂羅襦影紫綬.

바라보면 꿈과 같고 다시 바보 같아지니　　看來如夢復如癡,

황당하고 이상한 일 일찍이 짝이 없네.　　懭怳異事曾無偶.

창해상전[10] 제때 이뤄 아침저녁 바뀌는데　　滄桑適成朝暮遇,

운몽택[11]은 어찌 자주 여덟아홉 삼키는가?[12]　　雲夢寧數吞八九?

---

4) 대지: '지뉴(地紐)'는 땅을 묶어 버티고 있는 큰 끈을 말하며, 지유(地維)라고도 한다. 옛날
　사람들은 천원지방(天圓地方)이라 생각하여 하늘에는 아홉 개의 기둥으로 지지하고, 땅에는
　네 개의 끈으로 묶어서 지탱한다고 생각한 것이다.

5) 아득히 높으니: '무지(無地)'는 보아도 지면을 보지 못한다는 뜻으로, 아득히 높은 것을 형용
　하는 말이다.

6) 노반 공수: '반수(般倕)'는 고대의 유명한 목수인 노반(魯般)과 공수(工倕)를 말한다.

7) 천상에도 …… 가득 하고: '관부(官府)'는 관청이나 관리를 말한다. 한유(韓愈)의 〈봉수노급사
　운부사형곡강하화행견기병정상전칠형각로장십팔조교(奉酬盧給事雲夫四兄曲江荷花行見
　寄并呈上錢七兄閣老張十八助敎)〉에 "신선 사는 상계에도 관청들이 가득하다.[上界眞人足
　官府.]"고 하였으며, 소식(蘇軾)의 〈여산오영(廬山五詠)〉에서 "천상에도 관청들이 가득하
　니, 날아오른들 또한 무슨 이익 있으랴?[上界足官府, 飛昇亦何益?]"라고 하였다.

8) 하늘 땅: '혼돈(混沌)'은 하늘과 땅이 아직 나누어지지 않은 태초의 상태를 말한다.

9) 교인 비단: '교초(鮫綃)'는 전설 속의 교인(鮫人)이 짰다는 비단으로, 그 값이 100여 금(金)이
　나 된다고 하며, 그 옷감으로 옷을 해 입으면 물에 들어가도 젖지 않는다고 한다.

10) 창해상전: '창상(滄桑)'은 창해상전(滄海桑田)의 준말로, 푸른 바다가 뽕나무 밭으로 바뀐다
　는 것은 세상의 변화가 심하고 무상함을 뜻한다. 상전벽해(桑田碧海)·상전변성해(桑田變成
　海)·상창지변(桑滄之變)·창상지변(滄桑之變)이라고도 한다.

예쁜 옥이 눈에 닿아 온갖 짓 어지러운데   琳琅觸目紛萬狀,
괴상하고 기이함을 뉘 보고 뉘 못 보나?   怪怪奇奇誰見否?
하늘님 심한 장난에 샘도 또 많아   天公戲劇復多妬,
거울 수면에 잠깐 새 폭풍[13]을 몰아오네.   鏡面斯須驅颶母.
안개 걷히고 구름 흩어져 문득 보이지 않으니   煙空雲散却不見,
신선들이 몰래 지고 달아난 게 아니겠나?   無乃仙人竊負走?

---

11) 운몽택: 중국 고대에 후베이[湖北] 성 남부에서 후베이 성 북부에 걸쳐 있었다고 전해지는
무려 9백리에 이르는 큰 습지로, 우한[武漢]을 중심으로 양쯔[長江] 강 양안(兩岸)에 남아있
는 호수와 늪이 그 흔적이라고 한다.

12) 운몽택은 …… 삼키는가: '팔구탄(八九呑)'은 한나라 사마상여(司馬相如)의 〈자허부 (子虛
賦)〉에서 "가슴 속에 삼킨 것이 운몽택 여덟아홉 개인 것 같도다.[呑若雲夢者八九.]"라고
하여 제나라의 광활함에 초나라가 상대가 아님을 말한 것인데, 물이 넓고 큼을 비유하는 말로
사용하다가 웅대한 규모나 포부가 웅대함을 가리키게 되었다.

13) 폭풍: '구모(颶母)'는 바다에 부는 거센 폭풍을 말한다.

오여완[1] 준의 글씨에 대하여

題吳汝完書 竣

사랑스런 그대 글씨 아직 먹물 안 말라서	愛君筆蹟墨未枯,
못가 이른 봄 지렁이[2] 시 먹이를 다투도다.	臨池春蚓爭詩腴.
다소곳이 퍼진 풍채 아름다운 장부라	宛如昌丰美丈夫,
두 뺨 가득 도톰한 살 엉긴 연유 같구나.	雙頰豐肉如凝酥.
그대 보면 부귀한 상 절로 있어	看君自有富貴相,
산택에 야윌 사람[3] 아닌 줄 알겠도다.	見此知非山澤臞.
양귀비[4]든 조비연[5]이든 모두 눈에 즐겁거늘	玉奴飛燕俱悅目,
이 세상의 글씨체[6]에 어찌 다름 논하겠나?	世間肥瘦郒論殊?
지난 옛날 송도 인물 한경홍[7]의 글씨체는	徃者松都韓景洪,
은빛 갈고리[8] 번쩍번쩍 우리나라엔 없던 게라.	銀鉤奕奕吾東無.

---

1) 오여완: 오준(吳竣, 1587~1666)은 본관이 동복(同福), 자가 여완(汝完), 호가 죽남(竹南)이
   다. 문장과 글씨를 잘하여 여러 번 서장관을 지냈으며, 그의 글씨가 일본 닛코사[日光寺]에
   있는 〈일광산조선등로명(日光山朝鮮燈爐銘)〉에 전하기도 한다.

2) 봄 지렁이: '춘인(春蚓)'은 춘인추사(春蚓秋蛇)의 준말로, 서법이 졸렬하고 꼬불꼬불 뒤틀려
   본때가 없는 것을 말한다. 여기서는 구불구불한 서체를 가리키는 듯하다.

3) 산택에 야윌 사람: '산택구(山澤臞)'는 산택에서 야위며 산다는 말로, 은거하여 사는 처지를
   뜻한다.

4) 양귀비: '옥노(玉奴)'는 매화꽃의 별칭으로, 미녀를 가리키는 말이니, 남조 제(齊)나라 동혼
   후비(東昏侯妃) 반씨(潘氏)의 어릴 때 이름이 옥아(玉兒)여서 옥노라고 불렀으며, 당나라
   현종의 비 양태진(楊太眞), 곧 양귀비의 어릴 때의 이름이기도 하다.

5) 조비연: '비연(飛燕)'은 비연(飛鷰)으로도 쓰며, 한나라 성제(成帝)의 황후(皇后) 조비연을
   가리킨다.

6) 글씨체: '비수(肥瘦)'는 필획의 굵고 얇음을 말한다.

7) 한경홍: 경홍(景洪)은 한호(韓濩)의 자이고, 호는 석봉(石峯)이다.

지금 그대 다시금 뒤에 오는 준걸 되니	今君復爲後來儁,
붓을 적셔 휘갈김에 모두가 규모 나네.	淋漓揮灑皆規模.
난새 날듯9) 몇 곳이나 정자 문미 비추었나?	鸞翔幾處照亭楣?
봉황 날듯 또다시 거북 받침에 남겼구나.	鳳翥亦復留龜趺.
인을 당해 양보 않음10) 옛 부터의 미덕이니	當仁不讓古所美,
보배 먹물 흩어져서 온 세상에 퍼졌구나.	寶墨散落彌寰區.
어지러이 세상사람 모방하려 애 쓰지만	紛紛世人强摹效,
그 얼마나 책상에서 등왕 그림11) 얻겠는가?	幾多榻得滕王圖?
우습도다! 글씨공부 부질없이 성취 못해	笑矣乎吾生學書漫不成,
인생 백년 하는 일이 조롱박12)만 그리도다.	百年事業堪胡蘆.

---

8) 은빛 갈고리: '은구(銀鉤)'는 갈고리로 필획(筆劃)을 형용한 말이니, 자획(字劃)이 매끄럽고 꼿꼿함을 말한다.

9) 난새 날아: '난상(鸞翔)'은 난상봉저(鸞翔鳳翥)의 준말로, 난새와 봉황이 날고 춤추는 것을 말하는데, 여기서는 글자체가 뛰어나게 훌륭하고, 필체의 형세가 날아 움직이는 것을 비유하는 말이다. 한유(韓愈)의 〈석고가(石鼓歌)〉에서 "난새 봉새 날아오르고 많은 신선 내려오네.[鸞翔鳳翥衆仙下.]"라고 하였다.

10) 인을 당해 양보 않음: '당인불양(當仁不讓)'은 《논어》〈위령공(衛靈公)〉에 "인을 행해야 할 때에는 스승에게도 양보하지 않는다.[當仁不讓於師.]"라고 하였다.

11) 등왕의 그림: '등왕도(滕王圖)'는 당나라의 유명한 화가 등왕(滕王) 원영(元嬰)의 그림을 말하니, 특히 〈호접도(蝴蝶圖)〉를 말한다.

12) 조롱박: '호로(胡蘆)'는 화호로(畫葫蘆), 곧 조롱박을 그린다는 뜻으로, 다른 사람의 작품을 모사하기만 하고 자신의 창의적인 면모가 없는 것을 뜻한다. 송나라 도의(陶穀)는 학식이 깊고 문장이 출중했는데, 지위가 낮은 것이 불만이었다. 이에 친구들로 하여금 태조(太祖)의 면전에서 진언하게 하였는데, 태조가 말하기를, "한림학사들이 문장을 지으면서는 모두 다른 사람들의 글을 베끼기만 할 뿐이니, 이는 이른바 호로의 모양새를 보고 호로를 그리는 격이다. 무슨 공이 있겠는가?" 하였다.

산림생활의 질펀한 흥취

林居漫興

구름 빛[1]이 청신한 새벽에 맑고	雲物澹清曉,
아름다운 나무에서 예쁜 새 운다.	嘉樹鳴好鳥.
옷 걸치고 사립문을 열어두며	披衣啓柴門,
지팡이 꽂아두고 수풀 끄트머리에 멈춘다.	植杖偃林抄.
작은 길로 짙푸른 풀숲에 드니	微路入葱蒨,
바위틈 골짜기[2] 깊고 아득하다.	石門更杳窅.
따스한 햇살이 막 갠 하늘에 이어지고	熙陽屬新晴,
산골 마을에 고운 경치[3] 둘러있다.	村落煙花繞.
산들바람 살랑살랑 불어오니	微風吹細細,
버들가지 노란 금빛 하늘하늘.	柳絲黃金嫋.
즐겁도다! 이 좋은 계절에	樂哉好時節!
속세 멀리[4] 훨훨 노니나니.[5]	霞外得輕矯.
번거로운 갓끈 풀어 맑은 시내에 씻고	煩纓濯清流,

---

1) 구름 빛: '운물(雲物)'은 구름 빛이나 구름기운, 또는 경물이나 경치를 말한다.
2) 바위틈 골짜기: '석문(石門)'은 물의 흐름을 제어하는 바위들이 문처럼 쌓여있는 골짜기를 말한다.
3) 고운 경치: '연화(煙花)'는 연화(烟花) 또는 연화(煙華)와 같은 말로, 남기와 안개 속에 꽃을 가리키거나, 아름다운 봄날 경치를 말한다. 또는 아름답고 고운 기녀(妓女)를 가리키기도 한다.
4) 속세 멀리: '하외(霞外)'는 구름 밖 높고 먼 곳을 말하거나, 세상과 끊어진 곳, 속세를 멀리 떠난 곳을 가리키는 말이다.
5) 훨훨 노니나니: '경교(輕矯)'는 멀리 달리고 높이 난다는 말로, 자유롭게 노닌다는 뜻이다.

가슴속 너른 회포 세상 밖을 벗어났네.　　　　曠懷出塵表.

구름 따라 걸어가니 기상이 거리낌 없고　　　緣雲氣飄飄,

시냇가에 쉬노라니 마음속이 고즈넉하네.　　　憩澗心窅窅.

다시 가장 높은 산꼭대기 올라가서　　　　　還登最高頂,

몸을 숙여 바라보니 바다가 자그마해.　　　　俯看滄溟小.

푸른 하늘 모양새가 삿갓과 같은지라　　　　天形如一笠,

삼라만상 모든 걸 담을 수 있을 듯해.　　　　萬象皆可了.

우연히 깊은 산골 몸을 붙여 살다보니　　　　偶然著丘壑,

어지러운 세상사를 떠날 수 있었도다.　　　　得以謝紛擾.

한가한 이 정취는 사탕수수 맛과 같고⁶⁾　　閑趣似啖蔗,

세상살이 매운 맛은 여뀌와 같도다.　　　　世味同嘗蓼.

돌이켜 생각하니 떠나온 길 멀어서　　　　　廻思去路緬,

갑자기 마음속이 처량해지는구나.　　　　　乍覺心神悄.

집안에 어린 종이 내 마음을 알고서　　　　家僮會我意,

옥 술병 가져가 맑은 술 사왔구나.　　　　玉壺沽淸醥.

술이 있고 또한 마실 만한지라　　　　　有酒且可飮,

취한 기분 다시금 그윽하고 아득하네.　　　　醉鄕還幽渺.

봄날의 풍광과 술 취한 흥취　　　　　　春光與醉興,

오늘은 어느 것이 좋을까?　　　　　　今日誰多少.

---

6) 사탕수수 맛과 같고: '담자(啖蔗)'는 점입가경(漸入佳境)과 같은 뜻으로, 갈수록 점점 더 흥미진진하다는 말이다. 진(晉)나라 고개지(顧愷之)가 사탕수수[甘蔗]를 꼬리 부분부터 맛보자, 어떤 사람이 그 이유를 물으니 "점점 더 좋은 맛을 보려고 해서이다.[漸至佳境]"라고 대답했다는 데서 유래하였다.

강을 가다

江行

뱃사공[1] 배 모는 게 말 모는 것 같은데	長年使船如使馬,
이른 아침[2] 탄금대 아래 닻줄을 들도다.	詰朝擧纜琴臺下.
이제 방금 비가 개여 봄물이 가득하고	是時新晴春水肥,
계곡 물과 암벽 물이 콸콸 쏟아지도다.	硐溜巖乳送輕瀉.
산들바람 돛에 불어 포구로 돌아오니	輕風快帆轉浦口,
언뜻언뜻 앞산들이 배 뒤로 지나가네.	瞥瞥前山看在後.
은하수를 바라보니 금방 이를 만한데	望中銀漢便可到,
요지와 곤륜산[3]은 또한 어디에 있는가?	瑤水崑丘亦何有?
배 안에 누워서 몸을 움직이지 않거늘	舟中偃臥身不動,
괴상하게 강가 언덕 어릿어릿 가도다.	只怪江岸依依走.
용문[4]까지 백리 길을 잠깐 사이 지나니	龍門百里過俄頃,
물가 부들 나루 물풀 흔들리 있구나.	渚蒲浦荇看不定.

---

1) 뱃사공: 옛날에 상앗대를 부리는 고사(篙師)를 장년(長年)이라 하였고, 키를 다루는 타공(舵工)을 삼로(三老)라고 하였다.

2) 이른 아침: '힐조(詰朝)'는 힐단(詰旦)과 같으니, 이른 아침 또는 평단(平旦)이라는 뜻이다.

3) 요지와 곤륜산: '요수곤구(瑤水崑丘)'는 요지(瑤池)와 곤륜산(昆侖山)이니, 전설 속에 나오는 곤륜산과 그 위의 연못 이름으로 서왕모(西王母)가 살던 곳이라고 한다. 서왕모는 중국 도교 신화에 나오는 신녀(神女)로, 사람의 얼굴에 호랑이 이빨과 표범 꼬리를 지닌 산신령이 아름다운 여인으로 변한 것이라고 한다.

4) 용문: 우문구(禹門口)를 말하니, 산서성 하진현(河津縣) 서북쪽과 섬서성 한성시(韓城市) 동북쪽에 있는데 황하가 이곳에 이르러 양쪽 벽이 대치하는 모양이 대궐문과 같으므로 붙여진 이름이다. 여기서는 경기도 양평군의 용문을 가리키는 듯하다.

거침없이 가는 형세 어느 누가 막으랴?	沛然誰禦去得勢?
바람 많은 월협5)에 물결 되레 고요하네.	月峽風多浪還靜.
사군이 수염 잡고 우렁차게 노래하며	使君攬鬚歌浩浩,
양주6)에 도착하니 해가 아직 이르도다.	行到維楊日尙早.
동남으로 새들이 광릉7) 길에 날고	東南鳥飛廣陵路,
꽃과 버들 봄날이라 저자도8)에 환하구나.	花柳春明楮子島.
종남산9)이 멀리 안개 속에 보이고	終南山色杳靄中,
그 아래 한강은 소양강에 닿았구나.	下有江漢 昭陽通.
장안이 가깝구나 머리 들어 바라보니	長安近歟擧頭見,
온 성안10) 좋은 기운 푸른 숲 무성한 듯11).	萬井佳氣猶葱籠.
정성으로도 신명에 관통하지 못하거늘	精誠莫是貫神明,
축지법12)으로 지금 옥경13)에 온 것인가?	縮地今疑來玉京.

---

5) 월협: 명월협(明月峽)의 약칭으로 사천성 파현(巴縣) 경계에 있다. 계곡입구 남쪽 언덕이 40길이나 되고 그 벽에 둥근 구멍이 있는데 마치 둥근 달 모양과 같아서 붙여진 이름이다. 황우산(黃牛山)·서릉협(西陵峽)과 함께 장강(長江) 삼협(三峽)의 하나로도 일컬어진다. 여기서는 계곡 장유가 경기도 광주의 〈용진(龍津)〉을 노래한 내용에서 "옛날 성이 나루터에 임해있고, 높은 산길이 산허리에 둘렀도다. 산의 형세는 용문과 가깝고, 강의 근원은 월협에서 멀도다.[古城臨渡口, 危棧轉山腰. 嶽勢龍門近, 江源月峽遙.]라고 한 것처럼 남한강의 근원인 남쪽의 월악산을 가리키는 듯하다.

6) 유양: 양주(楊州)를 말한다. 현재 경기도 양주에 유양리(維楊里)가 있다.

7) 광릉: 경기도 포천군에 있는 광릉을 말한다.

8) 저자도: 서울 광진구에 있는 뚝섬을 말한다.

9) 종남산: 서울 남산을 말한다. 남산은 목멱산(木覓山)·인경산(引慶山)·마뫼 등 여러 이름으로 불렸다.

10) 온 성안: '만정(萬井)'은 옛날에 사방 1리(里)의 땅을 1정(井)이라고 한 데 유래하여, 천가만호(千家萬戶)의 번화한 도시나 저자를 말한다.

11) 푸른 숲 무성한 듯: '총롱(葱籠)'은 초목이 푸르고 무성함을 가리킨다. 또는 몽롱(朦朧)과 같은 말이다.

12) 축지법: '축지(縮地)'는 도술로 땅을 줄여 먼 거리를 가깝게 하는 것을 말한다.

13) 옥경: 도가(道家)에서 천제(天帝)가 있는 황도(皇都)를 옥경(玉京)이라고 한다. 임금이 계신 경성이 근접하기 어려움을 비유하여 옥경이라고도 한다.

잠깐사이 두약주[14)]에 닻을 내리자　　　　　　斯須下碇杜若洲,

물가에서 아이 종이 다투어 반기도다.　　　　沙頭僮僕爭歡迎.

서둘러 배를 두고 언덕길에 올라서니　　　　翩然捨舟登岸行,

메조 아직 덜 익었는데 낮닭이 우는구나.　　黃粱未熟午雞鳴.

---

14) 두약주: 두약이 피어있는 향기로운 물가라는 뜻으로, 이상적인 경계를 가리키는 말이다.
'두약(杜若)'은 향초 이름으로 잎은 능하(菱荷)와 같고 줄기 끝에 꽃이 핀다. 《초사(楚辭)》
〈구가(九歌)·상군(湘君)〉에 "향긋한 물가에서 두약을 캐어, 장차 저 하녀에게 전해주리라.
[采芳洲兮杜若, 將以遺兮下女.]"라고 하여 친구를 그리워하는 뜻으로 쓰였는데, 두약(杜若)
은 은둔한 군자나 현사를 비유하는 말로 쓰이기도 한다.

관동 관찰사에게 시를 지어주며 헤어지다 두 수

贈別關東方伯二首

바람이 깃발 당기고 비에 먼지 씻기는데   風引幡幢雨灑塵,

먼 지방[1] 가는 신선 폭풍수레[2]에 기댔구나.   日邊仙袂倚飆輪.

조정[3] 대전[4]에서 모든 조서[5] 쓰더니만   瑤墀香案絲綸手,

신선 곳[6] 봉래산에서는 직접 맡아 다스리는구나.   玄圃蓬壺管領身.

갈매기 너머 감호[7]에는 봄물이 출렁거리고   鷗外鑑湖春漲艶,

말머리 앞 풍악산[8]에는 푸른 봉이 우뚝하도다.   馬頭楓岳碧嶙峋.

늙은 몸[9]이 세상에 쓸모없음 부끄러우면서   龍鍾在世羞無用,

---

1) 먼 지방: '일변(日邊)'은 태양의 주변으로 천변(天邊)이라고도 하며, 매우 먼 지방을 가리킨다.

2) 폭풍 수레: '표륜(飆輪)'은 표륜(飆輪) 또는 표륜(飆輪)으로도 쓰며, 폭풍처럼 수레가 빨리 달려가는 것을 말한다.

3) 조정: '요지(瑤墀)'는 옥돌계단을 말하니, 조정을 가리키는 말이다.

4) 대전: '향안(香案)'은 대전의 향로와 촉대를 두는 탁자로, 대전을 가리킨다. 궁정에서 임금을 모시는 신하를 향안리(香案吏)라고 부르는데, 향안 옆에 있기 때문이다.

5) 모든 조서: '사륜(絲綸)'은 《예기》〈치의(緇衣)〉에 의하면 "왕의 말이 실과 같고, 말이 나옴이 굵은 실 같다.[王言如絲, 其出如綸.]"고 하였는데, 공영달이 "왕의 말이 처음 나올 때 실처럼 미세하지만, 밖으로 나감에 그 말이 다시 점점 커져서 마치 굵은 실 같다.[王言初出, 微細如絲, 及其出行於外, 言更漸大, 如似綸也.]"고 설명하여 임금의 조서(詔書)를 사륜(絲綸)이라고 부르게 되었다.

6) 신선 곳: '현포(玄圃)'는 곤륜산 정상에 있는 신선의 거처로, 기이한 꽃과 돌이 있다고 한다. '현(玄)'은 '현(懸)'과 통한다.

7) 감호: '감호(鑑湖)'는 강릉에 있는 경포대를 가리키거나, 금강산 어귀 또는 삼일포 근처에 있는 호수를 가리키는 말이라고 한다.

8) 풍악산: '풍악(楓岳)'은 금강산을 가리키는 말이다.

9) 늙은 몸: '용종(龍鍾)'은 몸이 늙어 행동이 편하지 못하거나, 늙어서 구부정한 모양을 가리키는 말이다.

괜스리 청도[10]로 이끌며 먼저 떠나라고 하는구나. 漫挈清都讓別人.

속세 밖의 구름 산이 몇 겹이나 사이했나? 世外雲山隔幾重,

벼슬살이 바야흐로 신선 자취 밟으리라. 宦蹤方是躡仙蹤.

수레 맞는 갈매기 해오라기 오락가락 迎軺鷗鷺來還去,

길을 낀 구름 안개[11] 옅었다가 짙었다가. 挾路煙霞淡復濃.

널찍한 누각에서 밤에 거문고 울리고[12] 快閣夜鳴金捍撥,

경건한 절[13]에서 봄날이면 고운 연꽃 보리라. 化城春對玉芙蓉.

비로봉 만 이천 봉 그림자들이 毗盧萬二千峯影,

하나하나 그대에게 큰 포부[14]를 주리로다. 一一輸君八九胸.

---

10) 청도: '청도(淸都)'는 전설 속에 나오는 천제(天帝)가 거주하는 궁궐이나, 임금이 거주하는 도성을 말한다. 여기서는 관찰사가 부임하는 강릉을 가리키는 말이다.

11) 구름 안개: '연하(煙霞)'는 구름 노을이나, 물안개나, 산수 또는 산림을 가리키는 말이다.

12) 거문고가 울리고: '금한발(金捍撥)'은 거문고나 비파 등을 연주할 때 쓰는 상아 등으로 만들고 금으로 장식을 한 채를 말한다.

13) 경건한 절: '화성(化城)'은 일시적으로 환화(幻化)한 성곽으로, 불교에서 소승의 경계를 비유하는 데 쓰는 말이니 절을 가리킨다. 또는 신기루를 가리키기도 한다.

14) 큰 포부: '팔구흉(八九胸)'은 '팔구탄(八九呑)'과 같은 말로, 한나라 사마상여(司馬相如)의 〈자허부 (子虛賦)〉에서 "가슴 속에 삼킨 것이 운몽택 여덟아홉 개인 것 같도다.[呑若雲夢者 八九.]"라고 하여 제나라 땅이 광활하여 초나라가 상대가 되지 않음을 비유한 것인데, 물의 형세가 넓고 큼을 비유하는 말로 사용하다가, 웅대한 규모나 포부가 웅대함을 비유하는 말로 사용하게 되었다.

밤에 앉아 우연히 읊다

夜坐偶吟

긴 대자리에 가을바람 일어나고   長簟秋風起,

빈 연못가에 저녁 이슬 흩날리네.   空塘夕露霏.

때 못 맞추어[1] 북쪽으로 왔더니   衣冠迷北至,

기러기는 또 남쪽으로 날아갔도다.   鴻雁又南飛.

골짜기마다 싸늘해도 운치가 생겨나고   萬壑寒生韻,

집집마다 밤중에 다듬이를 두드리네.   千家夜擣衣.

가는 세월 어떻게 머무르게 하겠는가?   年華那可駐?

이 신세 고향으로 돌아감만 못하도다.   身世不如歸.

---

1) 때 못 맞추어: '의관미(衣冠迷)'는 《장자》〈소요유(逍遙遊)〉에 나오는 말로, 송나라 사람이
장포(章甫)라는 갓을 밑천 삼아 장사하러 월나라에 갔는데, 사람들이 모두 머리를 짧게 깎고
문신을 하고 있어서 갓을 쓸 필요가 없었다는 고사로, 때를 만나지 못함을 비유하는 말이다.

또
又

기나긴 밤 구름이 골짜기에 피어나고	遙夜雲生壑,
외딴 마을 시냇물에 울타리가 비치네.	孤村水映籬.
달빛은 새로이 비 그친 뒤 환하고	月華新雨後,
산색은 일찌감치 가을 맞아 좋을시고.	山色早秋時.
바람이 잔잔하니 반딧불이 오고가고	風定流螢度,
수풀이 차가우니 흰 이슬 맺히네.	林寒白露滋.
타향살이 신세에 계절마다 놀라더니	他鄉驚物候,
양쪽 살쩍 어느 샌가 하얗게 샜도다.	雙鬢已成絲.

함장[1]이 남쪽으로 돌아가기에 송별하다

送別含章南還

부평초처럼 잠시 만났다 쑥대처럼 다시 떠도니　　暫時萍合更蓬漂,
늘그막에 이별 회포 스스로 달갑지 않구나.　　到老離懷不自聊.
어려웠던 십년 동안 몸은 오히려 건재한데　　多難十年身尚在,
험난한 천리 길에 귀밑머리 죄다 세었구나.　　畏途千里鬢全凋.
술자리서 부질없이 금방 돌아온다 말하나　　臨筵漫說歸期近,
헤어지면 어찌 먼 노정 견딜 겐가?　　分袂那堪去路遙.
물시계[2]가 아침시각 재촉함이 무척 두렵나니　　深怕宮壺催曉漏,
내일이면 이 강 다리 건너야하기 때문이로다.　　爲緣明日是河橋.

---

1) 함장: 둘째 아우 윤원지(尹元之)의 자이다.
2) 물시계: '궁호(宮壺)'는 궁루(宮漏)이니, 궁궐의 물시계를 말한다. 또는 어사주(御賜酒)를
말하기도 한다.

동회[1]가 부쳐온 시운에 다시 화답하다
낙전은 신공의 다른 하나의 호이다

再答<u>東淮</u>寄韻 <u>樂全</u> 申公一號

귀한 자손[2] 별서[3] 강물 건너 있는데	王孫別業跨江流,
평평한 들 질러서 벼랑 언덕 안았도다.	半割平原抱斷丘.
흥에 겨워 우연히 대지팡이[4] 손에 잡고	乘興偶攜桃竹杖,
문을 나서 한가로이 목란배[5]를 저었도다.	出門閑櫂木蘭舟.
목릉[6]의 산 그림자[7] 아득하게 비를 띠고	穆陵山影遙連雨,
산사[8]의 종소리는 멀리 가을을 보내도다.	蕭寺鍾聲迥送秋.
시든 술이든 마음대로 구사해도 무방하니[9]	詩酒不妨驅使在,

---

1) 동회(東淮): 신익성(申翊聖)을 말한다. 자가 군석(君奭)이고, 호가 낙전당(樂全堂)·동회거사(東淮居士)이며, 병자호란 때 척화오신 가운데 한 사람이다.

2) 귀한 자손: '왕손(王孫)'은 왕손공자(王孫公子)의 준말로, 귀한 가문 자손을 가리킨다.

3) 별서: '별업(別業)'은 별서(別墅)이니, 당나라 고적(高適)의 〈기상별업(淇上別業)〉에서 "가물가물 서산 아래에, 별서가 뽕나무 숲가에 있네.[依依西山下, 別業桑林邊.]이라고 하였다.

4) 도죽장(桃竹杖): 죽장(竹杖)은 대나무로 만든 지팡이이고, 도죽(桃竹)은 대나무의 한 종류이다. 재질이 단단하여 화살을 만들거나 지팡이를 만들 때 쓰는 좋은 재료이다.

5) 목란배: 목란(木蘭)으로 만든 배를 말한다. 목란(木蘭)은 향나무 이름으로 두란(杜蘭) 또는 임란(林蘭)이라고도 한다.

6) 목릉: 조선시대 선조(宣祖)와 원비(元妃) 의인왕후(懿仁王后) 및 계비(繼妃) 인목왕후(仁穆王后)의 능묘로 경기도 양주에 있다.

7) 산 그림자: '산영(山影)'은 먼 산의 윤곽을 말한다.

8) 산사: '소사(蕭寺)'는 양(梁)나라 무제(武帝)가 절을 지을 때 소자운(蕭子雲)에게 '소(蕭)'자를 크게 쓰게 하였는데, 그 이후로 불사(佛寺)를 일컬어 소사(蕭寺)라고 부르게 되었다.

9) 시든 술이든 …… 무방하니: 당나라 두보의 〈강반독보심화(江畔獨步尋花)〉에서 "시와 술은 오히려 마음대로 할 수 있으니, 흰 머리 노인 되는 걸 걱정하지 말게나.[詩酒尙堪驅使在, 未須料理白頭人.]"라고 하였다.

산림 친구[10] 잠시 불러 시냇가에 이르도다.　　　　暫呼溪友到沙頭.

---

10) 산림 친구: '계우(溪友)'는 시냇가에 살면서 산수에 정을 붙이고 사는 친구, 곧 속세를 벗어나서 산속에 사는 친구를 말한다.

가을밤

秋夜

세상살이 어려워 몸 둘 곳¹⁾ 좁고	世難藏身窄,

세상살이 어려워 몸 둘 곳[1] 좁고 世難藏身窄,

집안 살림 가난하여 술 마시기 힘들구나. 家貧得酒勞.

덧없는 인생[2]에 불우함[3]도 달갑거늘 浮生甘落魄,

귀밑머리까지 듬성하니 빠졌구나.[4] 雙鬢又刁騷.

산에 날 저무니 가을소리[5] 시끄럽고 山晚秋聲鬧,

강물이 차가우니 갠 하늘빛 드높구나. 江寒霽色高.

순채국에 농어회[6]가 한층 흥취[7] 돋우나니 蓴鱸牽遠興,

기나긴 밤 꿈속에서 산림 언덕 그리도다. 遙夜夢林皋.

---

1) 몸 둘 곳: '장신(藏身)'은 안신(安身)과 같은 말로, 《예기》〈예운(禮運)〉에 "그러므로 정치라는 것은 임금이 몸을 편안하게 두는 것이다.[故政者君之所以藏身也.]"라고 하였다.

2) 덧없는 인생: '부생(浮生)'은 《장자》〈각의(刻意)〉에서 "그 삶이 뜬 것 같고, 그 죽음이 쉬는 것 같다.[其生若浮, 其死若休.]"고 하여 세상을 덧없이 떠돌며 정착하지 못하는 것에 말미암아 인생을 '부생(浮生)'이라고 하게 되었다.

3) 불우함: '낙백(落魄)'은 생활이 곤궁하여 의욕을 잃은 것이거나, 방종(放縱)하며 억매이지 않는 것을 말한다.

4) 듬성하니 빠졌구나: '조소(刁騷)'는 머리카락이 듬성하고 빠진 모양을 말한다.

5) 가을소리: '추성(秋聲)'은 가을날 자연의 소리이니 바람소리나, 낙엽소리나, 벌레 또는 새소리 등을 말한다.

6) 순채국에 농어회: '순로(蓴鱸)'는 후한(後漢) 때 장한(張翰)이 낙양(洛陽)에서 벼슬하다가 세상이 어지러워지자 고향 오중(吳中)의 순채국과 농어회가 그립다면서 벼슬을 그만두고 고향으로 돌아갔다는 고사이다.

7) 한층 흥취: '원흥(遠興)'은 고아(高雅)한 흥치를 말한다.

원자건[1] 두표 영공[2]이 세 번째 호남을
안찰하기에 전송하다 두 수

送元子建斗杓令公三按湖南 二首

대화살 유황[3]에 귤유 향내 섞여나고	竹箭硫黃橘柚香,
경승 좋은 곳에다 또한 금성탕지[4]로구나.	山河形勝又金湯.
오중[5]처럼 온갖 문물 번성하고 화려한 곳	吳中文物繁華處,
노나라처럼 인재들[6]이 가득한 마을이로다.	魯國人材府庫鄕.
오늘의 지방 관직[7] 준걸에게 돌아가니	今日職方歸俊傑,
한때의 명망 높음이 조정[8]에 있도다.	一時公望在巖廊.

---

1) 원자건: 원두표(元斗杓)는 자가 자건(子建), 호가 탄수(灘叟)·탄옹(灘翁)이다. 첨지중추부사 송수(松壽)의 증손으로 할아버지는 수군절도사를 지낸 호(豪)이며, 아버지는 지중추부사를 지낸 유남(裕男)이다.

2) 영공: 정삼품(正三品)과 종이품(從二品)의 관리를 높여 이르던 말로, 영감(令監) 또는 대감(大監)이라고도 한다.

3) 유황: '유황(硫黃)'은 화약 등을 제조할 때 사용하는 원소를 말한다.

4) 금성탕지: '금탕(金湯)'은 금성탕지(金城湯池)를 말한다. 쇠로 만든 성, 그 둘레에 파놓은 해자에 뜨거운 물로 가득 채운 못이라는 뜻으로, 방어 시설이 잘되어 있는 성을 말한다.

5) 오중: '오중(吳中)'은 오나라 땅을 가리키기도 하며, 강소성(江蘇省) 오현(吳縣)을 가리키기도 한다. 중국 강남의 대표적 상업도시이고, 예향(藝鄕)이라 일컬을 정도로 명나라 때 서화의 대가인 당인(唐寅)·심주(沈周)·문징명(文徵明)·구영(仇英) 등이 모두 여기 출신이다. 일찍부터 원림(園林)이 발달하여 유원(留園)·졸정원(拙政園) 등이 있는 명승지이다. 또한 오중사사(吳中四士)인 당나라 포융(包融)·하지장(賀知章)·장욱(張旭)·장약허(張若虛)가 동시에 이름이 났으며, 오중사걸(吳中四傑)인 명나라 초기의 양기(楊基)·고계(高啓)·장우(張羽)·서분(徐賁)이 나란히 시명(詩名)을 날렸다.

6) 노나라처럼 인재들: 유학자들이 많이 배출되었음을 말한다.

7) 지방관직: '직방(職方)'은 직방씨(職方氏)의 준말로 주나라의 관직 이름이며, 천하의 지도와 사방의 직공(職貢)을 관장하는 것을 말한다. 나라의 판도(版圖)를 관장하는 지방 관직이나, 온 나라의 땅을 가리키는 말이다.

대장부의 높은 벼슬 보통 있는 일이던가　　　　男兒卿相尋常事,

옥절9) 세 번 잡는데도 살쩍 세지 않았구나.　　　玉節三持鬢未蒼.

주나라의 방악10)이고 한나라의 공신이니　　　　周家方岳漢功臣,

말을 타고 날아가서 임금 덕화 알리도다.　　　　躍馬飛騰報主身.

내공의 잣나무11) 치솟은 게 무릇 몇 고을인가?　萊柏凌雲凡幾郡?

소공의 팥배나무12) 짙푸르니 다시 봄이로다.　　召棠增翠又廻春.

잠간 위태함은 왜구를 안심시키려는 것이니13)　艱危早晩安劉是,

동남 지방 잘 다스려 여러 번 만류 받았네.14)　節制東南借寇頻.

---

8) 조정: '암랑(巖廊)'은 높다란 낭무(廊廡)로서, 의정부나 조정을 가리킨다.

9) 옥절: '옥절(玉節)'은 옥으로 만든 부절(符節)로 옛날 천자나 임금이 사신에게 주어 신표로
　　삼았던 것이다. 또는 임금의 명을 받고 부절을 가지고 지방으로 부임하는 관리를 말한다.

10) 방악: 주나라 때 지방관을 가리키는 말이니, 조선시대 관찰사, 곧 방백(方伯)을 가리키는
　　말이다.

11) 내공의 잣나무: '내백(萊柏)'은 북송 때 국공(萊國公)에 봉해진 구준(寇準)이 파동현(巴東
　　縣)에 현령으로 있을 때 손수 잣나무를 심고 당(堂)을 세워 내백당(萊柏堂)이라 하였는데,
　　당시 백성들이 구래공(寇萊公)의 선정(善政)을 칭송하며 그가 심은 잣나무를 소공의 감당(甘
　　棠)나무에 견주었다는 고사이다. 소식(蘇軾)의 시에, "구래공(寇萊公)이 옛날에 때를 만나지
　　못했을 때, 고요하게 파동에서 수령으로 지냈었네. 듣자하니 산속의 나무 중에는, 아직 공이
　　심은 소나무가 남았다 하네. 강산은 호걸 준걸 길러 주는데, 조정은 영웅을 제대로 대우 못하
　　네. 홀(笏)을 잡고 벼슬 높은 관리를 맞고, 수레 먼지 바라보며 절을 하게 하네. 그 해에 자사는
　　누구였던가? 응당 삼공 되실 분인 줄 몰랐다네.[萊公昔未遇, 寂寞在巴東. 聞道山中樹, 猶
　　餘手種松. 江山養豪俊, 禮數困英雄. 執板迎官長, 趨塵拜下風. 當年誰刺史, 應未識三
　　公.]"라고 하였다.

12) 소공의 팥배나무: '소당(召棠)'은 주나라 소공(召公)이 머물던 팥배나무란 뜻이다. 감당(甘
　　棠)은 당리(棠梨) 또는 두리(杜梨)라고도 하며, 《시경》〈소남·감당(甘棠)〉에서 "뒤덮은 팥배
　　나무를 자르지 말고 치지도 말라. 소백이 머물던 곳이로다.[蔽芾甘棠, 勿翦勿伐. 召伯所
　　茇.]"라고 하여 소공이 나라 안의 고을을 순행하다가 팥배나무 아래에서 공평하게 정사를
　　행했으므로 백성들이 팥배나무를 보호하면서 노래를 지어 불렀다는 것이다.

13) 왜구를 안심시키려는 것이니: '안류시(安劉是)'는 유방을 안심시키는 계책이라는 뜻으로,
　　두목(杜牧)의 〈적벽시(赤壁詩)〉에 "사호가 유방을 안심시킴은 바로 유방을 멸망시키려는 것
　　이라.[四皓安劉是滅劉.]"라는 글귀가 보이는데, 여기서는 왜구에 대한 경계의 계책을 말한
　　듯하다.

천리 밖을 물리친 일15) 웃으면서 얘기하고 　　談笑折衝千里外,
모름지기 돌아와서 대부인께 말씀하리라. 　　好須歸報大夫人.

14) 만류 받음 여러 차례이네: '차구(借寇)'는 부차구군(復借寇君)의 준말로, 고을 백성들이 고을
　　태수가 다른 곳으로 이임하는 것을 만류함을 가리키는 말이다. 후한(後漢) 때 구순(寇恂)이
　　영천태수(潁川太守)로 있으면서 치적을 많이 쌓고 다른 곳으로 떠나게 되었는데, 광무제(光
　　武帝)가 순행하다가 마침 영천에 이르자 백성들이 길을 막으며 광무제에게 말하기를, "원하건
　　대 폐하께서는 구순 태수를 일 년 다시 빌려주시옵소서.[願從陛下復借寇君一年.]"라고 하였
　　다는 것이다. 여기서는 원두표가 백성들의 만류에 의해 세 차례 호남절제사가 됨을 가리킴.
15) 천리 밖을 물리친 일: '절충(折衝)'은 적의 전차가 뒤로 물러나게 하는 것으로 적을 제압하여
　　승리를 거두는 것을 말한다. 따라서 절충지신(折衝之臣)은 충직하고 용맹한 신하를 말하며,
　　절충어모(折衝御侮)는 《시경》〈대아 · 면(綿)〉에서 "予曰有御侮."라 하고, 《모전(毛傳)》에
　　서 "武臣折衝曰御侮."라고 하여 그 뒤로 적을 물리치는 것을 말하게 되었다.

이천장[1] 명한 영공[2]이 관동으로 안찰 나감을 전송하다

送李天章 明漢 令公出按關東

겁먹은 새[3] 날개 다쳐 채[4] 인간세상 머무는데 　　驚禽鍛羽滯人寰,

높은 사람 모셨다고[5] 모두 관동 나가리오? 　　御李何緣共出關?

꿈속에서 때때로 푸른 바다 찾았으며 　　夢裏有時尋碧海,

그림 속에 부질없이 혼자 청산 대했도다. 　　畫中空自對靑山.

누각에서 아득한 밖 골똘히[6] 생각하니 　　樓居凝想微茫外,

생학[7] 소리 머나먼 데[8]서 들려오는 듯하네. 　　笙鶴如聆縹渺間.

---

1) 이천장: 이명한(李明漢)은 자가 천장(天章), 호가 백주(白洲), 본관이 연안(延安)이다. 인조 반정 후 경연시독관(經筵侍讀官)에 제수되고, 이조좌랑을 거쳐 어사가 되어 관동(關東) 지방에 나간 적이 있다.

2) 영공: 정삼품(正三品)과 종이품(從二品)의 관리를 높여 이르던 말로, 영감(令監) 또는 대감(大監)이라고도 한다.

3) 겁먹은 새: '경금(驚禽)'은 화살에 맞아서 다친 적이 있는 새가 활을 보고 겁을 먹고 놀란다는 말이다.

4) 날개 다쳐: '쇄우(鍛羽)'는 쇄우폭린(鍛羽暴鱗) 또는 쇄우학린(鍛羽涸鱗)의 준말로서, 새가 날개를 다치고 물고기가 비늘이 말랐다는 뜻으로, 뜻을 얻지 못하여 매우 곤란한 처지에 있음을 말한다. 남조(南朝) 시대 송나라 포조(鮑照)의 〈시랑상소(侍郎上疏)〉에서 "날개가 부러지고 비늘이 말랐으니, 다시 날갯짓하고 펄쩍 뛰어오름을 보겠는가?[鍛羽暴鱗, 復見翻躍.]"라고 하였다.

5) 높은 사람 모셨다고: '어리(御李)'는 현명한 사람을 가까이하는 것을 말한다. 동한(東漢)의 이응(李膺)이 현명한 사람으로 명성이 있었는데 사람들이 그를 만나기만 해도 몸의 가치가 크게 올라가 등용문(登龍門)이 된다고 말할 정도였다. 순상(荀爽)이 이응을 방문하고 이응을 위해 수레를 몰고 집으로 돌아와 말하기를, "오늘 내가 이응의 수레를 몰았도다.[今日乃得御李君矣.]"라고 자랑했다는 고사이다.

6) 골똘히: '응상(凝想)'은 마음을 가다듬고 사물을 골똘히 생각하는 것을 말한다.

7) 생학: '생학(笙鶴)'은 한나라 유향(劉向)의 《열선전(列仙傳)》에 보면, 주(周)나라 영왕(靈王)의 태자 진(晉), 곧 왕자교(王子喬)가 생황 불기를 좋아하여 봉황 울음소리를 지어내고

오늘 도성 문에서 먼 길 떠나보내며   今日都門相送路,

이 마음 먼저 갈매기 좇아갔다 오누나.   此心先逐白鷗還.

이락(伊洛) 사이에 노닐면서 도사 부구공(浮丘公)을 숭산(嵩山)에서 만나 30여년 뒤에 흰
학을 타고 구씨산(緱氏山) 정상에 머물며 손을 들어 당시 사람들에게 인사하고 신선이 되어
떠나갔다고 하였는데, 그 뒤로 생학(笙鶴)은 선인(仙人)이 선학(仙鶴)을 타는 것을 가리키게
되었다. 두보의 〈옥대관(玉臺觀)〉에 "人傳有笙鶴, 時過北山頭." 라고 하였다.

8) 머나먼 데: '표묘(縹緲)'는 높고 멀며 은은한 모양이나, 멀리 바라보는 모양이나, 소리가
맑고 가볍게 날리는 것을 형용하거나, 멀고 아스라한 모양을 말한다.

이자화[1]가 한산[2] 사또로 나감을 전송하다

送李子和出宰韓山

백제 땅 남녘 밖에	百濟南天外,
외딴 성 바다 가에 있네.	孤城碧海隅.
시골 마을에 비첩어[3] 나고	鄕閭魚作婢,
관아에 천 그루 감귤[4] 있네.	官舍橘爲奴.
저장한 쌀[5] 못내 붉게 썩나니[6]	儲峙仍紅腐,
땅이 본디 비옥하기로 소문났네.	封疆擅素腴.
요즘 듣기에 온통 홍성한 곳이라니	近傳全盛地,
자못 지난 시절과 다른 모양이라.	頗與曩時殊.

---

1) 이자화: 이시매(李時楳)는 자가 자화(子和), 호가 육은재(六隱齋), 본관은 전주(全州)이다.

2) 한산: 오늘날 충청남도 서천군 한산면을 말한다.

3) 비첩어: '어작비(魚作婢)'는 어비(魚婢)를 말하니, 곧 붕어와 비슷한 방피어(旁皮魚)로 흔히 자잘하고 보잘것없는 물고기라는 뜻에서 비첩어(婢妾魚)라고 부른다. 이 지역에서 나는 우어의 일종인 듯하다.

4) 천 그루의 감귤: '귤위노(橘爲奴)'는 천노(千奴)를 말하니, 천두목노(千頭木奴)의 준말로 천 그루의 감귤나무를 가리킨다. 한나라 말에 양양(襄陽)부사 이형(李衡)이 청렴하였는데 만년에 무릉(武陵) 용양(龍陽) 사주(汜洲)로 사람을 보내 감귤나무 천 그루를 심어 두었다가, 죽을 때 이르러 아들에게 말하기를, "너의 어머니가 나의 집안 살림을 미워하여 이처럼 곤궁하나 내가 고을 안에 천 그루의 감귤나무를 심어 두었으니 너의 의식을 책임질 수는 없지만 해마다 비단 한 필씩은 족히 쓸 수 있을 것이다."라고 하여 자식의 훗날을 미리 대비하였던 고사이다.

5) 저장한 쌀: '저치(儲峙)'는 저치(儲偫) 또는 저치(儲偗)라고도 쓰며, 쓸 물자나 곡식을 비축하는 것을 말한다.

6) 붉게 썩나니: '홍부(紅腐)'는 쌀이 썩어 붉게 변색되는 것을 말하니, 농사가 풍년 들어 먹을 것이 풍부해져 곡식창고가 가득 차도 꺼낼 일이 없어서 썩게 되었다는 것으로 정치가 잘 되는 것을 가리키는 말이다.

바람이 급하면 파도 자기 어렵고　　　　　風急波難伏,

서리가 잦으면 잎이 모두 마르니.　　　　霜繁葉盡枯.

조정[7]에서 함께 다스림[8] 생각하여　　　聖朝思共理,

고을 사또[9]로 참된 선비 얻었도다.　　　仙令得眞儒.

인재를 감별함[10]은 낭관이 기초하고　　藻鑑郎官草,

유망한 인물들은 어사가 살피네[11].　　　聲名御史蒲.

상벌 고름[12]에 뛰어난 인재[13] 나오며　　雲雷隨絶足,

제도 빛남에 앞 길[14]이 훤해지도다.　　文彩照亨衢.

인품이 정직하나 대전 앞자리 떠나가고　道直辭前席,

재주가 높은데도 고을 사또[15]로 나가도다.　才高屈左符.

올랐다 내려감이 오늘 일이지만　　　　升沉今日事,

충효는 이번 행차에도 갖추었네.　　　　忠孝此行俱.

---

7) 조정: '성조(聖朝)'는 훌륭한 임금이 다스리는 조정이라는 뜻으로 당대의 조정을 말한다.

8) 함께 다스림: '공리(共理)'는 공동으로 정사를 다스리는 것을 말한다.

9) 고을 사또: '선령(仙令)'은 현령(縣令)의 미칭이다.

10) 인재를 감별함: '조감(藻鑑)'은 인재를 품평하고 감별하는 직무를 말한다.

11) 어사가 살피네: '포(蒲)'는 포복(蒲伏), 곧 포복(匍匐)이니 땅에 엎드려 다니는 것으로 '어사 포(御使蒲)'는 어사의 암행을 말한다.

12) 상벌 고름: '운뢰(雲雷)'는 《주역》 수뢰둔괘(水雷屯卦)의 형상이니 그 단사(彖辭)에 의거하여 험난한 환경을 비유한다고 보며, 이에 불길하고 이롭지 못한 징조를 가리킨다고 말한다. 또는 《주역》 수뢰둔괘(水雷屯卦)의 상사(象辭)에 의거하여 구름이 뿌리는 비는 은택을 비유하고 우레는 형벌을 비유한다고 하여 은택과 형벌을 잘 운용하여 국가를 다스리는 것이라고 하였으며, 이에 국가를 다스리는 사람을 가리키기도 한다.

13) 뛰어난 인재: '절족(絶足)'은 천리마, 또는 신속하게 달리는 발을 가리키니 뛰어난 인재를 비유한다.

14) 큰 길: '형구(亨衢)'는 사통팔달의 큰 길이나, 아름다운 앞길을 가리킨다.

15) 고을 사또: '좌부(左符)'는 반쪽 부절(符節)로서 고을 사또로 나가는 것을 말한다. 임금이 지방에 수령(守令)을 보낼 때에 부(符)를 만들어 두 쪽을 내어 오른쪽 것은 임금이 가지고 왼쪽 것은 수령에게 준다. 기밀(機密) 명령을 전할 때 그것을 보내 맞추어서 표적을 삼게 하였다.

함께 가을날의 물수리[16) 되자 터니	共說當秋鶚,
진정 은혜 갚는 까마귀[17) 되었네.	眞成反哺烏.
육로로 남쪽의 쌀[18) 보내 올리고	土輪雲夢米,
뱃길로 제 철 농어[19) 잡아 올리네.	河稅季鷹鱸.
세모시는 깨끼옷[20) 감이오	白苧供萊服,
맑은 술이 술 곳간[21)에 넘치네.	清樽溢阮厨.
백성들 허리에서 잠방이를 벗을 테고[22)	民腰應解犢,
포구에는 그야말로 진주가 돌아오리라.[23)	浦口定還珠.
양주 고을 타고 가는 학[24) 탈 것이요	去去楊州鶴,

16) 가을날의 물수리: '추악(秋鶚)'은 재능 있는 사람을 비유하는 말로, 나라와 조정에 쓸모 있는 유능한 사람이 되겠다는 말이다.

17) 은혜 갚는 까마귀: '반포오(反哺烏)'는 어린 까마귀가 장성하여 어미에게 먹이를 물어다 먹이는 것을 말하는데 부모님 은혜에 보답함을 비유한다. 진(晉)나라 성공수(成公綏)의 〈오부(烏賦)〉에 "雛旣壯而能飛兮, 乃銜食而反哺."라고 하였다.

18) 남쪽의 쌀: '운몽미(雲夢米)'는 남쪽 지방의 수택(藪澤)이나 초야(草野)에서 나는 쌀을 말한다.

19) 제 철 농어: '계응로(季鷹鱸)'는 계응어(季鷹魚), 또는 노어(鱸魚)라고 하며 농어를 말한다.

20) 깨끼옷: '내복(萊服)'은 내의(萊衣)라고도 하며, 춘추시대 노래자(老萊子)가 늙으신 부모님을 기쁘게 해드리기 위하여 입었던 색동옷을 말한다. 충청남도 서천군 한산면은 지금도 모시가 유명하다.

21) 술 곳간에: '완주(阮厨)'는 완적(阮籍)의 병주(兵厨)로, 삼국시대 위(魏)나라 완적(阮籍)이 보병(步兵) 교위(校尉)의 주방에 좋은 술을 수천 말이나 저장하고 있다는 소문을 듣고 교위에게 달라고 청했다는 고사이다. 이후 병주(兵厨)는 좋은 술을 저장하는 곳을 가리킨다. 여기서는 한산 지방에서 생산되는 좋은 술을 가리키는 것이니, 한산 소곡주를 말하는 듯하다.

22) 잠방이를 벗을 테고: '해독(解犢)'은 쇠코잠방이를 벗는다는 뜻이다. 여기서 독(犢)은 독비곤(犢鼻褌)·독비곤(犢鼻視), 또는 간략하게 독비(犢鼻)·독보(犢視)라고도 한다. 여름에 농부들이 일할 때 입는 잠방이를 말하니, 여기서는 가난에서 벗어나 부유해짐을 뜻한다.

23) 진주가 돌아오리라: '환주(還珠)'는 옛날부터 합포(合浦) 지방에서 진주가 많이 나왔으나, 부임한 태수들이 욕심을 내서 진주를 다른 곳으로 모두 가져가서 진주가 사라지게 되었는데, 맹상(孟嘗)이 이 고을 태수가 되어 이런 폐단을 없앴더니 진주가 다시 합포로 돌아오게 되었다는 고사이다. 이에 '환주(還珠)'는 정치의 청렴결백함을 비유하는 말이 되었다.

24) 양주 고을 타고 가는 학: '양주학(楊州鶴)'은 어떤 사람이 양주자사(楊州刺史)가 되고 싶다 하자, 어떤 사람이 재물이 많기를 원한다고 하였으며, 다시 어떤 사람이 학을 타고 올라가고 싶다 하였는데, 한 사람이 옆에 있다가 "허리에 십만 금을 꿰차고 학을 타고 양주로 올라가리

섭현 현령 오리신 신고[25] 훨훨 날리라. 翩翩葉縣鳧.

거문고 노랫가락[26] 높을 것이니[27] 絃歌堪偃蹇,

티끌세상 걱정거리 실어내리라. 塵世任艱虞.

사또 나리[28] 흥취야 적으랴마는 不淺遨頭興,

오로지 가련한 건 외로운 우리들. 惟憐我輩孤.

조정에서 부를 날[29] 언제이런가? 徵黃知幾日?

흰머리 드리우고 홀로 긴 한숨 垂白獨長吁.

북방 눈보라 유달리 거세차며 朔雪偏陵勁,

새벽별들 부질없이 반짝이누나. 晨星漫有無.

헤어짐에 이런저런 마음 일어서 臨分多少意,

공연히 그대 수염 만지게 했네. 空攬使君鬚.

라.[腰纒十萬貫, 騎鶴上揚州.]"라고 하여 양주학(楊州鶴)이라는 말이 생겼다. 이는 현실적으로 실현할 수 없는 바람이거나 현실적으로 있을 수 없는 좋은 일을 말하나, 여기서는 한산 사또가 되어 모든 것을 갖게 될 것이라는 기대감을 나타냈다.

25) 섭현 현령 오리신 신고: '섭현부(葉縣鳧)'는 섭현의 부석(鳧舃)이라는 말로, 지방 관리가 임지로 행차하는 것을 말한다. 후한(後漢) 때 왕교(王喬)가 섭현(葉縣) 현령이 되어 수레를 타지 않고 머나먼 경사(京師)를 오고가곤 하였는데, 임금이 그것을 괴이하게 여겨 알아보게 했더니, 그가 올 때마다 오리 두 마리가 동남쪽에서 날아왔으며, 그물을 쳐서 오리를 잡고 보니 바로 왕교가 오갈 때 신었던 신발이었다는 고사이다.

26) 거문고 노랫가락: '현가(絃歌)'는 거문고나 비파를 연주하며 노래하는 것으로 예악(禮樂)의 교화를 말한다. 《논어》〈양화(陽貨)〉에 보면, 자유(子遊)가 무성(武城)이라는 고을의 읍재(邑宰)로 있으면서 현가(絃歌)로 백성들을 교화하는 것을 보고 공자가 흐뭇하게 여긴 고사에서 유래하였다.

27) 높을 것이니: '언건(偃蹇)'은 높이 솟은 모양이나 드높은 모양이다.

28) 사또 나리: '오두(遨頭)'는 지방 수령을 뜻하는 말로,〈성도기(成都記)〉에 "태수가 두자미(杜子美)의 초당(草堂)에 와서 잔치할 때면 사녀(士女)들이 뜰에 의자를 갖다놓고 앉았는데 이 의자를 오상(遨牀)이라 하고, 태수는 놀이의 우두머리라는 뜻에서 오두라고 불렀다."고 하였다.

29) 조정에서 부를 날: '징황(徵黃)'은 서한(西漢)의 황패(黃霸)가 영천(潁川) 태수가 되었는데, 정사에 큰 업적을 쌓아서 승진하여 경조윤(京兆尹)이 되었다. 그 뒤로부터 '징황(徵黃)'은 지방 관리가 업적을 쌓으면 조정에서 불러들여 크게 승진할 것이라는 뜻이 되었다.

신여만[1] 익전의 심양 행차를 송별하다

送別申汝萬 翊全 瀋行

등불 앞에 글 읽는 소리 중얼중얼	燈前書呫呫,
술 취한 뒤에 노래 소리 흥얼흥얼.	酒後歌烏烏.
아득히 멀고도 먼 만 리나 되는 길	迢迢萬里路,
내 벗이 이제 바삐 말을 모는구나.	吾友今疾驅.
내 벗은 흐린 물 속에 있더라도	吾友濁水中,
그야말로 보배로운 마니주[2] 분명해라.	乃是摩尼珠.
문 앞에는 난초 향초[3] 가득 심어놓아	當門種蘭茝,
야릇한 향기가 집안 구석 가득해라.	異香充堂隅.
일 만나면 감당 못하는 게 없으며	遇事無不敢,
도리를 음미하여[4] 얼굴빛이 푸근해라.	味道顏歟腴.

---

1) 신여만: 신익전(申翊全, 1605~1660)은 자가 여만(汝萬), 호가 동강(東江), 본관이 평산(平山)이다. 아버지는 영의정 흠(欽)이며, 김상헌(金尙憲)의 문하에서 공부하였다. 1628년(인조 6) 학행으로 천거되어 재랑(齋郎)이 되고, 이어 검열·정언·지평 등을 지냈다. 1636년 별시문과에 병과로 급제한 뒤 병자호란이 일어나 청나라에 볼모로 잡혀갔다가 돌아와 부응교·사인(舍人)·사간을 거쳐 광주목사(光州牧使)를 지냈다. 1639년 서장관으로 연경(燕京)을 다녀왔으며, 호조·예조·병조의 참판 등을 지내면서 동지춘추관사(同知春秋館事)로 《인조실록》 편찬에 참여하였고, 그 뒤에 한성부의 우윤과 좌윤을 거쳐 도승지에 이르렀다.

2) 마니주: 용의 턱이나 용왕의 뇌에서 나왔다는 보물 구슬로, 이것을 가지면 자기 마음대로 모든 일을 부릴 수 있다고 하여 여의주(如意珠)라고도 한다. 여기서는 보주(寶珠)를 가리킨다.

3) 난초 향초: '난채(蘭茝)'는 향초(香草) 이름이다. 《이아익(爾雅翼)》에 "한 줄기에 꽃 한 송이 피고 향내가 풍부한 고운 난초이다."라 하였고, 《이아(爾雅)》의 소(疏)에 "채초(茝草)는 궁궁(芎藭)의 이삭인데, 일명 미무(蘼蕪)라고도 한다."고 하였다.

4) 도리를 음미하여: '미도(味道)'는 도리를 체찰(體察)하는 것을 말한다. 한나라 채옹(蔡邕)의 〈피주벽사양신도반(被州辟辭讓申屠蟠)〉에 "가난한 생활을 편안하게 여기고 학문에 침잠함

자유롭게 노닐며⁵⁾ 세상일을 감당하고　　　　掉臂當世務,

온 힘을 다하여⁶⁾ 요순시대⁷⁾ 돌이켰도다.　　躓跂回唐虞.

과연 봉황과 기린의 자품 지녔으니　　　　　　果然鳳麟姿,

넉넉한 인품 선우⁸⁾에게도 알려졌도다.　　適足夸單于.

아아! 지조와 절개를 숭상할 만한데⁹⁾　　吁嗟志可尙,

하늘과 더불어 벗이 될 줄¹⁰⁾ 모르겠나?　　未解天爲徒?

귀한 나무 더러운 흙에서 뛰어난들　　　　珠樹擢糞壤,

마른 그루터기 되는 것만 못하리라.　　　　不若成枯株.

연꽃이 진흙 속에서 피어나게 되면　　　　芙蕖出淤泥,

맑고 맑음 도리어 더럽히기 쉬워라.¹¹⁾　　皎皎還易汙.

제사상의 술잔¹²⁾이나 시궁창의 나무나　　犧樽與溝木,

을 즐거워하며, 도리를 음미하고 참된 심성을 지킨다.[安貧樂潛, 味道守眞.]"라고 하였다.

5) 자유롭게 노닐며: '도비(掉臂)'는 팔을 내저어 돌아보지 않는다는 뜻으로 돌아보지 않고 가는
　것이나, 자유롭게 노니는 모양을 말한다.

6) 온 힘을 다하여: '지기(躓跂)'는 마음과 힘을 다하는 모습을 말한다. 《장자》〈마제(馬蹄)〉에
　"억지로 제창하는 것을 '인'이라 하고, 마음과 힘을 다해 추구하는 것을 '의'라고 한다.[蹩躠爲
　仁, 躓跂爲義.]고 하였다.

7) 요순시대: '당우(唐虞)'는 중국 고대의 도당씨(陶唐氏)와 유우씨(有虞氏)를 말하니, 곧 요임
　금과 순임금의 시대로 이상적인 태평시대를 가리킨다.

8) 선우: 한나라 때 흉노족 군장의 칭호로, 여기서는 흉노족의 후손인 청나라를 말한다.

9) 지조와 절개를 숭상할 만한데: '상지(尙志)'는 지조와 절개를 숭상함이니, 《맹자》〈진심상(盡
　心上)〉에 의하면, 왕자점(王子墊)이 맹자에게 "선비는 무엇을 일삼아야 합니까?" 하고 묻자
　맹자가 "지조와 절개를 숭상해야 합니다."[問曰, "士何事?" 孟子曰, "尙志."]라고 하였는데,
　주자는 선비가 공경대부의 도를 행하지 않으면 농업이나 공업이나 상업의 일을 하지 않으며
　그의 지조와 절개를 숭상해야 한다는 뜻으로 보았다. 또 《장자》〈각의(刻意)〉에 의하면, 민간
　에 전해오는 이야기에 말하기를, 많은 사람들은 이익을 중히 여기고, 지조 있는 선비는 명예를
　중히 여기고, 현명한 사람은 지조를 숭상하고, 성스러운 사람은 절개에 뜻을 두어 세상에
　굴하지 않는다고[野語有之曰, 衆人重利, 廉士重名, 賢人尙志, 聖人貴精.] 하였다.

10) 하늘과 더불어 벗이 될 줄: 《장자》〈인간세(人間世)〉에서 "마음이 곧은 사람은 하늘과 더불어
　벗이 된다.[內直者, 與天爲徒.]"라고 하였다.

11) 맑고 맑음 …… 쉬워라: 《후한서》〈황경열전(黃瓊列傳)〉에서 "높고 높은 것은 허물어지기
　쉽고, 맑고 맑은 것은 더럽혀지기 쉽다.[嶢嶢者易缺, 皦皦者易汙.]"라고 하였다.

망가지고 깨지면 다를 게 없느니라.   殘破曾無殊.

진기함은 본래 남의 탓을 부르나니   珍奇固招尤,

예나 지금이나 면하기가 어렵도다.   今古難免夫.

멀리 가다보면 가까워지기는 하나   行邁且邇耳,

그럴수록 앞길을 조심해야 하리라.   猶可戒前途.

향초와 악초를 함께 담을 수 없지만[13]   無寧等薰蕕,

그렇다고 조롱박[14]을 그려서야 되겠나?   亦須畫葫蘆?

말 많으면 반드시 자주 궁색해지고[15]   多言必數窮,

작은 언덕[16]에는 몸 숨기기 어렵도다.   步仞難潛軀.

나는 옛사람을 스승으로 삼았으니   我師古之人,

그들만이 오직 우리의 스승이로다.   其惟吾師乎!

세상살이 한결같이 굴곡이 있나니   隨世一逶迤,

도 있는 이가 오히려 바보 같구나.   有道猶如愚.

이것으로 축원하는 말[17] 대신하니   持此代祝規,

우리 도로 감내하리라, 오호라.   吾道堪嗚呼.

---

12) 제사상의 술잔: '희준(犧樽)'은 소머리의 형상을 조각한 제사에 쓰는 술그릇이다.

13) 향초와 …… 담을 수 없지만: '훈유(薰蕕)'는 훈유부동기(薰蕕不同器)의 준말로, 선악(善惡)이나 호괴(好壞)가 함께 자리할 수 없음을 비유하는 말이다. 《공자가어》〈치사(致思)〉에 의하면, "회는 듣건대, 향초와 악초는 그릇을 같이 하여 보관할 수 없고, 요임금과 걸임금은 나라를 함께 하여 다스릴 수 없으니 그 유형이 다르기 때문이다.[回聞薰蕕不同器而藏, 堯桀不共國而治, 以其類異也.]"라고 하였다.

14) 조롱박: '화호로(畫葫蘆)'는 조롱박을 그린다는 뜻으로, 다른 사람의 작품을 모사하기만 하고 자신의 창의적인 면모가 없는 것을 뜻한다.

15) 말 많으면 …… 궁색해지고: 〈노자〉에 나오는 말이다.

16) 작은 언덕: '보인(步仞)'은 넓이 한 걸음과 높이 한 길이라는 뜻으로 작고 낮은 규모를 이른다. 《장자》〈경상초(庚桑楚)〉에서 "작은 언덕은 큰 짐승이 그 몸을 숨길 곳이 없다.[步仞之丘陵, 巨獸無所隱其軀.]"라고 하였다.

17) 축원하는 말: '축규(祝規)'는 축사(祝詞) 가운데 권면하는 말이다. 당나라 한유(韓愈)의 〈송석처사서(送石處士序)〉에 "先生起拜祝辭曰, '敢不敬蚤夜以求從祝規.'"라고 하였다.

정감사[1]의 만사

鄭監司輓

금빛 나는 관대에 귀밑머리 깔끔해	黃金橫帶鬢絲鮮,
풍채 매우 뛰어나 신선인양 여겼네.	風度魁殊儼若仙.
백옥당[2] 안에서 얼굴 익히곤	白玉堂中曾識面,
홍련막[3] 아래 함께 나아갔네.[4]	紅蓮幕下共隨肩.
하늘가 부음 소식 오늘사 대하는데	天涯幽問邪今日,
상자 속 전한 편지는 반년이 못 되었네.	篋裏傳書未半年.
팥배나무 산길로 고향[5] 장지 돌아감에	棠路桑鄕歸葬地,
흰 상여[6]는 새로 낸 무덤길 따라가리.	素車無計赴新阡.

---

1) 정감사: 정문익(鄭文翼)은 자가 위도(衛道), 호가 송죽당(松竹堂), 본관이 초계(草溪)이다.
　이 만사는 《송죽당문집(松竹堂文集)》에도 실려 있다.
2) 백옥당: 중국의 한림원(翰林院)을 백옥당(白玉堂)이라고 한 데서 유래하니, 홍문관(弘文館)
　을 가리킨다.
3) 홍련막: 진(晉)나라 재신(宰臣) 왕검(王儉)의 막부를 사람들이 연화지(蓮花池)라 일컬었던
　데서 유래하니, 재상대신(宰相大臣)의 막부(幕府)를 가리키는 말이다.
4) 함께 쳐져 뒤를 따랐도다: '수견(隨肩)'은 견수(肩隨)를 말하니, 《예기》〈곡례(曲禮)〉에 "5년
　연장인 사람이면 어깨만큼 간격을 두고 따른다.[五年以長則肩隨之.]"고 하였다.
5) 고향: '상향(桑鄕)'은 조상의 산소가 있는 고향 전원을 말한다.
6) 흰 상여: '소거(素車)'는 상사(喪事)에 사용하는 백토를 칠한 상여를 말한다.

동회[1]가 보내온 시를 보고 차운하다

次東淮寄示之韻

말 타고 방울 울린 40년 세월에	躍馬鳴珂四十年,
창주[2]로 돌아오니 경계가 바뀌었네.	滄洲歸臥境脩然.
평천[3]의 꽃과 버들 강 길 따라 이어지고	平泉花柳連江路,
두곡의 뽕과 삼[4]을 좋은 밭[5]에 심었구나.	杜曲桑麻負郭田.
고운 붓을 맡겨두고 주막에서 술을 사며	彩筆幾留沽酒店,
비단옷을 던져두고 고깃배에서 낚시하네.	錦衣閒擲釣魚舩.
근심과 즐거움 세상과 관련된 걸 알지만	亦知憂樂關天下,
남은 삶을 시골집에서 늙으리라 믿는구나.	肯信餘生老野廛.

---

1) 동회: 신익성(申翊聖, 1588~1644)의 호가 동회(東淮)이다.

2) 창주: '창주(滄洲)'는 물가의 땅으로 은둔 선비들이 사는 곳을 말한다. 창주(蒼州)라고도 쓰며, 물이 맑고 푸른 물가라는 뜻으로, 은둔하는 선비들이 사는 시골을 이르는 말이다.

3) 평천: 당나라 재상 이덕유(李德裕)의 별장인 평천장(平泉莊)을 말한다. 이덕유는 이곳의 수석(樹石)을 매우 좋아하여 〈평천산거계자손기(平泉山居戒子孫記)〉를 쓰면서 "후대에 평천을 파는 자는 내 자손이 아닐 것이며, 평천의 나무 하나, 돌 하나라도 남에게 주는 자는 훌륭한 자제가 아니리라.[後代鬻平泉者, 非吾子孫也, 以平泉一樹一石與人者, 非佳子弟也.]"라고 하였다.

4) 두곡의 뽕과 삼: '두곡상마(杜曲桑麻)'에서 두곡은 두보(杜甫)의 시골집이 있는 곳으로, 〈곡강(曲江)〉에서 "스스로 내 삶을 결단하여 하늘에 묻지 말리라, 두곡에 다행히 뽕밭과 삼밭 있으니.[自斷此生休問天, 杜曲幸有桑麻田.]"라고 하였는데, 이는 벼슬을 그만두고 전원으로 돌아갈 것을 말한다.

5) 좋은 밭: '부곽전(負郭田)'은 마을 근처의 좋은 밭이라는 뜻으로, 전국시대 소진(蘇秦)이 합종책(合從策)으로 육국(六國)의 재상이 되어 고향으로 돌아와서 탄식하며 말하기를, "이 사람이 부귀하면 친척들이 두려워하고 빈천하면 가벼이 여기나니 다른 사람들이야. 장차 나에게 낙양(雒陽)의 좋은 밭 두 이랑만 있었다면 내가 어찌 여섯 나라 재상의 관인(官印)을 찰 수 있었겠는가?[且使我有雒陽負郭田二頃, 吾豈能佩六國相印乎?]"라고 하였다.

배 타고 가면서 되는대로 이루다

江行漫成

맑은 강물 잔잔하고 새로 하늘 개어	清江媚新霽,
키를 당기고 돛을 높이 올리었네.	引柁帆高揭.
멀리 오는 바람결에 용총줄 살짝 놓으니	長風送輕纜,
솟아오르는 회오리바람¹⁾ 타는 듯 하구나.	如得扶搖勢.
천리마 재갈 벗고 고삐를 풀어²⁾	天驥脫詭銜,
치달려 나아가니 뉘 잡을 텐가?	奔軼知誰制?
구름 뚫고 오르니 오리 나는 듯하고³⁾	凌雲若鳧翔,
안개 속을 노니니 매미 허물 벗 듯하네.⁴⁾	游霧類蟬蛻.
배 안에서 사방을 빙 둘러보니	舟中四環顧,
양쪽 언덕에 봄 경치가 고아라.	兩岸春容麗.
마을 터전에 풀빛 비취는데	村墟映蒨葱,
꽃과 버들 섞이어 어른거리도다.	花柳互掩翳.
훌쩍 양주를 지나가며	飄飄過楊州,
선학 울음 언뜻 들리니	乍聽仙鶴唳.

---

1) 회오리바람: '부요(扶搖)'는 하늘로 치솟아 오르는 회오리바람이다.

2) 재갈 벗고 고삐를 풀어: '궤함(詭銜)'은 궤함절비(詭銜竊轡)의 준말로, 말이 입의 재갈을 벗고 고삐 줄에서 벗어난다는 뜻으로 속박과 견제에 항거함을 비유하는 말이다.

3) 오리 나는 듯하고: '부상(鳧翔)'은 후한(後漢) 때 왕교(王喬)가 섭현(葉縣) 현령이 되어 경사(京師)를 오고갈 때 타고 다녔던 오리 두 마리를 말하니, 신선과 같은 행적을 말한다.

4) 매미 허물 벗 듯: '선태(蟬蛻)'는 매미가 허물을 벗는다는 뜻으로, 환골탈태(換骨奪胎)하여 속세를 초연히 벗어나 우화등선(羽化登仙)하는 것 같다는 말이다.

큰 여울 사납기가 달리는 말 같아　　　　　　大灘悍如馬,

예로부터 건너는 걱정거리였다네.　　　　　　古來患凝滯.

부딪는 물살 화살 가르 듯　　　　　　　　　衝波箭一劈,

구름 속 솔개 높이 나르 듯.　　　　　　　　雲鳶看高戾.

용문에서 펄쩍 뛰어오른다면　　　　　　　　龍門𣹑跳上,

만리 길도 그냥 갈 수 있으리라.　　　　　　萬里從可逝.

뱃전 두드리며 갈대 새를 타오르다　　　　　扣舷緣葦間,

승경 만나면 애오라지 한번 쉬었네.　　　　　遇勝聊一憩.

여주 언덕에서 사군 안부 여쭙고　　　　　　驪岸詗使君,

마암5) 지날 적엔 부처님께 참배했네.　　　　馬巖叅梵帝.

지나간 일 이미 탓하지 않거늘6)　　　　　　攸徃旣無咎,

만나는 것 도리어 보기 드문 광경이라.7)　　所遇還曠世.

섬강8)은 내 발 씻을 만하고　　　　　　　　蟾江濯吾足,

치악이 멀찍이 눈에 들도다.9)　　　　　　　雉嶽遥決眥.

햇볕이 큰 못10)에 따스하고　　　　　　　　日暖摩訶淵,

---

5) 마암: 여주읍에서 신륵사로 가는 길에 영월루가 있고, 영월루 바로 아래에 괴암 절벽이 있는
　데 바위 위에 '마암(馬巖)'이라는 글씨가 새겨져 있다. 마암에서 강 건너편의 신륵사(神勒寺)
　가 보이니 멀리서 불상을 바라보며 참배한 것으로 보인다.
6) 탓하지 않거늘: '무구(無咎)'는 무구무예(無咎無譽)의 준말로, 책망하지도 칭찬하지도 않는
　다는 말이다.
7) 보기 드문 광경이라: '광세(曠世)'는 세상에 매우 드물거나, 한 세대에 없었던 일을 말한다.
8) 섬강: 강원도 횡성군에서 발원(發源)하여 여주(驪州)·원주(原州) 등지를 지나서 한강으로
　들어가는 강이다.
9) 눈에 들도다: '결자(決眥)'는 두보(杜甫)의 〈망악(望嶽)〉에 "층층 구름 생김에 가슴이 환히
　뚫리고, 돌아가는 새를 봄에 눈이 확 뜨이네.[盪胸生層雲, 決眥入歸鳥.]"라고 하여 눈이 확
　뜨여 분명하게 보이는 것을 말한다.
10) 큰 못: '마하(摩訶)'는 불교에서 불가사의한 일이나, 크고 훌륭한 일을 가리키는 말이다.
　마하연은 강물이 너른 곳을 가리킴.

바람이 봄 물결에 잔잔하네.　　　　　　風軟浪花細.

감암11)은 얼마쯤 가야 하는지?　　　　嵌巖去幾許?

관리12)들이 강가에 와 있으리.　　　　候吏來江滋.

평생 해온 일에 어그러짐 많아서　　　平生事多乖,

간 데마다 걸으면 진흙탕이었네.　　　隨處行或泥.

어찌하여 이 배를 타고 가는지?　　　如何此行路?

일찍이 맞춰 살려13) 애쓰지 않았네.　　曾不勞揭厲.

험한 길 거스르면 평탄한 길 나오고　逆險變坦途,

먼 길 가다보면 넘어지는 일 많은 법.　涉遠無少蹶.

내 이 배 타고 노 저어 가려함은　　我欲櫂此舟,

곧장 은나라 내 건너려는 때문이라.14)　直向商川濟.

그렇지 않으면 초계와 잡계15)를 오가면서　不然向苕, 霅

물과 구름 사이를 떠도는 사람이 되리로다.　浮家雲水際.

---

11) 감암: '감암(嵌巖)'은 암벽이나 산속 동굴이나, 험준한 바위산을 가리키는 말이지만 여기서는 어느 지역의 지명을 지칭하는 것 같다.

12) 관리: '후리(候吏)'는 후인(候人), 곧 손님을 맞고 보내는 관원을 말한다.

13) 맞춰 살려: '계려(揭厲)'는 《시경》〈패풍(邶風)·포유고엽(匏有苦葉)〉에 "허리에 찰 정도로 물이 깊으면 옷을 입은 채로 건너가고, 물이 무릎 아래 정도로 차면 바지를 걷고 건너간다.[深則厲, 淺則揭.]"고 하였는데, 시의에 맞게 행동하거나 임기응변하여 처세함을 뜻한다.

14) 은나라 내 건너려는 때문이라: '상천제(商川濟)'는 《서경》〈열명(說命)〉에 은나라 고종(高宗)이 부열(傅說)을 발탁하여 재상의 일을 맡기고 당부하기를, "만약 큰 내를 건너고자 한다면 너를 배와 노로 삼을 것이고, 큰 가뭄을 만나면 너를 장맛비로 삼으리라.[若濟巨川, 用汝作舟楫, 若歲大旱, 用汝作霖雨.]"라고 하였는데, 나라의 큰일을 맡고 싶은 마음을 나타낸 것이다.

15) 초계와 잡계: '초잡(苕霅)'은 물 이름으로, 초계(苕溪)는 절강성 천목산(天目山) 남쪽에서 흘러나오는 동초(東苕)와 천목산 북쪽에서 흘러나오는 서초(西苕)가 있는데, 강물 언덕에 능소화가 많아 가을이면 꽃잎이 물 위로 눈처럼 날리기 때문에 이름이 붙여졌다고 한다. 잡계(霅溪)는 절강성 호주시(湖州市)에 있는 물 이름이다. 당나라 장지화(張志和)가 안진경(顏眞卿)에게 "나의 소원은 배를 집 삼아 물 위에 살면서, 초계(苕溪)와 잡계(霅溪) 사이를 왔다갔다 하는 것이다.[願爲浮家泛宅, 往來苕霅間.]"라고 한 말에 유래하여 은자가 머무는 곳을 뜻하는 말로 쓰이게 되었다.

이도 저도 아니라면 이 강물과 같이하면서[16]

애오라지 노를 치며 맹세하는 사람 되리라.[17]

否者有如水,

聊爲擊楫誓.

---

16) 이 강물과 같이하면서: '유여수(有如水)'는 강물을 두고 맹세할 때 자주 쓰는 말이다.

17) 노를 치며 맹세하는 사람 되리라: 진(晉)나라 조적(祖逖)이 석륵(石勒)의 난을 평정하기 위하여 양자강을 건너다가 중류(中流)에서 노를 두드리며 맹세하기를, "조적이 중원을 말끔히 평정하지 못하고 다시 이 물을 건널 때에는 큰 강이 있으리라." 하였으니, 만약 성공하지 못하면 물에 빠져 죽을 것을 맹세한 것이다.

회포를 적다

述懷

젊었을 때 승경 찾기 넉넉한 몸이어서[1]	弱齡饒勝具,
멋진 경치 구경하러 항상 혼자 다녔네.	遇勝常獨往.
이런 산림 취미 때문에	以玆愛山趣,
잠시 바다 갈 생각 늦춰졌네.	蹔緩蹈海想.
오며 가며 나무 그늘에 편히 쉬며	竭來嘉樹陰,
머리 풀고 때때로 노닐었도다.[2]	散髮時偃仰.
산머리에 해는 서쪽으로 넘어가고	山頭日西下,
포구에 달이 동쪽으로 떠오르도다.	浦口月東上.
구름 노을[3]은 멀리 보는 구경거리요	煙霞供遠目,
떠돈 발자취 너른 세상 실컷 다녔구나.	浪跡飽閒曠.
뉘 알리, 단혈산[4] 봉황새가	那知丹穴羽,
티끌세상 그물에 잘못 떨어졌음을.	誤落紅塵網.
젊은 꿈은 오랜 삶에 짝하고	青雲伴長身,

---

1) 승경 찾기 넉넉한 몸이어서: '승구(勝具)'는 제승구(濟勝具)의 준말로, 뛰어난 경치를 잘 오르거나 산수를 즐겨 찾는 좋은 몸을 말한다.

2) 노닐었도다: '언앙(偃仰)'은 부앙(俯仰)과 같은 말로, 세속에 순응하며 편안하게 지내거나 유락(游樂)하는 것을 말한다. 또는 잘난 체하며 뽐내는 모습을 말하기도 한다.

3) 구름 노을: '연하(煙霞)'는 구름 노을이나, 물안개나, 산수 또는 산림이나, 홍진(紅塵)의 속세를 가리키는 말이다.

4) 단혈산: '단혈(丹穴)'은 전설 속의 단혈산을 말하는데, 이곳에 봉황이 산다고 하여 봉황을 단혈조(丹穴鳥)라고도 한다.

늙은 몸은 맑은 취미나 즐기네.　　白髮限淸賞.

빈 배로 구당[5] 협곡 거슬러 오르다가　　虛舟溯瞿塘,

마음속으로[6] 심한 파도 걱정했구나.　　心兵劇波浪.

푸릇푸릇 소나무 계수나무 숲　　蒼蒼松桂林,

날마다 멀리 바라보았노라.　　日日遙相望.

풍진 세상 정말로 커다란 구렁이니　　風塵政須洞,

신세가 더 애닯고 서글프도다.　　身世堪惆悵.

어느 때나 훌훌 털고[7] 고향으로 돌아가　　何當拂衣歸,

전원생활 고상한 정취 이룰 수가 있을까?　　得遂丘壑尙?

---

5) 구당: 중국 사천성(泗川省)에 있는 삼협(三峽) 가운데 하나인 구당협(瞿唐峽)은 강 양쪽 언덕이 가파르게 높이 치솟고 물살이 몹시 세차게 흐르는 곳이다.

6) 마음 속으로: '심병(心兵)'은 《여씨춘추(呂氏春秋)》〈탕병(蕩兵)〉에 "마음속에 있으면서 드러나지 않은 것을 병이라고 한다.[在心而未發, 兵也.]"라고 하여 심병(心兵)은 사람의 심사(心事)를 비유하는 말이 되었다.

7) 훌훌 털고: '불의(拂衣)'는 옷을 털고 가는 것이니 벼슬을 그만두고 귀은(歸隱)하는 것을 말한다.

새어나온 봄빛이 버들가지에 있구나[1]

漏洩春光有柳條

산이 봄기운 뽐내며 눈이 점점 녹아가고 　　　　　山意沾沾雪漸消,
밝은 봄빛 몰래 쬐어 나무 끝이 움직이네. 　　　　韶陽潛向樹邊搖.
버들개지 은은하게 창문[2] 길에 눈을 맺고 　　　微黃隱約闔門道,
여린 새싹 올망졸망 파수교[3]에 자라누나. 　　　　殘碧參差灞水橋.
길거리에서 나그네의 손을 이끌려하고 　　　　　街裏欲牽游子手,
언덕 위에선 무희의 허리를 시샘하려 하네. 　　　岸頭將妬舞姬腰
가는 세월 믿는다면 너무나 경박하기에 　　　　　光陰可信饒輕薄,
하늘 뜻을 먼저 알아 여린 가지 흔들도다. 　　　　先把天機惹嫩條.

---

1) 새어나온 봄빛이 버들가지에 있어라: 당나라 두보(杜甫)의 〈납일(臘日)〉에서 "눈빛이 스며드
니 원추리 물러서고, 새어나온 봄빛이 버들가지에 있구나.[侵陵雪色還萱草, 漏洩春光有柳
條.]"라고 하였는데, '누설춘광(漏洩春光)'은 드러난 봄날의 소식을 말한다.

2) 창문: 강소성(江蘇省) 소주(蘇州)의 서문(西門)으로, 오왕(吳王) 합려(闔閭)가 세운 것이다.
창 밖에는 동서로 가로지른 호수가 있고, 수천 그루의 버들이 절경을 이루었다고 한다. 또는
중국 양주성(揚州城) 서쪽 성문을 가리키기도 한다.

3) 파수교: 중국 장안(長安) 동쪽에 있는 다리로, 파수교(灞水橋)라고도 쓰며 보통 시인들의
시상(詩想)을 잘 떠오르게 하는 곳이었다고 한다. 맹호연(孟浩然)은 젊었을 때 녹문산(鹿門
山)에 은거하다가 40세가 되어 장안에서 살면서 벼슬을 하지 않고 자연의 풍물을 대상으로
시를 지었는데, 흥이 일어나면 파수교 위를 나귀를 타고 다니면서 시를 읊으며 즐겼다고 한다.

여사[1] 영공[2]의 심양 행차를 전송하다 이경헌 공

送汝思令公瀋行 李公景憲

하얀 보리 거친 들에 메말라 있을 테고   白麥枯荒野,

된서리 가득하게 사신 수레에 내리겠지.   玄霜滿使軺.

까마귀의 검은 머리[3] 여전히 변함없지만   烏頭猶未變,

말의 발[4]이 어찌 감히 먼 길을 사양하랴?   馬足敢辭遙.

처량하게 강관을 감동시킨 글[5]을 지으며   蕭瑟江關賦,

누덕누덕[6] 계자의 담비 갖옷[7] 입을 테지.   蒙茸季子貂.

---

1) 여사: 이경헌(李景憲, 1585~1651)은 자가 여사(汝思), 호가 지전(芝田), 본관이 덕수(德水)이다. 1618년 증광 문과에 병과로 급제해 승문원에 들었고, 봉상시주부를 거쳐 강원도 도사를 지냈다. 1636년 병자호란 때 남한산성으로 왕을 호종하였고, 이어서 병조참판·개성부유수·경기도관찰사·돈령부동지사 등을 역임하였다.

2) 영공: 정삼품(正三品)과 종이품(從二品)의 관리를 높여 이르던 말로, 영감(令監) 또는 대감(大監)이라고도 한다.

3) 까마귀의 검은 머리: '오두(烏頭)'는 오두백(烏頭白), 오두변백(烏頭變白) 또는 오두백마생각(烏頭白馬生角)의 준말로, 까마귀의 검은 머리가 하얗게 변하는 것처럼 실현 불가능한 일을 비유한다.

4) 말의 발: '마족(馬足)'은 견마지로(犬馬之勞)의 뜻으로, 임금을 위해 힘을 다하는 신하를 말한다.

5) 처량하게 강관을 감동시킨 글: 두보가 〈영회고적(詠懷古跡)〉에서 북주(北周)의 유신(庾信)이 〈애강남부(哀江南賦)〉를 읊은 것에 대해 "유신은 평생 동안 몹시 처량했거늘, 늘그막에 지은 시부가 강관을 감동시켰네.[庾信生平最蕭瑟, 暮年詩賦動江關]"라고 한 구절을 인용한 것이다. 강관(江關)은 강남 지역을 말한다.

6) 누덕누덕: '몽용(蒙茸)'은 몽융(蒙戎)과 같은 말로, 어지럽게 해진 모양을 말한다.

7) 계자의 담비 갖옷: '계자초(季子貂)'는 계자(季子)는 전국시대 소진(蘇秦)의 자로, 소진이 처음에 연횡설(連橫說)을 가지고 진(秦)나라 혜왕(惠王)을 설득하며 열 번이나 글을 올렸으나 진나라 혜왕이 끝내 그의 말을 들어주지 않게 되자 백 근의 황금을 다 써버리고 해진 담비 갖옷을 입고서 고향인 낙양으로 돌아갔다는 고사이다.

동쪽에 있는 바다 돌아보기 두려워하며   羞看東有海,
부질없이 북쪽 가는 사행을 생각하누나.   空憶北之朝.

호남 방백[1] 원자건[2] 영공[3]에게 부치다

寄湖伯元子建令公

방백[4]에는 비범한 현신을 자주 자뢰하나니	方岳頻咨不世賢,
호수와 산 갈수록 겹친 나라 남쪽 변방이라.	湖山增重國南堧.
한양 땅과 소통함에 아무 일 없을 터이고	疏通江漢都無事,
농사 양잠 권장하여 크게 풍년이 들리라.	勸課農桑大有年.
문서 보는 한가한 밤 객관에는 달이 뜨고	薄牒夜閒賓舘月,
풍악소리 요란한 가을 바다 어구에 안개 끼리라.	絃歌秋鬧海門煙.
평지에서 날아오른 진짜 신선의 골격이니	飛騰平地眞仙骨,
삼신산의 봉래산[5]은 어느 곳에 있는 겐가?	三唾蓬壺若箇邊.

---

1) 호남 방백: '호백(湖伯)'은 호남 방백의 준말로, 호남 관찰사를 말한다. 또는 조선시대 충청도 관찰사의 별칭이기도 하며, 금백(錦伯)·호서백(湖西伯)으로도 불렸다.

2) 원자건: 원두표(元斗杓)는 자가 자건(子建), 호가 탄옹(灘翁) 또는 탄수(灘叟)이다. 1624년 이괄(李适)의 난을 평정하는 데 공을 세워 전주 부윤이 되고, 나주목사를 거쳐 전라도 관찰사를 지냈다. 1636년 병자호란이 일어나자 어영부사로서 남한산성을 지키고, 1642년 형조판서로 승진되었으며, 뒤이어 강화부유수·경상도 관찰사를 역임하였다. 1656년 우의정을 거쳐 1662년에는 좌의정에 올라 내의원과 군기시의 도제조(都提調)를 겸직하였다. 시호는 충익(忠翼)이다.

3) 영공: 정삼품(正三品)과 종이품(從二品)의 관리를 높여 이르던 말로, 영감(令監) 또는 대감(大監)이라고도 한다.

4) 방악: '방악(方岳)'은 주군(州郡)을 가리키는 말로, 방백(方伯)과 같은 말이다.

5) 삼신산의 봉래산: '봉호(蓬壺)'는 봉래산을 말한다. 삼호(三壺)는 바다 가운데 삼산(三山), 곧 삼신산이 병 모양으로 생겼기 때문에 붙여진 이름이다. 방호(方壺)는 방장(方丈), 봉호(蓬壺)는 봉래, 영호(瀛壺)는 영주(瀛洲)를 말한다.

이판서[1] 상길을 애도하다

李判書 尚吉 輓

기개가 빼어나서 온 세상을 뒤덮었나니	氣槩堂堂盖九州,
눈앞에 다시 기예 뽐내는 이[2] 없었도다.	目前無復有全牛.
강물 트듯 일처리에 한번 손을 휘둘렀고	江河疏決一揮手,
높은 공명에는 세 번 머리 저었어라.[3]	鍾鼎功名三掉頭.
사람들이 우러르며 큰 분[4]이라 기대했건만	人望世間期大耐,
높은 벼슬[5] 지내시다 갑작스레 가셨구나.[6]	履聲朝右忽長休.
산공[7] 이미 떠나가고 혜강 홀로 남았으니	山公已去嵇孤在,

---

1) 이판서(李判書): 이상길(李尙吉)로서, 자는 사우(士祐)이고, 호는 동천(東川)이며, 본관은 벽진(碧珍)이다. 1602년에 황해도 풍천에 유배를 갔다가 1608년에 풀려나 강원도 회양부사·평안도 안주목사·호조참의 등 벼슬을 역임하였으며, 1599년에는 통정대부(通政大夫)에 올랐다. 폐모론이 일자 전라도 남원으로 돌아가 은퇴하였다가 인조반정 후에 다시 승지·병조참의·공조판서 등 관직을 역임하였다. 1636년 병자호란 때 강화도에서 목을 매어 자결하였다.

2) 기예 뽐내는 이: '전우(全牛)'는 《장자》〈양생주(養生主)〉에 포정(庖丁)이 소를 잡은 고사에서 나온 말로 소를 완전하게 해부하는 것이니, 기예가 숙련되어 최고의 솜씨에 이른 높은 경지를 비유하는 말이다.

3) 머리 저었어라: '도두(掉頭)'는 머리를 젓고 돌아보지 않고 떠나가는 것을 의미한다. 두보의 〈송공소부사병귀유강동(送孔巢父謝病歸游江東)〉에 "소부가 머리 저으며 관직에 머물지 아니하고, 동쪽으로 바다에 들어가서 구름안개 속으로 거닐었네.[巢父掉頭不肯住, 東將入海隨煙霧.]"라고 하였다.

4) 큰 분: '대내(大耐)'는 대내관직(大耐官職)의 준말로, 중요한 관직을 맡거나 맡을 만한 인물이라는 뜻이다.

5) 높은 벼슬: '조우(朝右)'는 조정의 높은 벼슬아치를 말한다.

6) 돌아가셨네: '장휴(長休)'는 관리의 장기 휴가를 말하거나, 사망을 완곡하게 말한 것이다.

7) 산공: 산도(山濤)를 말하니, 자는 거원(巨源)으로 혜강(嵇康)·완적(阮籍) 등과 가깝게 지낸 죽림칠현(竹林七賢) 가운데 한 사람이다. 《세설신어(世說新語)》에 보면, 산도가 선조랑(選曹郎) 관직을 그만두면서 대신 혜강(嵇康)을 추천하자 혜강이 산도에게 편지를 써서 절교하였

가을바람 피리소리8)에 눈물 거두지 못하네.　　　笛裏秋風淚不收.

다고 한다.

8) 피리소리: '적리(笛裏)'는 진(晉)나라 상수(向秀)가 혜강(嵇康)과 산양(山陽) 땅에서 절친하
게 지냈는데, 혜강이 죽은 뒤에 그곳을 지나다가 이웃집에서 들려오는 피리 소리를 듣고는
옛 추억을 생각하며 〈사구부(思舊賦)〉를 지었다는 고사이다.

구림[1] 임처사 연의 정자에 대하여 쓰다

題鳩林 林處士 堜亭子

달 떠오른 뭇 봉우리 푸른빛이 병풍 되고	月出羣峯翠作屏,
향 묻은[2] 포구 밖에 바닷물이 거뭇거뭇.	埋香浦外海冥冥.
서호 살던 처사[3]는 어디에 가셨는고?	西湖處士去何處?
남극 노인[4] 헛되이 별만 두었구나.	南極老人空有星.
염주[5] 가까운 곳이라 거센 비[6]에 축축하며	地近炎洲蜒雨濕,
하늘가에 바다 닿아 눅눅한 안개 푸르도다.	天連積水瘴煙靑.
가을 오자 문 앞 골목 찾는 이 많더니	秋來門巷多相伴,
감귤 유자 나무숲가 대나무 정자 지었구나.	橘柚林邊竹作亭.

---

1) 구림: 경상북도 경주의 옛 이름이다.
2) 향 묻은: '매향(埋香)'은 미녀를 매장함을 말하는데, 여기서는 죽은 임연을 가리키는 말이다.
3) 서호 살던 처사: '서호처사(西湖處士)'는 북송 때 시인 임포(林逋)를 가리키니, 항주(杭州)
   서호의 고산(孤山)에 여막을 짓고 20년 동안 도성이나 저자에 나가지 않아 호를 서호처사라고
   하였다. 또한 아내도 없고 자식도 없이 매화를 심고 학을 기르면서 스스로 즐겨 사람들이
   매처학자(梅妻鶴子)라고 하였다.
4) 남극 노인: '남극노인(南極老人)'은 남극성(南極星)을 말하니, 또는 노인성이라고도 한다.
   옛날에 이 별이 수명을 주관하여 항상 축수(祝壽)할 때 상대방을 칭송하는 말로 사용하였다.
5) 염주: 신화 중에 나오는 남쪽 바다의 무덥고 뜨거운 섬을 가리키거나, 남쪽 지방의 무더운
   곳을 가리킨다.
6) 거센 비: '연우(蜒雨)'는 단우(蜑雨)라고도 하며, 남쪽 지방 바다에 내리는 폭우를 가리킨다.

산림생활

林居

지팡이 짚고 험한 바위산을 노닐어도	杖藜游嵬巖,
소요함에 흐뭇하여 돌아감을 잊는구나.	逍遥澹忘歸.
봄바람이 불어오니 화창하고 상쾌하며	春風吹淡蕩,
복숭아나무 자두나무 꽃향기 한창이라.	桃李正芳菲.
이곳에서 살다보니 한가롭고 자유로워	偶兹好閑放,
속세의 온갖 생각¹⁾ 그만두게 되는구나.	得以休塵機.
산림 시내 사이에서 누웠다 우러르고	偃仰泉石間,
황금빛 거문고줄 두들기며 노는구나.	簸弄黄金徽.
슬금슬금 어스름 땅거미가 짙어오고	悠悠來暮色,
뉘엿뉘엿 저녁노을 산 너머 잠기누나.	稍稍沉夕暉.
성긴 숲속 시냇물이 찰랑이며 흐르고	踈林動川華,
어둔 골짝에서 구름 안개 펴오르도다.	暝壑噓煙霏.
휘감긴 덩굴 계수나무 떨기²⁾에서 나오고	縈廻出叢桂,
맑은 이슬 여라 띠 두른 옷³⁾에 듣는다.	清露滴蘿衣.

---

1) 속세의 온갖 생각: '진기(塵機)'는 속세의 생각들을 말한다. 맹호연(孟浩然)의 〈납월팔일어
섬현석성사례배(臘月八日於剡縣石城寺禮拜)〉에 "공덕수 받들기를 바라노니, 이제부터 속
세의 생각들은 씻어버리리.[願承功德水, 從此濯塵機.]"라고 하였다.

2) 계수나무 떨기: '총계(叢桂)'는 유안(劉安)의 <초은사(招隱士)>에 "계수나무 떨기로 나니
산 기운이 그윽하다.[桂樹叢生兮山之幽]"라고 하여 은자가 사는 산속의 경치를 형용하였다.

3) 여라 띠 두른 옷: '나의(蘿衣)'는 여라(女蘿) 넝쿨로 띠를 두른 은자의 옷을 뜻한다. 《초사(楚
辭)》〈구가(九歌)·산귀(山鬼)〉에 "벽려로 옷을 입고, 여라로 띠를 둘렀도다.[被薛櫚兮帶女

덧없는 구름 한 점 맑은 하늘에 떠가고	浮雲點太淸,
흐릿한 가운데서도 달빛이 아주 밝구나.	晻曖明月輝.
언덕 골짝 저절로 조용하고 상쾌한데	丘中自蕭爽,
세상에서는 자꾸만 옳고 그름을 가리네.	世上多是非.
산골 사람이 향긋한 풀 뜯어서	山人掇瑤草,
간절하게 주린 배를 채워주네.	款曲充我饑.
이로 인해 작은 정성⁴⁾ 바칠 걸 생각하고	因懷獻芹誠,
머리 들어 궁궐 대문⁵⁾ 멀리 바라보노라.	矯首望天扉.
이 물건이 어찌 진귀하겠느냐마는	此物豈爲珍,
귀중한 줄 아는 이가 드물구나.	所貴知者希.

蘿]"라고 하였다.

4) 작은 정성: '근성(芹誠)'은 임금에게 미나리를 바친다는 뜻으로, 《열자》〈양주(楊朱)〉에 의하면, 옛날 송나라의 한 농부가 항상 누더기 옷만 입고 겨울을 지내다가 봄이 되자 따뜻한 햇볕을 쬐면서 등을 쬐는 따뜻함을 임금에게 바치고 맛있는 미나리를 임금에게 바치면 큰 상을 받게 될 것이라고 하였는데 작은 물건이나마 임금에게 바치려고 했던 것을 말한다.

5) 궁궐 대문: '천비(天扉)'는 천문(天門)으로 임금이 있는 궁전의 문이나 조정을 가리키는 말이다.

흥에 겨워

遣興

적이 전원에 돌아가고픈 뜻 있어	薄有歸田趣,
거푸거푸 흥에 겨워 짓는 시 많네.	仍多遣興詩.
푸른빛 깔린 향긋한 풀밭 길이요	碧鋪芳草路,
붉게 꽃 핀 아담한 복사 가지로다.	紅糝小桃枝.
약초 심은 밭을 날로 한가로이 다니고	藥圃閒行日,
고기잡이 마을에 때때로 혼자 가노라.	漁村獨去時.
시원하게 불어오는 바람과 밝은 달은	清風與明月,
이르는 곳마다 서로 기약한 것 같구나.	到處若相期.

9일에 다시 두공부의 시운[1]을 쓰다

九日復用工部韻

산 나뭇잎 바람소리 온 골짜기 애절하고	山葉吟風萬壑哀,
드문드문 우는 기러기 가을에 돌아오도다.	數聲邊鴈帶秋廻.
시름 하다 좋은 계절 훌쩍 지나가고	愁邊佳節依依過,
하늘가에 찬 그늘이 거뭇이 밀려오누나.	天末寒陰黯黯來.
수유주머니[2] 홍문관[3]에서 나누던 일 떠올라	遙想茰囊分玉署,
혼자서 지팡이 짚고 높은 누대 오르도다.	獨扶藜杖上層臺.
시의 정취 차례 차려 어느 누가 구사하랴?	詩情取次誰驅使?
술상머리 술 한 잔에 힘을 얻는 처지로다.	賴有床頭酒一盃.

---

1) 두공부의 시운: 두보의 〈등고(登高)〉의 운자를 사용하였다. "바람 빠르고 하늘 높아 원숭이 소리 슬프고, 물가 맑고 모래 희니 새가 날아 돌아오네. 가없는 우뚝한 나무에 잎이 우수수 떨어지고, 끝없는 긴 강물은 출렁출렁 흘러가네. 만 리 길의 슬픈 가을에 항상 나그네 되어, 평생토록 아픈 몸이 홀로 누대에 오르네. 어려움과 고달픔에 귀밑머리 세어가고, 노쇠한 몸이 새로이 탁주잔에 머무네.[風急天高猿嘯哀, 渚淸沙白鳥飛廻. 無邊落木蕭蕭下, 不盡長江滾滾來. 萬里悲秋常作客, 百年多病獨登臺. 艱難苦恨繁霜鬢, 潦倒新停濁酒杯.]"

2) 수유주머니: '유낭(茰囊)'은 수유를 담는 주머니로, 9월 9일에 높은 산에 올라 술을 마시며 사람들이 유낭을 많이 허리에 찼는데, 좋은 않은 기운을 없애거나 재액을 막는다는 풍속이 있었기 때문이다.

3) 홍문관: '옥서(玉署)'는 관청의 미칭이거나, 옥당(玉堂)인 홍문관 또는 한림원의 별칭이다.

연서[1]로 가는 중에

延曙途中

아침 해를 삼각산 아래에서 맞으며	曉日三山下,
사행 노정 만 리 길을 시작하도다.	征程萬里初.
구름 그림자가 들판 숲에 드리우고	雲陰垂野樹,
가을 기운이 먼 들녘에 떨어지도다.	秋令落郊墟.
슬프고 분하여 붓을 던질 생각하고	悲憤思投筆,
어려움 속에 책본 것을 후회하도다.	艱危悔讀書.
애달프다, 동쪽으로 흐르는 강물도	可憐東注水,
돌아가 저절로 청주 서주[2] 이르리라.	還自到靑徐.

---

1) 연서: '연서(延曙)'는 영서(迎曙)라고도하며, 서울 은평구 연신내에 있는 인조(仁祖)의 별서(別墅) 유기비(遺基碑)가 있는 곳이다. 1623년 인조반정 때 이서(李曙)와 이중로(李重老)의 군사가 이곳에서 합류하고 홍제원(弘濟院)에서 김류(金瑬)의 군사와 합세하였다. 일설에 이곳에서 합세할 때 이서(李曙)의 군대가 늦게 도착하였다고 하여 연서(延曙)라는 지명이 생겼다고 한다.

2) 청주 서주: '청서(靑徐)'는 산동성 동부에 있는 청주와, 강소성 북부에 있는 서주로서 중국을 가리킨다.

송도[1]에서

松都

보리 기장 들쑥날쑥 길모퉁이 퍼져있고	禾黍高低遍路隅,
소치는 아이 아직도 옛 왕도를 알도다.	牧童猶識舊王都.
이 산하의 빼어난 기상 모두 사라지고	山河伯氣全消歇,
궁궐 전각 있던 자리 반만 남아있도다.	宮殿遺基半有無.
높은 산에 저녁구름 옛 성가퀴로 떠가고	崧嶽暮雲移古堞,
바다 포구 서쪽 해가 너른 들로 지도다.	海門西日落平蕪.
닭 잡고 오리 잡던[2] 천년 왕업 땅이건만	操雞搏鴨千年地,
마른 나무 바람 잦고 참새들만 우누나.	枯木風多野雀呼.

---

1) 송도: 황해도 개성(開城)의 옛 이름이다.

2) 닭 잡고 오리 잡던: '조계박압(操雞搏鴨)'은 〈고려경문(高麗鏡文)〉에 "먼저 닭을 잡은 뒤에 오리를 때려잡는다.[先操雞後搏鴨.]"는 글귀가 보인다. 장사꾼 왕창근(王昌瑾)이 이상하게 생긴 사람에게 거울을 샀는데 거울에 이러한 글자가 새겨져 있어서 왕에게 바치자 왕이 백탁(白卓)과 송함홍(宋含弘) 등에게 풀이하게 한 결과 먼저 닭을 잡고 뒤에 오리를 때려잡는다는 것은 먼저 계림을 치고 뒤에 압록강을 친다는 내용으로, 고려 태조 왕건이 먼저 계림을 치고 뒤에 압록강 너머를 정복할 것이라는 예언이었다고 한다.

삼가 북저[1] 상국의 시운에 차운하다 김류 공의 호이다

敬次北渚相國韻 金公塗號

푸른 물이 일렁일렁 저녁노을 비치고	綠水蔥籠帶夕陽,
맑은 그늘 더위 막아 서늘하게 하도다.	淸陰當暑作微凉.
우연히 좋은 데로 이끌어준 이 아나니	偶來勝地知誰引,
한가로이 다니다 바빠진 것 못 믿겠네.	未信閒行是着忙.
초라한 몸[2] 외람되이 높은 자리 받으니	短褐猥蒙虛左席,
저속한 이[3] 거뜬하게 언덕 위[4]에 오른 듯.	塵衣如得振高岡.
문자로써 참된 방도 찾고자 하실진대	欲將文字尋眞訣,
어리석은 사람에게 비방 숨기지 마오.	莫向癡人諱秘方.

---

1) 북저: 김류(金瑬)는 자가 관옥(冠玉), 호가 북저(北渚), 본관이 순천(順天)이다. 1623년 인
   조반정 때 공을 세워 좌의정·영의정에 올랐다. 병자호란 때 아들 김경징이 방어하던 강화도가
   함락된 뒤에 처형되자 관직에서 물러났다가 1644년에 다시 영의정이 되었다.

2) 초라한 몸: '단갈(短褐)'은 단갈불완(短褐不完)의 준말로, 거친 베를 이어 만든 짧은 옷에
   구멍이 나서 온전하지 못함을 말하니 생활이 어려움을 뜻한다.

3) 저속한 이: '진의(塵衣)'는 원굉도(袁宏道)의 《원중랑집(袁中郎集)》에서 가사(袈裟)를 소요
   복(逍遙服)이나 무진의(無塵衣)라고 한 것으로 볼 때 진의(塵衣)는 속세 사람들이 입는 옷을
   가리키는 듯하다.

4) 언덕 위: '고강(高岡)'은 높은 산이니, 높은 경지를 말한다. 《시경》〈대아(大雅)·권아(卷阿)〉
   에 "봉황이 우니 저 높은 뫼요, 오동이 자라니 해 뜨는 동산이라.[鳳凰鳴矣, 于彼高岡, 梧桐
   生矣, 于彼朝陽.]"고 하였다.

남원 사또와 헤어지며 시를 지어주다

贈別<u>南原使君</u>

교룡성[1] 안에 광한루[2]가 있다 하니	蛟龍城裏廣寒樓,
오작교[3] 옆에 은하수가 흐르리라.	烏鵲橋邊銀漢流.
늙은이는 부질없이 뽕나무 밑을 생각하고[4]	老子謾深桑下戀,
사군은 이제부터 그림 속을 노닐게 되리라.	使君今向畫中遊.
젊어서 다닐 때에는 거문고와 학을 데불었고	靑春行李携琴鶴,
한낮에 뗏목 타고 북두성 견우성에 다다랐네.	白日仙槎傍斗牛.
방책으로 이 늙은이를 넘을 사람 없건마는	方略世無踰此老,
엉뚱하게 느닷없이 고을 사또[5]가 되었구나.	枉敎平地作遨頭.

---

1) 교룡성: '교룡성(蛟龍城)'은 남원산성을 말한다.

2) 광한루: 전라북도 남원시 천거동에 있는 누각이다. 조선 초기의 재상 황희(黃喜)가 남원에
   유배되었을 때 지은 광통루(廣通樓)를 세조(世祖) 때인 1434년에 중건하고 정인지(鄭麟趾)
   가 광한청허부(廣寒淸虛府)라고 부른 뒤로 광한루라고 부르게 되었다.

3) 오작교: 전라북도 남원시 쌍교동(雙橋洞) 광한루(廣寒樓) 앞에 있는 다리이다.

4) 뽕나무 밑을 생각하고: '상하련(桑下戀)'은 출가하여 수도하는 중이 하루 한 끼를 먹고 뽕나무
   밑에서 사흘 밤을 묵지 않는다고 하니, 불도에 정진하는 데 있어 조금도 안일해서는 안 되듯이
   정사에 임하여 안일하지 않음을 말한다.

5) 고을 사또: '오두(遨頭)'는 송나라 성도(成都)에서 정월부터 4월 19일인 완화일(浣花日)에
   이르기까지 꽃잎이 시냇물에 둥둥 뜨면 태수가 나와서 놀고 사녀(士女)들이 구경하였는데
   이때 태수를 칭하여 오두(遨頭)라고 하였다. 곧 태수가 밖에 나가 노니는 것이니 사또의 나들
   이를 말한다.

동회[1]의 정사로 부치다

寄東淮亭舍

누정 아래 외딴 배를 칡넝쿨[2]로 매어두니　　　　亭下孤舟繫薜蘿,

나루터에 잦은 풍랑 근래에는 어떠한가?　　　　渡頭風浪近如何?

흐르는 물 바라보며 많은 배를 보낼 테니　　　　臨流目送千帆過,

정치한 일[3] 자랑하면 한 골짜기 채우리라.　　　　撫世堪誇一壑多.

---

1) 동회: 병자호란 때 척화오신(斥和五臣)의 한 사람인 신익성(申翊聖)이니, 자는 군석(君奭),
   호는 낙전당(樂全堂)·동회거사(東淮居士), 본관은 평산(平山)이다. 아버지는 영의정 흠(欽)
   이고, 선조의 부마(駙馬)이니, 정숙옹주(貞淑翁主)와 혼인하여 동양위(東陽尉)에 봉해졌다.

2) 칡넝쿨: '벽려(薜蘿)'는 벽려(薜荔)와 여라(女蘿)를 가리키니, 둘 다 야생 식물로 항상 나무나
   벽을 타고 올라간다. 보통 소나무 겨우살이 넝쿨이나 칡넝쿨을 가리키는 말로 사용한다.

3) 정치한 일: '무세(撫世)'는 천하를 다스리는 일을 말한다. 《장자》〈천도(天道)〉에 "이로써
   물러나 살면서 한가로이 노닐며 강과 바다와 산림의 선비를 만나고, 이로써 세상에 나아가서
   정치를 하면서 공명을 크게 드러냄에 천하가 같은 것이다.[以此退居而閑遊, 江海山林之士
   服, 以此進爲而撫世, 則功大名顯而天下一也.]"라고 하였다.

우연히 이루다 두 수

偶成 二首

어쩌다가 지팡이 짚고 시냇가를 걸었는데
계곡 잎과 숲속 꽃에 절로 봄이 들었어라.
다만 조정에 아무 일 없도록 한다면야
근심거리 기쁜 소식 내게 오길 기다리랴.

偶携桃杖步溪濱,
磵葉林花自在春.
但使聖朝無一事,
不須憂樂到閒人.

더딘 봄날1) 솔솔바람 갠 저녁에 살랑이고
탕약 화로 차 가마에 맑은 향기 넘치누나.
달콤하게 자는 꿈을 누가 불러 깨우는고?
버들 숲 너머 꾀꼬리 소리 이따금씩 들려라.

遲日輕風弄晩晴,
藥爐茶鼎有餘淸.
陶然一夢誰呼覺?
柳外啼鶯三兩聲.

---

1) 더딘 봄날: '지일(遲日)'은 봄날을 말한다. 《시경》 〈칠월(七月)〉에 "봄날 더디고 더디다.[春
日遲遲]"라고 하였다.

외사촌아우 심덕조를 그리워하다
懷表弟沈德祖

이별 시름 병인 듯 다시 바보인 듯	離愁如病復如癡,
천리 밖 그대 생각에 귀밑머리 세었구나.	千里思君鬢已絲.
늙어가며 살아 이별 감당하지 못하겠고	臨老不堪生有別,
한 해 지나 못 만남을 어떻게 견디겠나?	隔年何耐會無期?
고달픈 이 세상에 봄날도 다 가는데	艱危天地春歸盡,
가물대는 구름 산에 기러기 더디 오네.	消息雲山鴈到遲.
꽃 아래 어쩌다가 못가 봄풀 꿈[1]을 찾아	花下偶尋池草夢,
기꺼이 아우 따라 금빛 술잔 기울이네.	好隨吾弟倒金巵.

---

[1] 못가 봄풀 꿈: '지초몽(池草夢)'은 형이 사랑하는 아우를 그리워함을 뜻한다. 남조(南朝)시대 사영운(謝靈運)이 꿈속에서 그의 종제(從弟) 사혜련을 보고 난 뒤에 지은 〈등지상루(登池上樓)〉의 "연못가에 파릇파릇 봄풀이 나고, 버들 동산에 우는 새가 달라졌구나.[池塘春草生, 園柳變鳴禽.]"라는 시구를 말한다.

함장[1]에게 부치다

寄含章

한 바탕 비바람에 봄 보내기 바쁜데	一番風雨送春忙,
헤어진 뒤 편지 뜸해 소식이 아득쿠나.	別後音書限杳茫.
집 옮긴 물고기들 옛 물가에 있지 않고	移宅魚龍非舊浦,
숲 에위도는 꾀꼬리 제비도 타향살이 하는구나.	繞林鸎燕又他鄉.
전란통 나라 안에 뼈가 녹는 슬픔이요	干戈海內堪銷骨,
헤어지고 만남에 모두 애를 끊는구나.	離合人間捻斷腸.
팽성의 헛된 약속[2] 곰곰이 생각하니	沉想彭城虛有約,
언제 술잔 나누고 다시 같이 자 볼까나?[3]	幾時携酒更連床?

---

1) 함장: 둘째 아우 윤원지(尹元之)를 말한다.

2) 팽성의 헛된 약속: 팽성(澎城)은 항우(項羽)가 세운 도읍 팽성으로 서초(西楚)라고 하며, 지금의 강소성 서주(徐州)이다. 송나라 소식과 소철이 팽성(彭城)의 소요당(逍遙堂)에 살면서 소철(蘇轍)이 어릴 때부터 소식을 쫓아서 글을 읽으며 하루라도 서로 헤어진 적이 없었는데, 나이 들어 벼슬길에 나가면서 서로 헤어지게 되었다. 이에 소철은 위응물(韋應物)의 시 가운데 "安知風雨夜, 復此對床眠."이라는 시구를 읊으면서 감회에 젖어 일찍 물러나 한가하게 살리라는 약속을 소식과 하였다. 그리고 7년 뒤에 소식이 서주(徐州)로 부임되자 소철이 소식을 찾아가서 백일 넘게 함께 지내다가 남경(南京)으로 돌아갔다. 〈소요당회숙(逍遙堂會宿)〉은 당시에 쓴 것으로 시 내용은 다음과 같다. "逍遙堂後千章木, 長送中宵風雨聲." "誤喜對牀尋舊約, 不知飄泊在彭城."

3) 자 볼까나?: '연상(連床)'은 형제들이 잠자리를 같이한다는 말로, 당나라 백거이의 〈봉송삼형(奉送三兄)〉에서 "항주에서 늦도록 취해 같이 침상에 누웠고, 오군에서 봄놀이하며 함께 말을 탔도다.[杭州暮醉連床臥, 吳郡春遊並馬行.]"라고 하였다.

초여름에 입으로 읊조리다[1)

初夏口占

햇볕이 꽃 핀 언덕에 다사로우니	日影薰花塢,
아름다운 봄빛[2)이 술 마시게 하는도다.	年芳近酒樽.
나직한 처마 앞에 앵두나무 열매 맺고	低簷櫻結子,
섬돌 가의 대나무에 새순이 돋았도다.	當砌竹生孫.
반평생을 먼저 걱정하는 마음[3) 가졌고	半世先憂志,
늙어서야 혼자서 전원 정취 즐기누나.[4)	殘年獨樂園.

---

1) 입으로 읊조리다: '구점(口占)'은 즉흥적으로 입으로 읊조려서 시를 짓는 것을 말한다. 구호(口號)'라고도 한다.

2) 아름다운 봄빛 : '연방(年芳)'은 아름다운 봄빛을 가리킨다. 남조(南朝)시대 양(梁)나라 심약(沈約)의 〈삼월삼일솔이성편(三月三日率爾成篇)〉에 "아름다운 날이 춘삼월 날에 속한지라, 아름다운 봄빛이 모두 여기에 있어라. 꽃이 피어 나무를 둘러있고, 꾀꼬리소리 다시 나뭇가지에 가득해라.[麗日屬元巳, 年芳具在斯. 開花已匝樹, 流嚶復滿枝.]"라고 하였다. 여기서는 해마다 초목이 향기로운 것을 가리킨다.

3) 먼저 걱정하는 마음: '선우(先憂)'는 선우후락(先憂後樂)의 준말로, 세상 사람보다 앞서서 근심하고 즐거움은 가장 나중에 누리는 것을 말한다. 송나라 범중엄(范仲淹)의 〈악양루기(岳陽樓記)〉에 "조정에 나아가서도 걱정이요 물러나서도 걱정이니 어느 때에 즐거워할 수 있었겠는가? 이는 반드시 천하의 근심을 누구보다 먼저 근심하고 천하의 즐거움을 모두 즐거워한 뒤에 즐거워한 것이로다![是進亦憂, 退亦憂, 然則何時而樂耶? 其必曰, 先天下之憂而憂, 後天下之樂而樂歟!]"라고 하였다.

4) 혼자서 전원 정취 즐기누나: '독락원(獨樂園)'은 한가한 전원의 생활을 즐긴다는 뜻으로, 송나라 재상 사마광(司馬光)이 벼슬을 그만둔 뒤 우활한 늙은이를 자처하며 낙양(洛陽) 남쪽 교외에 독락원(獨樂園)을 짓고 살았다고 한다. '독락(獨樂)'은 혼자서 감상하고 즐긴다는 뜻으로, 《맹자》〈양혜왕상〉에 "백성들이 함께 죽고자 할진대 비록 누대와 연못과 새와 짐승이 있더라도 어찌 혼자서 즐길 수 있으리오?[民欲與之偕亡, 雖有臺池鳥獸, 豈能獨樂哉?]"라고 하였다. 또 《예기》〈악기(樂記)〉에서 "무왕은 홀로 그 뜻을 즐겁게 하되 그 인의 도를 어기고 싫어하지 않았다.[獨樂其志, 不厭其道.]"라고 하였는데, 혼자서 어떤 사물로써 스스로 즐기는 것을 의미하기도 한다.

덧없는 인생에[5] 한 일 없지마는   浮休無一事,

가는 곳마다 임금님 은혜를 깨닫도다.   隨處識君恩.

---

5) 덧없는 인생에: '부휴(浮休)'는 삶과 죽음, 또는 인생의 무상함을 의미한다. 《장자》 〈각의(刻意)〉에 "성인의 삶은 물 위에 떠 있는 것과 같고, 그 죽음은 쉬고 있는 것과 같았다.[其生若浮, 其死若休.]"라고 하였다.

청하[1] 원님을 전송하다

送淸河倅

역참 정자 늦은 봄에 비가 수레 뒤따르고[2]	驛亭春晚雨隨車,
이별 슬픔 아득히 바다 끝에 아련하네.	別恨迢迢海一涯.
새 풀 나고 꽃이 지며 나그네 오고 가고	芳草落花連客路,
버들 푸르고 대 자라며 관아 일 튼실하네.	綠楊脩竹護官衙.
이름 남길[3] 고을 원님[4] 반악[5] 같으며	千秋仙令如潘岳,
한 떼기의 유명한 산 영가[6]를 닮았구나.	一區名山似永嘉.
애석하게 용천검[7]이 감추어져 있으니	可惜龍泉虛寶氣,
세상사람 진나라의 장화[8]를 그리네.	世間人憶晉張華.

---

1) 청하: 경상북도 예천군의 옛 이름이다. 또는 경상남도 하동군의 옛 별호이다.
2) 비가 수레 뒤따르고: '우수거(雨隨車)'는 단비가 수레를 뒤따랐다는 말로, 후한(後漢)의 백리
숭(百里嵩)이 서주자사(徐州刺史)로 있을 때 큰 가뭄이 들었는데, 그가 수레를 타고 가는
곳마다 단비가 내렸다고 한다. 후한(後漢)의 정홍(鄭弘)과 당나라 안진경(顔眞卿)에게도 이
런 고사가 전하는데 고을 태수의 선정으로 하늘이 감동하여 호응하였음을 나타낸 말이다.
3) 이름 남길: '천추(千秋)'는 천추인물(千秋人物)의 준말로, 후세에 이름을 남길 인물이라는
뜻이다.
4) 선령: 지방 고을 현령의 미칭이다. 명나라 당순지(唐順之)의 〈송주건양(送朱建陽)〉에 "길가
에 복사 자두 맑은 봄날에 활짝 피고, 가련한 고을 사또 꽃을 보며 가는구나.[道旁桃李爛春
晴, 可憐仙令看花行.]"라고 하였다.
5) 반악: 중국 서진 때 시인으로 어릴 때부터 신동(神童)이라 불렸으며, 생김새가 뛰어나고
풍채 좋기로 유명하다. 또한 문학적 재능이 뛰어나 당시의 권세가 가밀(賈謐)의 문객 24우(友)
가운데 최고였다. 하양(河陽)현령으로 있을 때 복사 자두를 많이 심었고, 32세에 귀밑머리가
세기 시작하여 산기성(散騎省)에서 숙식하며 〈추흥부(秋興賦)〉를 지을 때, "32살에 처음 흰
머리카락 두 올을 보았네."라고 읊어 32세를 '이모지년(二毛之年)'이라 부르게 되었다.
6) 영가: 남조시대 송나라 시인 사영운(謝靈運)이 조정에서 내쫓겨 영가태수(永嘉太守)로 부임
한 뒤 산수자연의 경치를 마음껏 즐긴 고사를 말한다.
7) 용천검: '용천(龍泉)'은 용연(龍淵)이라고도 하며, 옛날 칼 이름이다.

원호호[1]가 남평[2] 현령으로 나가기에 전송하다

送元浩浩出宰南平

조령 남쪽[3] 봉해진 땅 장사[4] 처럼 좁지마는 　　嶠南封壤窄長沙,
작은 관직에도 부랴부랴 가는 길이 멀구나. 　　薄宦棲棲去路賒.
구름 속에 신선 오리[5] 날빛 아래 돌아날고 　　雲裏仙鳧廻日下,
꿈 가운데 향긋한 풀 하늘가에 퍼져 있으리. 　　夢中芳草是天涯.
산골 마을 비 내리면 궁궁이 잎 푹 젖고 　　山齋雨浥蘼蕪葉,
물가 역참 봄 깊으면 탱자 꽃이 피리라. 　　水驛春深枳殼花.
객사에서 보내는 세월[6] 수심에 해 기우는데[7] 　　旅舍年光愁晼晚,
임금 생각에 머리 들어 서울을 바라리라. 　　想君矯首望京華.

---

1) 원호호: 원진명(元振溟, 1596~?)은 자가 호호(浩浩), 본관이 원주(原州)이다. 1616년 증광 시에서 생원에 합격하고, 1644년 별시에서 병과로 문과 급제하였다. 1645년 지평(持平)에 임명된 뒤 사간(司諫)·장령(掌令)·헌납(獻納) 등을 지냈다.
2) 남평: 오늘날의 대구광역시 달성군 화원읍의 옛 이름.
3) 조령 남쪽: '교남(嶠南)'은 조령의 남쪽이라는 뜻으로, 경상도를 가리킨다.
4) 장사: 한나라 문제(文帝) 때 가의(賈誼)가 장사(長沙)로 귀양 가서 장사왕태부(長沙王太傅) 가 되었던 고사를 말한다.
5) 신선 오리: '선부(仙鳧)'는 신선의 오리로, 지방 수령을 가리킨다. 후한 때 왕교(王喬)가 섭현 현령이 되어 신선 오리를 타고 머나먼 경사(京師)를 오가곤 하였다는 고사를 말한다.
6) 세월: '연광(年光)'은 세월 또는 봄빛을 가리키는 말이다.
7) 해 기우는데: 원만(晼晚)은 해가 지려고 함.

우연히 입으로 읊조리다[1]

偶占

늙었어도 꼿꼿한데 병 들어 오래 가고
세상에 쓰일 만한데 모든 것이 맞지 않네.
집 짓고[2] 밭 사서 노년 마칠 궁리하나
주머니 뒤져봐도 산 살 돈[3]이 없구나.
숲 속의 새소리에 자꾸 술상 차리게 하고
버들 짜는 꾀꼬리에 부질없이 시를 짓네.
가는 세월 따르느라 마음 이미 게을러져
북창 아래 종일토록 꿈꾸는 양 히죽대네.

殘骸傲兀病支離,
適用人間百不宜.
問舍欲尋終老計,
探囊還乏買山資.
穿林鳥語頻呼酒,
織柳鸎梭謾索詩.
報答年光心已懶,
北窓長日夢嬉嬉.

---

1) 입으로 읊조리다: '점(占)'은 구점(口占)을 가리키니 즉흥적으로 입으로 읊조려서 시를 짓는
   것을 말한다. 구호(口號)'라고도 한다.
2) 집 짓고: '문사(問舍)'는 문사구전(問舍求田)의 준말로, 집 짓고 밭 사는 것을 말하니, 다만
   개인의 작은 이익만 구하고 원대한 뜻이 없음을 가리킨다.
3) 산을 살 돈: '매산자(買山資)'는 매산전(買山錢)으로, 벼슬에서 물러나 숨어살 산을 살 돈을
   말한다. 진(晉)나라 승려 지도림(支道林)이 심공(深公)의 소유인 인산(印山)을 사서 은거하
   려고 하자, 심공이 "소부(巢父)와 허유(許由)가 산을 사서 숨어 살았다는 말은 듣지 못했다."
   고 조롱했다는 고사가 있다.

산림에 살며 되는대로 쓰다

林居漫筆

온 골에 봄날 경치[1] 본래 받는 녹봉이니[2]　　　萬壑煙花當素封,

영화와 쇠락을 어찌 마음에 두겠는가?　　　肯教榮落芥吾胸?

참된 꿈을 불러오니 세상 속박 없어지고　　　喚來眞夢天黥息,

봄날 술을 걸러내니 죽물처럼 걸쭉하네.[3]　　　壓去春醅粥面濃.

숲속 꾀꼬리 옮겨 낢을 한가로이 즐기고　　　閒愛林間鸎選樹,

뜰가 학 솔에 둥치 틈을 가만히 보는구나.　　　靜看庭畔鶴巢松.

이곳에서 살다보니 몸이 다시 튼튼해져　　　端居是處身仍健,

이따금씩 쟁기 지고 농가 노인 좇는구나.　　　時向田翁負耒從.

---

1) 봄날 경치: '연화(煙花)'는 연화(烟花) 또는 연화(煙華)와 같은 말로 남기와 안개가 자욱한 것과 같은 번화한 꽃을 가리키거나, 안개 속에 핀 봄꽃을 가리키니 아름다운 봄날 경치를 말한다. 남조 양(梁)나라 심약(沈約)의 〈상춘(傷春)〉에 "아름다운 봄빛이 금원에 들었고, 안개 봄꽃 켜켜 굽이를 둘렀도다.[年芳被禁藥, 煙花繞屬曲.]"라고 하였다. 이백의 〈황학루송맹호연지광릉(黃鶴樓送孟浩然之廣陵)〉에 "옛 친구가 서쪽으로 황학루를 떠나가니, 아름다운 봄날 삼월에 양주로 내려가도다.[故人西辭黃鶴樓, 煙花三月下揚州.]"라고 하였다. 또는 아름답고 고운 기녀(妓女)를 가리키기도 한다.

2) 본래 받는 녹봉이니: '소봉(素封)'은 관작(官爵)이나 봉토(封土)가 없어도 마치 봉후(封侯)가 된 것처럼 본래부터 풍족한 생활을 누리는 것을 말한다.

3) 죽물처럼 걸쭉하네: '죽면농(粥面濃)'의 죽면은 진한 차나 진한 술의 표면에 응결되는 얇은 막(膜)을 가리키는데, 그 모양이 마치 죽막(粥膜)처럼 생겼다는 말이다. 소식(蘇軾)의 〈기손군부(寄孫君孚)〉에 "즐거워라 무엇을 근심하리요? 마을 술은 죽물처럼 진하구나.[樂哉何所憂? 社酒粥面濃.]"라고 하였다.

초여름

初夏

구불구불 세상길에 어찌 재앙 없겠냐마는　　　　　逶迤隨世可無菑,
말이라 하든 소라 하든[1] 그냥 내맡겼도다.　　　　呼馬呼牛任爾爲.
쓸쓸한 집안에 가난이 떠나지 않아 쓸쓸하고　　　深笑寒門貧不去,
늘그막에 병을 달고 사는 몸이 불쌍하구나.　　　祗憐衰境病如期.
홰나무 선 깊은 마을에 꾀꼬리 지저귀고　　　　　綠槐深巷鸚聲滑,
향긋한 풀 우거진 길에 해 그림자 더디구나.　　　芳草長程日影遲.
좋은 봄날[2] 보답하여 손뼉 치며 취하니　　　　報答芳辰抃一醉,
이 삶의 한가한 맛 늙어서야 아는구나.　　　　　此生閒味老方知.

---

1) 말이라 하든 소라 하든: '호마호우(呼馬呼牛)'는 호우호마(呼牛呼馬) 또는 호우작마(呼牛作
馬)라고도 하며, 남이 나에 대해 소라 하든 말이라 하든, 칭찬하든지 비방하든지 상관하지
않고 개의치 않는다는 말이다. 《장자》〈천도(天道)〉에 "나를 소라고 부르면 소라고 하고,
나를 말이라고 부르면 말이라고 한다.[呼我牛也, 而謂之牛, 呼我馬也, 而謂之馬.]"라고 하
였다.

2) 좋은 봄날: '방신(芳辰)'은 아름답고 좋은 시절을 가리키니, 온갖 꽃이 피어 향기로운 봄날을
말한다. 남조(南朝) 때 양(梁)나라 심약(沈約)의 〈반설부(反舌賦)〉에서 "이 달에 꽃다운 날을
대하다[對芳辰於此月]"라고 하고, 당나라 진자앙(陳子昂)의 〈삼월삼일연왕명부산정(三月
三日宴王明府山亭)〉에서 "늦봄 아름다운 달이요, 상사일 꽃다운 날이라.[暮春嘉月, 上巳芳
辰.]"이라 하여 3월을 가리키기도 하였다.

단오 이튿날 홀로 앉아 되는대로 읊조리다

重午翌日獨坐漫占

눈 벌써 침침하고 살쩍 이미 세었으니　　眼已昏花鬢已星,
이 몸은 이 세상에 떠도는 부평초로다.　　是身當世一漂萍.
두꺼비[1]는 닷새 지나면 정말 쓸 데 없고　　蟾經五日誠無用,
거북 늙어 천년이면 절로 영험치 못하다네[2]　龜老千年自不靈.
따분한 생계라 다만 백사[3]에 돌아왔을 뿐　　懶計只堪歸白社,
얌전하게 내내 〈현경[4]〉만 옮겨 쓰도다.　　端居嬴得草玄經.
직박구리[5] 호로록 호로록 쌓인 정이 많은지　提壺款款多情緒,
내 홀로 맑게 깨어 있으려 함[6]을 원망하는 듯.　但恨吾生慕獨醒.

---

1) 두꺼비: 두꺼비의 귀 뒤에 있는 샘과 피부의 샘에서 분비되는 흰색의 점액이 약으로 쓰인다고
하니, 죽어서 말라버리면 소용이 없다는 말이다.

2) 거북 늙어 …… 못해라:《사기》〈구책열전서(龜策列傳序)〉에 "대략 듣건대 은나라와 하나라
에 점치는 이는 시초와 거북을 취하고 점을 마치면 버리는데, 거북을 귀하게 보관하면 영험하
지 못하고 시초가 오래되면 신통하지 못한다고 여긴다.[略聞殷夏欲卜者, 乃取蓍龜, 已則棄
之, 以爲龜藏則不靈, 蓍久則不神.]"라고 하였다.

3) 백사: 은둔한 선비나, 또는 은둔한 선비가 지내는 곳을 말한다.

4) 현경: '현경(玄經)'은 노자의《도덕경》을 말한다.

5) 직박구리: '제호(提壺)'는 제호로(提壺蘆)의 준말이며, 직박구리를 말한다. 조선시대에는
'호로록피죽'이라고도 하였는데, 이는 새 울음소리가 춘궁기에 멀건 피죽을 호로록 마시는
소리 같아서 붙여진 이름이다.

6) 홀로 맑게 깨어 있으려 함: '독성(獨醒)'은 혼자 맑게 깨어있는 것을 말하니, 이욕에 눈먼
속세 사람들과 같지 않음을 비유한다. 굴원의 〈어부사〉에서 "온 세상이 모두 혼탁한데 나
홀로 깨끗하며, 많은 사람들이 모두 취했는데 나 홀로 깨었으니 이 때문에 쫓겨났도다![擧世皆
濁, 我獨淸, 衆人皆醉, 我獨醒, 是以見放!]"라고 하였다.

지난날을 생각하며 느끼는 회포

感懷

오가는 화려한 수레 모두 곱게 단장하였으니	紛紛華轂摠朱丹,
친애하는 신하며 권세 있는 관리[1] 아니겠나?	不是親臣便熱官.
부귀란 건 때에 따라 애송이도 얻는 것이요	富貴有時兒亦得,
장부의 명운이 없으면 사람들이 흘겨본다네.[2]	丈夫無命俗相看.
십년 동안 세상일이 끝내 어렵기만 했고	十年世事終難了,
오월 농가에는 아주 심한 가뭄이 든다네.	五月田家大劇乾.
나라 다스림과 도적 물리침[3] 모두 그만 두고서	經濟折衝俱已矣,
부질없이 흰머리[4] 긁고 홀로 난간에 기대노라.	漫搔愁鬢獨憑欄.

---

1) 권세 있는 관리: '열관(熱官)'은 권세가 드러나 빛나는 관리를 말한다.
2) 사람들이 흘겨 본다네: '속상간(俗相看)'은 사람들이 서로 본다는 뜻으로 눈을 흘겨보며 미워함을 말한다. 송나라 황정견(黃庭堅)의 〈봉답고도(奉答固道)〉에 "사람들이 서로 보며 마침내 눈을 흘기고, 옛 친구 보이지 않으니 높은 산을 생각하네.[末俗相看終眼白, 故人不見想山高.]"라고 하였다.
3) 도적 물리침: '절충(折衝)'은 적의 전차가 뒤로 물러나게 하는 것으로 도적을 제압하여 승리를 거두는 것을 말한다. 따라서 절충지신(折衝之臣)은 충직하고 용맹한 신하를 말하며, 절충어모(折衝御侮)는 《시경》〈대아·면(綿)〉에서 "予曰有御侮."라 하고, 《모전(毛傳)》에서 "武臣折衝曰御侮."라고 하여 도적을 물리치는 것을 가리키게 되었다.
4) 흰머리: '수빈(愁鬢)'은 하얗게 나오는 머리카락을 가리키니 수심 때문에 하얗게 나오기 때문에 말한 것이다.

모진 더위

苦炎

5월인데 올해에는 무더위에 괴로우니　　　　　五月今年苦囂蒸,
온 몸에서 땀이 흘러 앉기도 어렵구나.　　　　汗流肢體坐難勝.
가뜩 마음 사나운데[1] 불 키우는 일 많고　　　極知心厲多添火,
우습게도 전직 덕에 불 잡기도 하는군.　　　　深笑官銜尚帶水.
안개 낀 물가에선 떠다니는 길손[2] 되고　　　　煙水漫懷浮海客,
구름 덮힌 숲[3]에선 집 나간 중 되고프네.　　　雲林空想出家僧.
정신 놓고 실컷 자니 꽤 상쾌해 지는구나　　　昏昏饒睡還殊快,
하늘 밖 솔솔바람[4] 꿈속에서 탔었던지.　　　　天外泠風夢裏乘.

---

1) 마음 사나운데: '심려(心厲)'는 슬픔이나 분노 따위의 감정 때문에 마음이 안정감을 잃고 사나워짐을 말한다.
2) 떠다니는 길손: '부해객(浮海客)'은 《논어》〈공야장(公冶長)〉에 "도가 행해지지 않으면 뗏목 타고 바다를 떠다니리라.[道不行, 乘桴, 浮於海.]"라고 하였는데, 세상을 도피하는 나그네를 말한다.
3) 구름 덮힌 숲: '운림(雲林)'은 구름 덮인 숲이라는 뜻으로, 연수(煙水)와 마찬가지로 은둔한 선비들이 숨어사는 곳을 말한다.
4) 솔솔바람: '영풍(泠風)'은 소풍(小風) 또는 화풍(和風)이라고도 한다. 《장자》에서 "솔솔바람 에는 가볍게 응하고, 거센 바람에는 크게 응한다.[泠風則小和, 飄風則大和.]"라고 하였다.

자고 일어나서 빗대어 말하다

睡起寓言

두어 이랑 전원에 한 채 초가집	數畝田園一草廬,
세상살이 가는 대로[1] 내맡기고.	世間生活任如如.
흉년에 술을 얻어[2] 몸이 되레 좋아지고	災年得酒身還健,
늘그막에 벼슬 떠나 병이 조금 나았도다.	暮景休官病少除.
한가로이 구름 따라 발 닿는대로 걸으며	閒許白雲隨杖屨,
고요하게 달을 보며 거문고 뜯다 책 읽네.	靜看明月守琴書.
난간 기대어 두건 젖혀 쓴 채[3] 휘파람 불며[4]	憑軒岸幘仍舒嘯,
만 리의 먼 하늘을 눈길 가는대로 멀리 보노라.[5]	萬里長天縱目初.

---

1) 가는 대로: '여여(如如)'는 제법(諸法)이 모두 평등하고 둘이 아닌 법성(法性)의 이체(理體)나, 영원히 존재하는 진여(眞如)를 가리키는데, 여기서는 자연의 이치가 흘러가는 대로 사는 것을 말한다.

2) 술을 얻어: '득주(得酒)'는 걸장득주(乞漿得酒) 또는 구장득주(求漿得酒)의 준말로, 목이 말라 물을 구하다가 술을 얻었다는 뜻으로 바라던 것보다 그 이상의 것을 얻거나, 기대 이상의 이득을 얻거나, 예상 밖의 좋은 성과를 거두는 것을 말한다.

3) 두건 젖혀 쓴 채: '안책(岸幘)'은 두건을 쓰되 이마를 드러내는 것이다. 태도가 쇄락하고 초탈함을 형용하거나, 옷차림이 간소하고 구속됨이 없는 것을 말한다.

4) 휘파람 불며: '서소(舒嘯)'는 휘파람을 부는 것으로, 도연명의 〈귀거래혜사(歸去來兮辭)〉에 "동쪽 언덕에 올라 휘파람 불고, 맑은 물가에 나아가 시를 지었네.[登東皐以舒嘯, 臨清流而賦詩.]"라고 하였다.

5) 눈길 가는대로 멀리 보노라: '종목(縱目)'은 눈길 가는대로 멀리 바라보는 것으로, 당나라 두보(杜甫)의 〈등연주성루(登兗州城樓)〉에 "동쪽 마을에 와서 아버지를 따르던 날에, 남루에서 눈길 가는대로 멀리 바라보았네.[東郡趨庭日, 南樓縱目初.]"라고 하였다.

임진강에서

臨津

옛 나루에서 뱃사공 불러　　　　　　古渡呼舟子,

배 타고 가는 마음 슬퍼.　　　　　　臨流愴客情.

맑은 물결에 햇빛 일렁이고　　　　　晴波搖日影,

시든 잎새에는 가을소리[1].　　　　　寒葉送秋聲.

온 세상이 오랑캐[2] 난리통　　　　　宇宙纏胡羯,

산하에는 전쟁 지난 흔적.　　　　　　山河帶甲兵.

모두들 길 잃고 헤매는 곳에　　　　　人間迷路處,

신하 구실[3]만 놓친 게 아녀.　　　　　不獨放臣行.

---

1) 가을소리: '추성(秋聲)'은 가을 하늘 속에서 나는 자연계의 소리로서, 바람소리 또는 낙엽소리 또는 벌레나 새소리 같은 것을 말한다.
2) 오랑캐: '호갈(胡羯)'은 오랑캐로서, 갈(羯)은 산서성(山西省)에 살던 흉노(匈奴)와 동족(同族)이다.
3) 신하 구실: 《좌전》에서는 신하의 구실로 육순(六順)을 말했으니, 곧 "君義, 臣行, 父慈, 子孝, 兄愛, 弟敬, 所謂六順."이라 하였다.

저탄¹⁾에서

猪灘

거친 산 아래 말 머무르게 하고	駐馬荒山下,
옛 나루터에 뱃사공을 부르네.	呼舟古渡濱.
바람 부니 물낯에 주름살지고	風搖波皺面,
도랑 물 주니 바위에 비늘 자국.	潦縮石生鱗.
천지는 예나 지금이나 같건만	天地猶今日,
전란이 이 몸과 함께 했구나.	風塵偶此身.
평생을 떠다니려 했건마는²⁾	平生浮海志,
공연히 나루터를 묻고 있구나.³⁾	空作問津人.

---

1) 저탄: '저탄(猪灘)'은 황해도 평산군(平山郡)의 동쪽에 있는 예성강(禮成江)의 상류를 말한다.
2) 떠다니려 했건마는: '부해지(浮海志)'는 《논어》〈공야장(公冶長)〉에서 "도가 행해지지 않으면 뗏목 타고 바다를 떠다니리라.[道不行, 乘桴, 浮於海.]"라고 하였는데, 혼란한 세상을 도피하여 은거함을 말한다.
3) 나루터를 묻고 있구나: '문진(問津)'(나루터를 묻는다는 것)은 올바른 삶의 길이나 정치의 방도를 탐구하는 것을 비유하는 말이다. 《논어》〈미자(微子)〉에서 공자가 자로로 하여금 장저(長沮)와 걸익(桀溺)에게 나루터를 묻게 하였다는[使子路問津] 고사로, 세상이 혼탁해도 숨어 살지 아니하고 세상에 나아가 사람들과 함께 하며 올바른 정치가 행해지고 올바른 도가 행해질 수 있도록 노력해야 함을 말한 것이다.

심성[1]에 있으면서 감회를 적다

在瀋城紀感

쩡쩡 얼음 터지는 소리 변방 고을 진동하고	數聲寒柝動邊州,
긴긴 밤 남방 나그네[2] 홀로 시름 어루만지네.	遙夜南冠攬獨愁.
보따리와 소매 사이 숨긴 비수 장하건만[3]	行李袖間莊匕首,
하늘 밖 떠돌면서 고향 땅[4] 꿈에 보도다.	轉蓬天外夢刀頭.
가을 하늘에 소경 기러기[5] 이미 끊어지고	秋空已斷蘇卿鴈,
북방의 눈이 계자 갓옷[6]에만 내리도다.	朔雪偏侵李子裘.
높은 누대 자주 올라 애써 북녘 바람은	頻上危樓勞北望,
바닷물 따라서 동으로 흐르고자 함이라.	願隨滄海學東流.

---

1) 심성: 중국 요녕성(遼寧省) 심양(瀋陽)을 말한다.

2) 남방의 나그네: '남관(南冠)'은 춘추시대 초(楚)나라 사람이 쓰던 관(冠)을 말하니, 남방 사람의 관(冠)이라는 말은 남쪽에서 심양으로 사행 간 것을 가리킨 것이다.

3) 비수를 몰래 숨기고: 비수(匕首)는 짧은 칼로, 보통 호신용으로 쓰인다. 옛날 연(燕)나라 태자 단(丹)이 진시황을 죽이려고 협객 형가(荊軻)를 진나라로 보냈는데 비수를 지도에 숨겼지만 끝내 진시황을 죽이지 못하고 스스로 죽임을 당한 고사가 있다.

4) 고향 땅: '도두(刀頭)'는 도환(刀環)과 같은 뜻으로, 칼자루의 둥근 고리 부분을 말한다. 환(環)은 '환(還)'의 은어로서 환귀(還歸)를 뜻하며, 고향으로 돌아가고픈 마음을 나타낸 말이다. 또는 도두검수(刀頭劍首)의 준말로, 위험한 경우를 비유하는 말이다. 또는 옛날 왕이나 높은 벼슬아치가 차던 칼로서 높은 벼슬을 비유하는 말이기도 하다.

5) 소경 기러기: 한나라 소무(蘇武)이니, 자가 자경(子卿)이며 흉노 정벌에 공을 세운 소건(蘇建)의 둘째 아들이다. 천한(天漢) 원년에 중랑장(中郎將)으로 흉노(匈奴) 지역에 사신으로 갔다가 붙잡혀서 옥에 갇히면서 끝까지 항복하지 않자 북해(北海)로 보내져서 양치기를 하게 하였지만 눈을 먹고 가죽을 씹으면서 지조를 지켰다. 소제(昭帝) 시원(始元) 6년에 흉노와 화친하여 19년 만에 돌아와서 관내후(關內侯)가 되었다. 소경 기러기는 흉노에 사신 간 소경의 소식을 말한다.

6) 계자의갖옷: '계자구(季子裘)'는 전국시대 소진(蘇秦)이 진나라에 벼슬을 구하러 갔다가 백근의 황금을 다 써버리고 너덜거리는 갖옷을 입은 채 고향으로 돌아간 고사를 말한다.

심성을 출발하다
出瀋城

새벽에 돌아간다는 말 듣고 기뻐서 펄쩍펄쩍	平明歸傳喜駿駿,
남방 갓1) 쓰고 남방 노래2) 부를 일 없겠구나.	且免南冠費楚吟.
갖옷 털옷 갈아입으면서 먼 모랫길 무릅쓰고	裘褐穩衝沙磧遠,
공물 수레 구름 깊은 변방을 가벼이 지났도다.	輜車輕度塞雲深.
품속에 인상여의 벽옥3)을 잘도 지키지만	懷中尙保相如璧,
주머니에 육가의 천금4)이 전혀 없도다.	橐裏渾無陸賈金.
역참 정자 잠시 들러 잠깐 잠을 이루는데	暫就驛亭成小睡,
오호의 멋진 풍류5) 꿈 가운데 찾았구나.	五湖煙月夢中尋.

---

1) 남방 갓: '남관(南冠)'은 초나라의 관(冠)을 가리키는 말로, 곧 우리나라의 의관을 가리킨다.

2) 남방 노래: '초음(楚吟)'은 초나라의 노래이니 남방의 노래, 우리나라의 노래를 가리킨다.

3) 인상여의 보옥: '상여벽(相如璧)'은 화씨(和氏)의 벽옥(璧玉)으로 전국시대 조(趙)나라 인상여(藺相如)가 그 벽옥을 가지고 진(秦)나라로 갔다가 소왕(昭王)이 15개의 성(城)과 바꾸자고 하면서 빼앗으려 할 때에 빼앗기지 아니하고 완전하게 다시 조나라로 가지고 돌아왔다는 완벽귀조(完璧歸趙)의 고사를 말한다.

4) 육가의 천금: '육가금(陸賈金)'은 한나라 고조(高祖) 유방이 나라를 건국할 때 육가라는 사람이 남월왕(南越王) 위타(尉佗)에게 가서 설득하여 한나라의 속국이 되게 하였는데, 이때 위타가 육가에게 천금(千金)을 주어 호화롭게 살았다는 고사이다.

5) 오호의 멋진 풍류: '오호연월(五湖煙月)'은 월(越)나라 범려(范蠡)가 월왕(越王) 구천(句踐)을 보좌하여 오(吳)나라를 멸망시키고 곧바로 거룻배를 오호(五湖)에 띄워서 타고 떠났다는 고사에서 나온 말로, 공(功)을 세우고 물러나는 것을 비유하는 말이다.

저녁에 파사성[1] 아래 배를 대다

晚泊婆娑城下

어스름 저녁 빛이 강 길에 뻗으니	暝色延江路,
외로운 배에 대자리가 서늘하도다.	孤篷枕簟凉.
수풀에 바람 부니 문득 빗소리 같고	林風翻似雨,
모래밭 달 비추니 사뭇 서리 같구나.	沙月逈疑霜.
물안개가 텅 빈 공중에 이어져있고	水氣連空濶,
종소리가 아득한 강[2]을 건너가도다.	鍾聲度森茫.
물가 새들 놀라서 날아가 버리니	渚禽驚起去,
개 건너 돌아오는 돛배가 있구나.	隔浦有歸檣.

---

1) 파사성: '파사성(婆娑城)'은 중국 요녕성 단동시(丹東市) 호산(虎山) 남쪽 압록강과 애하(愛河) 접경지에 있는 옛 성인 구련성(九連城)을 가리킨다. 춘추시대에는 연(燕)나라의 군사 요충지였고, 남북조시대에는 고구려가 요동 지역을 차지하고 있어 고구려인들이 여기서 살았다. 금(金)나라 때 구련성(九連城)에 사파부(婆娑府)라는 행정지역으로 되면서 구련성(九連城)을 사파성(婆娑城)이라 부르게 되었다. 원(元)나라 이후 구련성(九連城)은 조선과 상업 거래가 빈번하여 다시 사파부(婆娑府)를 설치하였다.

2) 아득한 강: '묘망(森茫)'은 강물이 넓고 아득한 모양을 말한다.

보덕 조자장[1]이 심양으로 가기에 전송하다

送趙輔德 子長赴瀋

죽었든 살았든 부끄러운 오늘에	死生今日摠堪羞,
행차 잇닿는다고 전별시를 짓네.	冠盖聯翩賦遠遊.
사나이로 호랑이굴[2] 마다하랴?	男子敢辭探虎穴?
하늘이 까마귀 머리[3]도 세게 하리라.	天心方卜變烏頭.
돌아오는 전대[4]에 옥이 온전할 테니[5]	秦關歸橐應完璧,
요동 누대 기대어[6] 시 얼마나 읊을 텐가?	遼塞行吟幾倚樓?
금성천리[7] 방책이야 다른 날의 일이지만	方略金城他日事,

---

1) 조자장: 세자시강원(世子侍講院) 보덕(輔德)을 지낸 조계원(趙啓遠)을 말한다. 자는 자장(子長), 호는 약천(藥泉), 본관은 양주(楊州)이다. 신흠(申欽)의 사위이고, 이항복(李恒福)의 문인이다. 병자호란 때 유장(儒將)으로 천거되었으며, 사간으로 있으면서 청음이 탄핵을 받자 힘써 구원하였다. 1641년 심양(瀋陽)에 갔던 소현세자(昭顯世子)를 보필하여 공을 세웠다.

2) 호랑이굴: '호혈(虎穴)'은 위험한 곳을 비유한 말이다. 《후한서(後漢書)》〈반초전(班超傳)〉에 반초가 "호랑이굴에 들어가지 않고 어찌 호랑이를 잡을 수 있겠는가?[不入虎穴, 不得虎子.]"라고 하였다.

3) 까마귀 머리: '오두(烏頭)'는 오두백(烏頭白), 오두변백(烏頭變白) 또는 오두백마생각(烏頭白馬生角)의 준말로, 까마귀의 검은 머리가 하얗게 변하는 것처럼 실현 불가능한 일을 비유한다.

4) 돌아오는 전대: '귀탁(歸橐)'은 사신이나 고을 수령이 임기를 마치고 돌아갈 때 가지고 가는 꾸러미를 가리키며, 조(趙)나라의 인상여(藺相如)가 화씨의 벽옥(璧玉)을 가지고 진(秦)나라에 갔다가 완전하게 다시 벽옥을 가지고 돌아왔다는 고사를 말한다.

5) 옥이 온전할 테니: '완벽(完璧)'은 위의 완벽귀조(完璧歸趙)의 고사를 말한다.

6) 누대 기대어: '의루(倚樓)'는 타향의 누대에 올라가 기댐을 말한다. 한나라 말기에 왕찬(王粲)은 자가 중선(仲宣)으로 동탁(董卓)의 난리를 피하여 형주(荊州)에서 형주자사 유표의 식객의 있으면서 누대에 올라가 고향 생각을 하며 〈등루부(登樓賦)〉를 지었다고 한다.

7) 금성천리: '금성(金城)'은 금성천리(金城千里)의 준말로, 멀리까지 나라의 굳은 성을 둘러치는 것을 말한다. 한나라 환관(桓寬)의 《염철론(鹽鐵論)》에서 "사방의 변방을 견고하게 하는 것이 금성천리이다.[四塞以爲固, 金城千里.]"라고 하였다.

털보 벗 공명[8] 이룰 줄 진작에 알았도다.　　　　早知髥友合封侯.

---

8) 공명: 봉후(封侯)는 후작(侯爵)에 봉해짐이나, 혁혁한 공명을 가리키는 말이다.

요양[1] 가는 길에 세 수

遼陽道中 三首

안개 차고 풀이 시든 옛 모래벌판 지나며	冷煙衰草古沙場,
마른 우물 무너진 집터에 나그네 슬프구나.	廢井遺墟斷客腸.
정찰 기병 밤에 돌며 흰 말을 내달리고	探騎夜廻馳白馬,
장막[2]마다 가을 되어 누런 양을 굽는구나.	拂廬秋到煮黃羊.
천종 노주[3] 마신다 해도 취하기가 어렵고	千鍾蘆酒難成醉,
팔월인데 연산[4]에는 이미 서리 내리는구나.	八月燕山已下霜.
우주자연 십년 되면 사람 일이 변하지만	宇宙十年人事變,
세상인심 뒤집기란 바다처럼 아득하구나.	世間飜覆海茫茫.

십년 동안 변방에는 티끌 먼지[5] 넘쳐나서	十年邊塞漲塵氛,
변방 성에 말 세우고 길을 찾지 못하도다.	立馬邊城路不分.
갈석산[6] 어둔 비 오니 하늘이 바다 맞닿고	碣石雨昏天接海,
계문산[7] 서리 내리니 숲이 구름 같구나.	薊門霜落樹如雲.

---

1) 요양: 요령성 심양을 말한다.

2) 장막: '불려(拂廬)'는 토번(吐蕃) 사람들이 사는 장막을 말한다.

3) 노주: '노주(蘆酒)'는 갈대의 줄기를 술통 속에 넣어서 빨아 마시는 술이나, 도수가 낮은 술을 말한다.

4) 연산: 북경(北京) 또는 천진(天津)의 북부에 있는 산을 이른다.

5) 티끌 먼지: '진분(塵氛)'은 세상에서 일어나는 어지러운 일이나 시련을 비유한다.

6) 갈석산: 하북성(河北省) 진황도시(秦皇島市) 무녕현(撫寧縣) 산해관 근처에 있다.

7) 계문산: '계문(薊門)'은 옛날 계문관(薊門關)을 가리킨다. 당나라 때 세웠는데 지금의 천진(天津) 계현(薊縣) 지역이다. 또한 북경(北京) 서쪽의 덕승문(德勝門) 밖의 서북쪽에 있는

가을 구름 어둑어둑 풀밭에 나직하고　　　　　　　　秋陰黯黯低平楚,
산 그림자 뉘엿뉘엿 저녁노을 둘렀구나.　　　　　　山影依依帶夕曛.
나라 지킨 모든 집[8]이 여우 토끼 소굴[9]되니　　　　喬木萬家狐兔穴,
남은 백성 부질없이 이장군[10]을 떠올리도다.　　　　遺氓空憶李將軍.

센 풀 두른 누런 들판 바라보니 아득하고　　　　　　白草黃雲望裏賒,
길가에 남은 초석 이는 누구 집이었던가!　　　　　　路傍遺礎是誰家!
산과 강은 쓸쓸하고 인가 연기 드물며　　　　　　　山河蕭瑟人煙少,
옛 성곽 황량한데 저녁노을 비꼈어라.　　　　　　　城郭荒凉暮景斜.
까마귀 빈숲을 뒤지다 들판에 울며　　　　　　　　鳥啄空林啼曠野,
기러기 가을비 몰고 모래펄에 내려오네.　　　　　　鴈驅秋雨落寒沙.
요임금의 봉한 경계[11] 찾지 못해 서글픈데　　　　　惆悵堯封無處覓,
역정에서 종일토록 날라리 소리 들리누나.　　　　　驛亭終日聽胡笳.

계구(薊丘)도 계문(薊門)이라고 하였다.

8) 나라 지킨 모든 집: 교목(喬木)은 키 큰 오래된 나무로서 여러 대에 거쳐 나라의 중요 관직에
　있는 집안(喬木世家)이나 공훈을 세운 신하(喬木世臣)를 비유한다. 《맹자》〈양혜왕〉 하편에
　"所謂故國者 非謂有喬木之謂也 有世臣之謂也"라 함.
9) 여우 토끼 소굴: '호토혈(狐兔穴)'은 여우와 토끼 굴이라는 뜻으로, 여우와 토끼는 소인배나
　교활하고 음흉한 무리를 가리킨다. 토굴(兔窟)은 은거지를 비유한 말이다. 송(宋)나라 정구
　(程俱)의 〈산중대주(山中對酒)〉에 "언제나 산림으로 돌아갈꼬? 계수나무 열매는 산자락에
　떨어지누나.[何年顧兔窟, 桂子落山腹.]"라고 하였다.
10) 이장군: 한나라의 명장 이광(李廣)을 말한다. 한무제(漢武帝)가 우북평태수(右北平太守)로
　임명하여 흉노(匈奴)를 막게 하자, 흉노가 '한나라의 비장군(飛將軍)'이라고 무서워하며 감히
　난리를 일으키지 못했다고 한다.
11) 요임금의 봉한 경계: '요봉(堯封)'은 요임금 때 순(舜)에게 명해서 천하를 순시하여 12주를
　만들고 12개의 큰 산에다가 봉토(封土)를 쌓고 제사를 지내게 했다고 한다.

심양 객관에서 밤에 앉아 감회를 적다

瀋舘夜坐紀懷

객관에 누가 찾아주겠나?	郵舘人誰問?
반 남은 술독에 그림자만.	殘缸影半沉.
한나라 소무¹⁾의 절개요	漢家蘇武節,
진나라 때 노중련²⁾의 마음.	秦日魯連心.
추위에 꺾여 가을소리 애처롭고	寒柝秋聲苦,
변방 구름에 찬 기운 깊구나.	邊雲朔氣深.
소매 속에 석자 칼³⁾ 숨겨 두고	袖中三尺劍,
밤 새 이무기 울음⁴⁾ 시를 읊네.	遙夜作龍吟.

---

1) 소무: 자는 자경(子卿)이니, 한(漢)나라 무제(武帝) 때 충신으로 흉노에게 굴복하지 않았다.
2) 노중련: '노련(魯連)'은 전국시대 제(齊)나라 사람 노중련(魯仲連)으로 꾀하기를 좋아하여 항상 여러 나라를 다니면서 어려운 일을 해결하곤 하였다. 진(秦)나라 군대가 조나라의 도성 한단(邯鄲)을 포위하자 노중련이 이해(利害)를 가지고 조나라와 위나라 대신에게 가서 말하며 진나라를 황제 나라로 삼는 것을 막는데 노중련이 말하기를, "진나라 소왕(昭王)이 방자하게 천자라고 칭한다면 나는 동해로 가서 빠져 죽음이 있을 뿐이다."라고 하였다. 이에 노중련은 기발하고 위대한 행동을 하며 개인의 영리를 좋아하지 않는 인물을 대표하게 되었다. 또한 노련도해(魯連蹈海)는 차라리 죽을지언정 강적의 굴욕을 받지 않는 기절과 정조를 나타낸다.
3) 석자 칼: '삼척검(三尺劍)'은 길이가 석자 정도인 칼이다. 《사기(史記)》〈고조본기(高祖本紀)〉에 "나는 포의 입고 삼척검을 들고 천하를 얻었으니, 이것이 어찌 천명이 아니겠는가?[吾以布衣提三尺劍取天下, 此非天命乎?]"라고 하였다.
4) 이무기 울음: '용음(龍吟)'은 용의 울음소리로, 시를 호방하고 선명하게 읊조리는 것을 말한다. 또는 영웅호걸이 풍운을 질타하거나, 자신의 뜻을 펴지 못하는 처지를 비유하는 말이기도 하다.

순안[1] 기행

順安紀行

쇠약하고 아프다고 험한 길을 마다하랴?	衰疾寧辭險?
어려움과 위험에도 몸 돌보지 않는다네.	艱危不顧身.
늘그막에 다시 이 길 가게 될 줄이야!	暮年還此路!
어느 날에 한가하게 노는 사람 되려나?	何日作閒人?
센 머리에 시 지으려 애 쓴다고	白髮尋詩苦,
푸른 산만 뵈면 말 머리 세우네.	靑山駐馬頻.
평생 온 세상을 보고 다닌 눈인데도	平生四海眼,
괜히 제풀에 풍진으로 눈 못 뜬다네.	空自眯風塵.

---

1) 순안: 평안남도 평원 지역의 옛 지명으로, 이 지역은 조선시대 서북방면에 있어서 군사·
교통상의 요지였다. 군사상으로는 평양을 방어하는 외곽지대로 독자산(獨子山)·대선곶(大
船串)·서금강산(西金剛山) 등에 봉수가 있었고, 기발(騎撥)인 관문참(官門站)이 있어 의주
지방의 상황을 남쪽으로 전달하였다.

취승정[1]에서 밤중에 생긴 일
聚勝亭夜起卽事

굽은 난간에 붉은 문발 살짝 걷으니 曲欄朱箔捲簾輕,
강바람 싸늘하고 흰 이슬 덮여 있네. 江氣凄淸白露橫.
한밤중 객창에서 취한 꿈 깨었는데 半夜旅窓驚醉夢,
온 산 낙엽 바람에 가을소리 보내네. 滿山風葉送秋聲.

---

1) 취승정: 성종 25년에 평안도 의주(義州) 객관(客館) 동쪽에 건립된 누정이다. 의주목사(義州
牧使) 구겸(具謙)이 세우고, 홍귀달(洪貴達)이 기문(記文)을 썼다.

이판서 대부인의 연회에서 장수를 축원한 글
李判書大夫人宴席壽詞

살아온 육십갑자 바퀴 반을 거듭하여	生年甲子重周半,
무릎 아래 증손이 다시 아이 안았구나.[1]	膝下曾孫復抱兒.
서왕모[2] 아직 젊어 양쪽 살쩍 검으시고[3]	王母尚青雙玉鬢,
아들 오형제 마상처럼 모두 백미[4]로다.	馬家俱白五常眉.
장수[5] 하는 오복[6]일랑 예전에 없던 일이오	遐齡五福無前日,
천종[7]의 극진한 봉양은 뒤에 하지 못할 일이라.	隆養千鍾不後時.
듣건대 봉래산 맑고 얕은 시냇가에는	見說蓬流清淺地,
아직도 꽃 피지 않은 푸른 복숭아[8] 있다네.	碧桃容有未開枝.

---

1) 아이 안았구나: '포아(抱兒)'는 포자(抱子)의 뜻으로 아이를 낳아 슬하에 키움이다.

2) 서왕모: 중국 고대 전설상의 선녀인 서왕모를 말한다. 《산해경(山海經)》에는 곤륜산(崑崙山)에 사는 사람의 얼굴에 표범 꼬리와 호랑이 이빨을 가진 신인(神人)이라고 하나, 보통 불사약(不死藥)을 가지고 있는 선녀로 전해진다.

3) 양쪽 살쩍 검으시고: '옥빈(玉鬢)'은 옥 같은 귀밑머리라는 뜻으로, 젊고 아름다운 여자를 이르는 말이다.

4) 백미: 삼국시대에 마씨 5형제가 있었는데 모두 재주가 뛰어났다. 모두 자(字)에 '상(常)'자가 있어서 '마씨오상(馬氏五常)'이라고 불렀다. 특히 백미(白眉)를 갖고 있는 맏이 마량은 재주가 형제들 중에서 가장 뛰어났다. 이때부터 여러 가운데서 가장 뛰어난 사람이나 훌륭한 것을 지칭할 때 '백미(白眉)'라고 하였다.

5) 장수: 하령(遐齡)은 보통 사람 이상으로 오래 사는 것을 말한다.

6) 오복: 《서경》에 의하면, 다섯 가지의 복을 수(壽)·부(富)·강녕(康寧)·유호덕(攸好德)·고종명(考終命)이라고 했으며, 세속에서 유호덕과 고종명 대신에 귀(貴)와 자손중다(子孫衆多)를 꼽기도 하였다.

7) 천종: '천종(千鍾)'은 많은 양(量)을 가리키는 말로, 가장 높은 관직의 녹봉(祿俸)을 천종록(千鍾祿)이라고 한다. 후한(後漢) 때 왕충(王充)이 지은 《논형(論衡)》과 당나라 구양순(歐陽詢) 등이 편찬한 《예문유취(藝文類聚)》에 "문왕은 천 종의 술을 마셨고, 공자는 백고의 술을 마셨다.[文王飲酒千鍾, 孔子百觚.]"는 구절이 있다.

8) 푸른 복숭아: '벽도(碧桃)'는 신선들이 먹는 선과(仙果)로, 곤륜산(崑崙山)에 산다는 서왕모
가 선도(仙桃)를 먹으려고 벽도(碧桃)를 심었는데 3천년에 한 번 열매가 열렸다고 하였다.

행명재시집 권2　143

정덕기[1] 유성이 동래[2]로 부임하기에 전송하다 두 수

送鄭德基維城赴東萊 二首

포은 노인[3] 뗏목 탄지[4] 벌써 몇 번 봄이던가?	圃老乘槎已幾春,
후손들의 재주 인격 또한 매우 뛰어나도다.	後孫才格又超倫.
백성에 임해서는 잠시 경륜하는 솜씨 빌리고	臨民暫借裁綸手,
전쟁에 이기려면 허리띠 느슨히 해야 하리.[5]	制勝方須緩帶身.
이는 본시 조정에서 변방을 회유하는[6] 뜻이니	自是廟謨柔遠意,
감히 우리가 슬픈 이별 잦다고 말하겠는가?	敢論吾輩愴離頻?
오랑캐 마을 오래 굴복함은 그대 집안 덕이니	蠻鄕久服君家世,
응당 오천[7]에 다시 인물이 있다고 말하리라.	應說烏川復有人.

염파 이목[8] 궁궐에서 나가는 걸 지금 보니	頗牧 今看出禁中,

---

1) 정덕기: 정유성(鄭維城, 1596~1664)은 자가 덕기(德基), 호가 도촌(陶村), 본관이 영일(迎日)이다. 인조 21년 무렵 동래부사로 있었다.

2) 동래: 현재 부산 동래구 지역을 말한다.

3) 포은 노인: '포로(圃老)'는 포은 정몽주(鄭夢周, 1337~1392)를 말한다.

4) 뗏목 탄지: '승사(乘槎)'는 임금의 명을 받고 외방으로 나가는 것을 말한다. 고려 말에 왜구가 자주 침략하여 피해가 심하자 정몽주를 보빙사(報聘使)로 일본에 보내 해적 행위를 금할 것을 교섭하여 우호적인 관계를 맺고 돌아온 일을 말한다.

5) 허리띠 느슨히 해야: '완대(緩帶)'는 살벌한 전쟁터 분위기와 달리 여유 있는 마음으로 한가롭게 시간을 보낸다는 뜻이다. 진(晉)나라 장군 양호(羊祜)가 진중(陣中)에서 갑옷을 입는 대신에 가볍고 따뜻한 옷에다 허리띠를 헐렁하게 매고[緩帶] 한가하게 소요했다는 고사에서 나온 것이다.

6) 변방을 회유하는: '유원(柔遠)'은 먼 곳의 백성이나 변방을 편안하게 위로하는 것으로, 《서경》〈순전(舜典)〉에서 "먼 곳을 회유하고 가까운 곳을 편안하게 한다.[柔遠能邇.]"라고 하였다.

7) 오천: 경상북도 포항시 남구에 있는 마을 이름으로, 포은 정몽주가 이곳 출신임을 말한 것이다.

8) 염파 이목: '파목(頗牧)'은 전국시대 이름난 장수인 염파(廉頗)와 이목(李牧)을 말한다. 염파

어진 명성 길에 퍼져 바다요기[9] 사라지도다.　仁聲前路海氣空.

하늘로 갑자기 날아오른 두 마리의 오리신[10]　雲霄乍颭雙鳧鳥,

면류관을 보이더니[11] 새로 총이말[12] 받았구나.　露冕新辭一馬驄.

오랑캐 마을 이웃 되어 번역하여[13] 소통하고　蠻落作隣通象譯,

은하수 가 관청 열어[14] 용궁[15] 압도하네.　漢邊開府壓蛟宮.

조정이든 지방이든 경중을 논하지 말지어다!　休將內外論輕重!

예로부터 문인들도 무예에 공훈이 있었도다.　從古文人有武功.

는 인상여(藺相如)와 함께 조(趙)나라를 지킨 장수이고, 이목은 조(趙)나라 북쪽 변방을 지키던 장수로 흉노족을 잘 방비하여 10년 동안 흉노족이 변방을 침입하지 못하게 했다.

9) 바다요기: '해분(海氛)'은 바다에서 나는 요사스러운 기운이다.

10) 두 마리의 오리신: '쌍부석(雙鳧舄)'은 후한 명제(明帝) 때 선인(仙人) 왕교(王喬)가 신선의 방술이 있었는데, 일찍이 섭현(葉縣) 현령으로 있으면서 매월 초하루와 보름마다 수레도 타지 않고 머나먼 경사에 가서 조정의 조회에 참석하자, 임금이 괴이하게 여겨 내막을 알아보게 하니 그가 올 때마다 오리 두 마리가 동남쪽에서 날아와서 그물을 쳐서 오리를 잡고 보니 바로 왕교의 신고 다니던 신발이었다는 고사이다. 부석(鳧舄)은 오리로 변한 신발을 말하며, 먼 지방의 관리로 부임하게 된 것을 말한다.

11) 면류관을 보이더니: '노면(露冕)'은 후한 때 곽하(郭賀)가 형주자사(荊州刺史)가 되어 잘 다스리자 한나라 명제(明帝)가 순수하다가 남양(南陽)에 이르러 그 말을 듣고 감탄하여 삼공(三公)의 의복과 보불(黼黻) 문양이 있는 면류관을 내려준 뒤에 수레 타고 다닐 때 휘장을 걷고 면류관을 드러내어 백성들에게 의복을 보여주어 그의 치덕을 널리 나타내도록 허락한 이래로, 지방 관리가 정치를 잘 하거나, 임금의 은총이 관리에게 내려지는 일을 가리키게 되었다. 물론 '노면(露冕)'은 산림에 은둔한 사람이 쓰는 모자를 가리키기도 한다.

12) 총이말: '일마총(一馬驄)'은 옛날에 감찰어사가 타고 다니던 말의 별칭이다. 총이말은 청백색의 털이 뒤섞인 말을 가리키는데, 동한(東漢)의 환전(桓典)이 시어사(侍御史)가 된 뒤에 항상 총이말을 타고 다니며 법도를 어기는 자들을 처벌하였으므로 그를 총마어사라고 불렀다고 한다.

13) 번역하여: '상역(象譯)'은 통역하는 사람을 가리킨다. 《예기》〈왕제(王制)〉에 "다섯 방소의 백성들이 언어가 소통되지 않고 기호와 욕구도 같지 않아 그 뜻을 전달하고 그 욕구에 소통하려 했으니, 동방의 통역관은 '기(寄)'라 하고 남방의 통역관은 '상(象)'이라 하였다.[五方之民, 言語不通, 嗜欲不同, 達其志, 通其欲, 東方曰寄, 南方曰象.]"라 하였는데, 정현(鄭玄)은 "동방과 북방의 오랑캐 언어를 상(象)이라 이른다."고 하였다.

14) 관청 열어: '개부(開府)'는 부 단위(單位)의 관청(官廳)을 설치(設置)하던 일을 말한다.

15) 바다 용궁: '교궁(蛟宮)'은 용궁이나, 물속에 산다는 교인(鮫人)이 사는 집을 가리키니 왜구의 집을 말한다.

행명재시집 권 3

涬溟齋詩集 卷三

『동사록』 머리말

　이 시집은 조선조에서도 드물게 개인시집으로 편찬된 문집이다. 아마도 양사언의 『봉래시집(蓬萊詩集)』 외에는 그 유래를 찾아보기 힘든 경우일 것이다. 그만큼, 시인으로서의 위치가 인정되었다는 사실을 말해 주고 있는데, 삼당시인 이래로 전문 시인의 존재가 부각되던 단계에서 나타난 일로 보인다. 조선초 송시풍의 대안으로 나타난 새로운 사조가 당풍이었다면, 이 당시풍에 대한 또 다른 대안이 행명재에 의하여 창도된 사실이 확인된다.

　『동사록』으로도 명명되는 『행명재시집』 제3권은 1642년(인조 20) 통신사(通信使)로서 일본(日本)에 다녀올 때 지은 시가 주로 실렸다. 행명재는 1627년(인조 5) 호란 때, 부친 윤훤(尹暄)이 체찰부사(體察副使) 겸 평안도관찰사(平安道觀察使)로서 성천(成川)으로 후퇴하였다는 이유로 투옥되어 강화도(江華島)에서 효수(梟首)되는 참화를 입은 후로 10년 간 세상과 등지고 지내다가 인조 14년(1636) 병자호란 때 남한산성(南漢山城)으로 호가(扈駕)한 이후, 부교리(1637년 2월), 동부승지(1637년 6월), 충주목사 등을 역임하고 1640년(인조 18) 좌부승지로서 문안사가 되어 청 태종을 문안하러 심양으로 다녀온 뒤, 통신사로서 일본에 가게된 바, 이 『동사록』은 단순한 기록 보고의 문서라기보다는 생애의 굴절을 겪으면서 침잠했던 시세계를 새로이 펼쳐 보이는 하나의 시사(詩史)로서 성격이 강하다. 해평 윤문의 어른들께 전문한 바로는, 서포 김만중 모부인이 가학을 전수 받은 맥락이 선조 부마인 조부 해숭위(海崇尉)

윤신지(尹新之)로부터 시작되지만, 시작(詩作)과 관련된 계통에는 행명재의 영향이 깊게 미쳐 있었다고 한다. 당대 최고의 문장가였던 월정(月汀) 윤근수(尹根壽)께 인정받았던 행명재 문재(文才)의 바탕에는 광범위한 독서가 자리하고 있다. 또 다른 전문 가운데에 선영이 계신 장단 고지(故地)에 살지 못하고 파주로 이거할 때에 배로 몇 척분의 서적을 운송하였다는 것인데, 시집만 보더라도 도처에 역대 시인들의 유향이 끼쳐 있을 뿐만 아니라, 유·불·도교를 아우르는 사상의 혼체를 목도하게도 된다. 특히, 가문의 참화 탓인지 불교에 경사한 면모를 보이기도 하는데 이쪽 전고에 대한 주석은 초역자인 조기영 씨 등이 불교에 해박한 덕을 보았다.

한시사에 정심하지 못한 처지에 시집을 정독하면서 느낀 감회가 허락된다면, 삼당시인 – 실학파 시인 – 학청(學淸) 시인(紫霞 申緯 이래)의 계열이 20세기 초두의 근대 시인에 연결되는 맥락에 대하여 거론하고 싶다. 근대 시인들의 서정적 내면화는 식민지 시기의 암울한 현실이 계기가 되었다는데 이런 현실 대응의 면모가 행명재로부터 비롯되지 않았는가 하는 점이다. 대상에 대한 정치한 관찰과 선명한 언어 표출을 어디에서든 보여주는 행명재의 면모를 대하면서 전통 한시의 영향이 근대시에 드리운 발단을 명확하게 볼 수 있기 때문이다. 일본이라는 이국 풍물은 현실과 일정한 거리를 가지는 여유를 마련하여 주었다는 점에서 외래 영향의 추적을 또 다른 방향에서 시도해 볼 수 있는 계기도 행명재의 시집에서 찾을 수 있다는 생각이다.

2018년 6월 독서당교육원장 윤덕진 씀

* 2018년 6월 보고사의 통신사 사행록 번역총서 제8번으로 출간된 『동사록』 머리말을 빌어다 씀.

조령[1]에서 최생의 시에 차운하다

이하 계미년 《동사록[2]》이다

鳥嶺次崔生韻 已下癸未《東槎錄》

많은 봉우리를 어찌 다 오를 수 있으리오!　　　　羣峯郍可極!
계곡에 흐르는 물소리조차 다 듣지 못하니.　　　　流水不堪聞.
지팡이를 짚고 붉은 골짜기[3]에 들어서서　　　　　柱杖臨丹壑,
머리 돌려 흘러가는 흰 구름을 바라보네.[4]　　　　回頭望白雲.
관문 보루[5] 곳곳마다 웅장하게 둘러있고　　　　　關防蟠地壯,
호서[6] 영남지방 산을 두고 나뉘어 있네.　　　　　湖 嶺隔山分.
발 아파도 도리어 피로함을 잊게 되나니　　　　　病脚還忘倦,
한발 두발 오르다 벌써 저녁햇살 비치도다.　　　　登登已夕曛.

---

1) 조령: 충청북도 괴산군 연풍면과 경상북도 문경군 문경읍 사이에 있는 고개로 새재[鳥嶺]라 고도 부른다. 교령(嶠嶺)·초점(草岾)·신령(新嶺)이라고도 한다.

2) 동사록: 조경(趙絅, 1586~1669)이 인조 21년(1643)에 통신부사(通信副使)로 일본에 갔다 오면서 지은 시문을 엮은 것이다. 《조선왕조실록》 인조 44권, 21년(1643) 1월 6일에 의하면, 병조참의 윤순지(尹順之)를 통신상사(通信上使), 전한(典翰) 조경(趙絅)을 부사(副使), 이 조정랑 신유(申濡)를 종사관으로 삼았다고 하였다.

3) 붉은 골짜기: '단학(丹壑)' 붉은빛이 나는 골짜기로, 선경(仙境)을 의미한다.

4) 흰 구름 바라보다: '망운(望雲)'은 흰 구름을 바라보는 것으로 고향을 그리워함을 말한다. 당나라 두보(杜甫) 〈객당(客堂)〉에 "늙은 말은 끝내 흰 구름을 바라보고, 남쪽 기러기 마음 이 북쪽에 있구나.[老馬終望雲, 南雁意在北.] 하였다.

5) 보루: '관방(關防)'은 관문(關門)을 만들어 외적을 방어하는 보루(堡壘)를 말한다.

6) 호서: 충청도 지역을 말한다. 특히 제천 의림지 서쪽 충주와 청주 지역을 가리키는 말이다. 일반적으로 벽골제(碧骨堤)를 중심으로 서쪽을 호서, 남쪽을 호남이라고 이른다.

조령을 가는 길에

鳥嶺道中

오래 전에 나귀 타고 지나갔는데[1]	宿昔騎驢過,
지금에는 부절[2] 잡고 가고 있구나.	今來杖節行.
다시 머물러 새로 취해 시 짓는데	更留新醉墨,
이내 옛날 제목에다 이어가는구나.	仍續舊題名.
길 험해도 몸은 오히려 굳건하고	路險身猶健,
산색 기이해 눈이 더욱 밝아지네.	山奇眼倍明.
산수자연 볼수록 싫증나지 않아서	林泉看不厭,
고삐 놓고 가파른 산 올라가도다.	縱轡陟崢嶸.

---

1) 나귀 타고 지나갔는데: '기려객(騎驢客)'은 보잘것없는 관직에 부임하는 것을 말한다. 《행명재시집》권2 〈용추(龍湫)〉에서 "하늘 맑은 날에 조령으로 걸어가서, 환한 대낮에 용추 계곡에 도착했네.[晴天行鳥嶺, 白日到龍湫.]라고 하였으며, 또 《행명재시집》권2에 〈등조령(登鳥嶺)〉이 있다.

2) 부절: '장절(杖節)'은 모절(旄節), 곧 부절(符節)을 잡는다는 뜻으로, 사신의 임무를 받들고 가는 것을 말한다.

안동에 머물며 두 수

次安東 二首

식은 재 뒤적이나 불씨 지피지 않고 　　　　　坐撥寒灰氣未舒,

문발 너머 산 나무에 빗줄기 후둑후둑. 　　　隔簾山木雨踈踈.

외딴 성에 나팔[1]소리 한밤 지나 들리는데　孤城畫角三更後,

푸른 바다 사행길이 만 리 넘게 남았구나. 　滄海前程萬里餘.

험난한 세상살이[2] 이 몸 아직 건재한데　　畏路形骸今尚在,

고향 소식 근래에는 어떠한지 궁금하네. 　　故園消息近何如.

하늘가에 떨어져 헤어진 한 남아 　　　　　天涯多少分離恨,

새로 시 얻어내어 붓 적셔 쓰도다. 　　　　拈得新詩泚筆書.

골짜기에 구름 노을[3] 볼수록 새롭고 　　　峽裏煙霞望裏新,

온 성안에 경치 좋은 봄날[4] 만났구나. 　　　一城光景屬芳辰.

---

1) 나팔: '화각(畫角)'은 옛날 관악기로 서강(西羌)으로부터 전해졌으며, 모양이 나팔[竹筒]과
　같은데 표면에 채색이 있어서 화각이라고 한다. 또는 군대에서 사용하는 쇠뿔 모양의 나팔이
　나 대나무나 가죽 따위로 만든 나팔의 일종을 가리키기도 한다.

2) 험난한 세상살이: '외로(畏路)'는 외도(畏途)와 같은 말로 험난한 세도(世道), 곧 세상살이를
　비유하는 말이다.

3) 구름 노을: '연하(煙霞)'는 구름 노을이나, 물안개나, 산수 또는 산림이나, 홍진(紅塵)의 속세
　를 가리키는 말이다.

4) 좋은 봄날: '방신(芳辰)'은 아름답고 좋은 시절을 가리키니, 온갖 꽃이 피어 향기로운 봄날을
　말한다. 남조(南朝) 때 양(梁)나라 심약(沈約)의 〈반설부(反舌賦)〉에서 "이달에 꽃다운 날을
　대하다[對芳辰於此月]"라고 하고, 당나라 진자앙(陳子昻)의 〈삼월삼일연왕명부산정(三月
　三日宴王明府山亭)〉에서 "늦봄 아름다운 달이요, 상사일 꽃다운 날이라.[暮春嘉月, 上巳芳
　辰.]"이라 하여 3월을 가리키기도 하였다.

산구름 해를 가려 이내 비 뿌리고   山雲障日仍成雨,

산골새 꽃 다퉈 사람 피하지 않네.   谷鳥爭花不避人.

천리 밖 높이 올라 술 가진 곳에   千里登高携酒處,

평생 병 많아 벼슬살이 지친 몸.   百年多病倦遊身.

시름 속에 멋대로 먹물 적신 붓 잡고   愁中謾把淋漓筆,

수풀동산 무르익은 봄 경치에 답하네 報答林園爛熳春.

부사가 보여준 시에 차운하다 조경¹⁾ 공

次副使示韻 趙公絅

궁정²⁾에서 여러 해 붓 놀리던 솜씨로	香案多年揮翰手,
역정 누대에 오늘 몸을 기대 있도다.	驛亭今日倚樓身.
다투어 우러를 풍도가 전대³⁾할 만한데	爭瞻標格堪專對,
성글고 게을러서 뒤로 물러섬 부끄럽네⁴⁾.	自愧踈慵托後塵.
주머니 속 송곳이라 한들⁵⁾ 어찌 웃음 면하겠나?	錐偶處囊寧免笑,
선비는 알아주는 이 만나 함께 뜻 펼치니.	士逢知己合求伸.
맑은 가을⁶⁾ 일 마치고⁷⁾ 돌아오게 되면은	清秋完璧歸來路,

---

1) 조경(趙絅): 1586~1669. 자는 일장(日章)이고, 호는 용주(龍洲)·주봉(柱峯)이며, 본관은 한양(漢陽)이다. 윤근수(尹根壽)의 문인으로 1623년 인조반정 이후 천거되어 형조좌랑·목천 현감 등을 지냈다. 1636년 병자호란이 일어났을 때 사간으로 척화를 주장하였다. 이듬해 집의 로 일본에 청병하여 청나라를 공격할 것을 상소했으나 받아들여지지 않았다. 그 뒤 응교(應敎)·집의(執義) 등을 역임하고, 1643년 통신부사로 일본에 다녀와서 기행문을 저술하였다. 저서 로 《용주집》 23권 12책과 《동사록(東槎錄)》이 있다.

2) 궁정: '향안(香案)'은 향옥안(香玉案)이라고도 하며, 승지(承旨)처럼 궁정에서 임금을 모시 는 관리를 향안리(香案吏)라고 한다.

3) 전대: '전대(專對)'는 단독으로 응대함이니, 사신 가서 혼자 때에 따라 응답하는 것을 말한다. 《논어》〈자로(子路)〉에 "시 삼백을 외워도 정사를 맡겨 통달하지 못하고, 사방 나라에 사신 가서 혼자 응대하지 못한다면, 비록 많이 외운들 또한 무엇 하겠는가?[誦詩三百, 授之以政, 不達, 使於四方, 不能專對, 雖多, 亦奚以爲?]"라고 하였다.

4) 뒤쳐진 게라네: '후진(後塵)'은 앞으로 나갈 때 뒤에서 일어나는 먼지를 말하니, 다른 사람의 뒤에 있는 것을 비유하는 말이다.

5) 주머니 속 송곳이라 한들: '추우처낭(錐偶處囊)'은 추처낭중(錐處囊中)과 같은 뜻으로, 송곳 이 주머니 속에 있더라도 구멍을 비집고 나오듯이 재주와 지혜 있는 사람은 반드시 자기의 본색인 실력을 드러낸다는 말이다.

6) 맑은 가을: '청추(清秋)'는 음력 8월을 가리키는 말이다.

7) 일 마치고: '완벽(完璧)'이란 흠이 없는 구슬이라는 뜻으로, 완전하고 아름다운 사람이나

조정에서 최고 인물 되리라고 뽐내겠지.　　　　　　擬託朝中第一人.

　　물건을 가리키거나 처녀를 비유하는 말이다. 또한 완벽귀조(完璧歸趙)의 준말로, 《사기(史
　記)》〈염파인상여열전(廉頗藺相如列傳)〉에 의하면, 중국의 춘추전국시대 조(趙)나라의 유
　명한 신하 인상여(藺相如)가 화씨의 벽옥(璧玉)을 가지고 진(秦)나라에 갔다가 완전하게 다
　시 가지고 돌아왔다는 고사이다.

영천[1] 조양각[2]에서 편액의 시에 차운하다
永川 朝陽閣 次板上韻

복사꽃 지자 제비 처음 돌아오고   野桃纔落燕初回,
강가누각 아스라히 저녁노을 받네   江閣迢迢傍晚開.
우는 가지 찾자마자 꾀꼬리 튀고   選樹乍看黃鳥出,
발 걷자 드문드문 흰 구름 오네.   捲簾時許白雲來.
모래펄 향긋한 풀 시 재료 되고   沙邊芳草供詩料,
물가에 흐르는 놀 술잔에 드네.   波際流霞入酒盃.
이름난 곳마다 시 짓지 못하여   未向名區酬宿債,
사행깃발[3] 멈추고 머뭇거리네.   暫停征旆爲遲回.

---

1) 영천: 지금의 경상북도 영천(永川)을 말한다.
2) 조양각: 경상북도 영천시 창구동의 금호강에 있는 누각으로, 명원루(明遠樓) 또는 서세루(瑞世樓)라고도 부른다. 고려 공민왕 12년(1363)에 당시 부사였던 이용이 세웠는데 임진왜란 때 불타버려 인조 16년(1638)에 다시 세운 것이다. 누각 안의 편액에는 기문 15편과 시 63편이 새겨져 있는데, 포은 정몽주의 〈청계석벽(淸溪石壁)〉을 비롯하여 김종직(金宗直)·이이(李珥)·박인로(朴仁老)·유방선(柳方善)·서거정(徐居正)·이행(李荇) 등의 시작품이 있다.
3) 사행 깃발: '정패(征旆)'는 옛날 관리들이 멀리 사행 갈 때 가지고 가던 깃발을 말한다.

계림¹⁾에서 되는대로 적다

雞林謾記

흰 머리 여린 붓 남쪽 행차 기록하며	白頭搦管記南征,
이르는 강과 산마다 글 다듬어 이루네.	到處江山琢句成.
만 리 밖 오래 달려 모든 길 익숙하고	萬里長驅當熟路,
초봄이라 좋은 계절 활짝 갠 날 만났네.	一春佳節屬新晴.
예전 왕조 문물 잇는 천년 왕업 땅이요	前朝文物千年地,
옛 저자²⁾ 경치 고운³⁾ 반달 모양 성⁴⁾이라.	古井煙花半月城.
말 멈추고 흥망 자취 찾아보려 하는 차	駐馬欲尋興廢跡,
저녁구름 부슬비에 정 주체 못 하네.	暮雲踈雨不勝情.

---

1) 계림: 신라 탈해왕(脫解王) 때부터 부르던 신라(新羅)의 다른 이름인데 경주의 별칭으로도 쓰인다.

2) 옛 저자: '고정(古井)'은 옛날 시정(市井)을 뜻한다.

3) 경치 고운 : '연화(煙花)'는 남기와 안개가 자욱한 속의 꽃을 가리키거나, 아름다운 봄날 경치를 말한다. 남조 양(梁)나라 심약(沈約)의 〈상춘(傷春)〉에 "아름다운 봄빛이 금원에 들었고, 안개 봄꽃 켜켜 굽이를 둘렀도다.[年芳被禁籞, 煙花繞層曲.]"라고 하였다. 이백의 〈황학루송맹호연지광릉(黃鶴樓送孟浩然之廣陵)〉에 "옛 친구가 서쪽으로 황학루를 떠나가니, 아름다운 봄날 삼월에 양주로 내려가도다.[故人西辭黃鶴樓, 煙花三月下揚州.]"라고 하였다.

4) 반달 모양 성: '반월성(半月城)'은 경상북도 경주시 인왕동에 있는 신라의 도성을 말한다. 성 모양이 반달 같다고 하여 반월성(半月城)이라 하고, 또는 신월성(新月城)이라고도 한다.

용당[1]에서 주인집에 써주다

龍堂題主家

세상에 어느 뉘 이런 삶 살랴?　　　　世間誰得此生涯?

산음마을 도사[2] 집보다 낫네.　　　　較勝山陰道士家.

두렁 잇는 큰 밭 새벽 비에 촉촉하고　連陌甫田滋曉雨,

시냇가 높은 누각에 아침노을 눈부시네.　趁溪高閣絢晨霞.

바위 솟는 샘 마당가 대나무 에워싸고　巖泉近遶庭邊竹,

이끼 낀 길 난간 너머 꽃밭에 이어졌네.　苔徑斜通檻外花.

한가하게 지내며 아무 일 없다더니　　見說閒居無一事,

날마다 종들 뽕밭 삼밭 일 시키네.　　日敎僮僕理桑麻.

---

1) 용당: 기우제를 지내는 사당으로 경남 양산시 원동면의 가야진사(伽倻津祠)를 가리킨다.
   원래 적성용당(赤城龍堂)이라고 하여 고을 남쪽 22리에 있었는데 세종 때 상류로 옮겼다.
2) 산음마을 도사: 진(晉)나라 왕휘지(王徽之)가 산음현에 은거하며 『도덕경』을 써 주고 거위를
   얻어온 고사 속의 인물이다.

동래¹⁾에 도착하여 느낀 회포

到東萊感懷

이제 땅끝 이르렀지만

今到地窮處,

행차 아직 안 끝났네.

此行猶未休.

봉래산은 만 리 밖인데

蓬山萬餘里,

바다 위에 작은 배 하나.

滄海一扁舟.

신선 땅 간다고 하지만²⁾

縱有乘桴地,

고국 떠난 시름 없겠나?

寧無去國愁?

아침에 살쩍 어루만지니

朝來撫雙鬢,

갯버들³⁾ 금방 시든 꼴.⁴⁾

蒲柳已驚秋.

---

1) 동래: 오늘날 부산시 동래 지역을 말한다.

2) 신선 땅 간다고 하지만: '승부(乘桴)'는 대나무로 만든 작은 뗏목을 타는 것을 말한다. 《논어》 〈공야장(公冶長)〉에 "도가 행해지지 않으면 뗏목을 타고 바다를 떠다니리라.[道不行, 乘桴 浮於海.]"라고 하였으니, 혼탁한 세상을 피하여 숨어드는 것을 말한다.

3) 갯버들: '포류(蒲柳)'는 갯버들로 가을이 되자마자 시들어버리는데, 여기서는 몸이 늙거나 쇠약해짐을 비유한다. 남조 송나라 유희경(柳義慶)의 《세설신어》에 "갯버들의 자태는 가을을 보면 떨어지고, 소나무 잣나무의 자질은 서리를 맞아도 더욱 무성하다.[蒲柳之姿, 望秋而落, 松柏之質, 經霜彌茂.]"라고 하였다.

4) 금방 시든 꼴: '경추(驚秋)'는 가을이 쏜살같이 닥쳐오거나, 신속하게 시들어 버리는 것을 비유하는 말이다.

울산 선위각[1]에서

蔚山 宣威閣

푸른 바다 봉산[2]에서 길 잃지 않아	碧海蓬山路不迷,
시흥 타고 신선 사다리[3] 오르도다.	偶乘詩興躡仙梯.
성 머리 채색 누각에 새 구경감 늘어	城頭畫閣增新賞,
벽 속 깁 덮은[4] 옛날 제영 둘러보네.	壁裏紗籠撫舊題.
난간 앞에 꽃 곱고 꾀꼬리 꾀꼴꾀꼴	當檻穠花鸚恰恰,
섬돌 비춘 봄 햇빛[5]에 풀잎 어울더울.	映階遲日草萋萋.
농가에선 다행히도 나라의 무사함 만나	村家幸得官無事,
곳곳마다 농부 노래 들밭에서 들리도다.	處處農謳起野畦.

---

1) 선위각: 울산 병영성(兵營城) 안에 있는 객사를 말한다. 울산 병영성 안에는 우물 일곱 곳
   과 도랑 두 곳이 있으며, 군창(軍倉)·동융루(董戎樓)·선위각(宣威閣)·조련고(組練庫) 등
   이 있다.
2) 봉산: 울산을 다르게 부른 이름. 신선이 사는 봉래산이라는 의미를 겹쳐서 표현하였다.
3) 신선 사다리: '선제(仙梯)'는 신선세계에 오르는 사다리를 말한다.
4) 깁으로 덮은: 귀한 사람이나 유명한 선비가 쓴 벽 위의 제영(題詠) 흔적을 깁으로 덮어서
   높이 존경하는 뜻을 나타내는 것으로, 뒤에 시문이 출중하다는 찬사로 쓰였다.
5) 봄 햇빛: '지일(遲日)'은 《시경》〈칠월(七月)〉에서 "봄 햇빛이 느릿느릿.[春日遲遲.]"이라
   하여 봄날에 비치는 햇빛을 가리킨다.

동래객관에 붙임

題東萊舘

너른 바다 아득하게 만 리 밖에 열려있고	巨浸茫茫萬里開,
큰 붕새 날아 간 데 삼색 구름 쌓여있네.	大鵬飛盡靄雲堆.
봄 깊으니 소하¹⁾ 살던 산기슭 집이 되고	春深蘇蝦山邊宅,
꽃이 피니 최선²⁾ 놀던 바닷가 누대이네.	花發崔仙海上臺.
빼어난 곳 천년 동안 남은 풍광인데	勝地千秋留物色,
이 몸 오늘사 이곳 다시 찾아왔구나.	此身今日復歸來.
높이 올라 홀연히 부구공³⁾ 옷자락 잡고	登高怳把浮丘袂,
구름노을⁴⁾ 얻어다가 소매 가득 채워오네.	拾得煙霞滿袖廻.

---

1) 소하: '소하(蘇蝦)'는 신선 이름으로 항상 흰 사슴을 타고 다니면서 금귀선인(金龜仙人)과 같이 놀았다 한다. 부산 금정산 기슭에 소하정(蘇蝦亭)이 있었으며, 지금은 소정(蘇亭)이라는 마을이 있다.

2) 최선: '최선(崔仙)'은 최씨 신선이라는 뜻으로, 신라시대 고운 최치원을 말한다.

3) 부구공: '부구(浮丘)'는 옛날 전설 속의 신선 부구공(浮丘公)을 말한다.《문선(文選)》에 곽박(郭璞)의 〈유선시(遊仙詩)〉에 "왼쪽으로 부구의 소매를 잡고, 오른쪽으로 홍애의 어깨를 쳤네.[左把浮邱袖, 右拍洪厓肩.]"라고 하였다.

4) 구름노을: '연하(煙霞)'는 구름노을이나, 물안개나, 산수 또는 산림을 가리키는 말이다.

부산에 머물며 되는대로 읊조리다[1]

留釜山謾占

난간 돌아 동편 방에 겹문발 내리니	曲欄東畔下重簾,
저물녘 솔솔바람 단청 처마로 드네.	落晚輕風入畫簷.
시골기생 봄단장 진주비취 아우르고	野女春粧珠翠並,
손님들 소반에는 산해진미 갖추었네.	客盤珍味海山兼.
오랑캐 교역선이 금과 주석 실어오니	蠻船通貨輸金錫,
바다마을[2] 살림에 쌀 소금이 지천이네.	蜑戶謀生賤米塩.
고운 시구 읊어야 승지에 맞으련만	佳句恰堪題勝地,
채색 붓 어찌 얻어 강엄[3] 처럼 되리?	彩毫郍得似江淹?

---

1) 읊조리다: '점(占)'은 구점(口占)을 가리키니 즉흥적으로 입으로 읊조려서 시를 짓는 것을 말한다. 구호(口號)'라고도 한다.

2) 바다마을: '연호(蜑戶)'는 바닷가 마을을 말한다. 본래 '연(蜑)'은 오랑캐의 일종이다.《삼재도회(三才圖會)》에, "연만에는 세 종족이 있는데, 하나는 어연(魚蜑)으로 낚시질을 잘하고, 다른 하나는 호연(蠔蜑)으로 바다에 들어가 굴 조개를 잘 잡고, 또 다른 하나는 목연(木蜑)으로 나무를 베어 과일을 잘 딴다."고 하였다.

3) 강엄: 남조시대 문장가 강엄(江淹)은 세상에 문명(文名)을 크게 떨친 인물이다. 강엄이 늘그막에 꿈속에서 곽박(郭璞)이라 자칭하는 사람을 만나 자신의 다섯 가지 채색의 붓을 주고 난 뒤로 문재(文才)가 없어졌다고 한다.

부산 산마루에 올라 마도[1]를 바라보며

登釜山絶頂望馬島

팔방 어두운 속에	八極冥濛裏,
외로운 성 아득하고.	孤城縹緲間.
땅 끝나 오직 바다뿐	地窮唯有水,
하늘 멀고 산도 없네.	天遠更無山.
주만[2]도 이르기 어렵고	周滿曾難到,
진동자 예서 못 돌아갔네.[3]	秦童此不還.
사나이 어찌 다리힘 따지리오?	男兒那計脚?
오늘사 얼굴 딱 환히 펴지는데.	今日合開顏.

---

1) 마도: '마도(馬島)'는 대마도(對馬島)를 말한다.
2) 주만: '주목(穆滿)'은 주(周)나라 목왕(穆王)을 가리키니 성이 희(姬), 이름이 만(滿)이다. 《열자(列子)》〈주목왕(周穆王)〉에 의하면, 전설에 여덟 마리 준마(駿馬)가 끄는 수레를 타고 하루에 만 리 길을 달리며 노닐었는데, 곤륜산(崑崙山)에 올라가서 서왕모(西王母)를 만나고 서쪽 끝으로 가서 해가 들어가는 광경을 구경했다고 한다.
3) 진동자 …… 못 돌아갔네: 진시황(秦始皇) 때 서불(徐市)이 불사약(不死藥)을 구해온다 하고 동남동녀(童男童女) 수천 명을 거느리고 배를 타고 동쪽바다로 나간 뒤에 돌아오지 않은 고사를 말한다.

조오헌[1]에 대하여

題釣鰲軒

해 저무는 외딴 마을 비 내리고　　　　落晚孤村雨,

피리[2]소리 옛 수루에서 들려오네.　　邊笳古戍樓.

고향 그리움 슬그머니 닥쳐오고　　　　鄕愁來黯黯,

봄날 고운 빛 유유히 떠나가네.　　　　春色去悠悠.

외딴 길이 오롯이 바다로 이어지니　　一路連滄海,

남은 삶은 이제 흰머리로 살리로다.　餘生已白頭.

뱃사공 아무 생각 없이　　　　　　　長年無意緖,

밤새 타고 갈 배 수리하네.　　　　　遙夜理行舟.

---

1) 조오헌: 부산 동래 지역에 있던 객관으로 보인다. '조오(釣鰲)'는 당나라 이백이 한 재상을
   찾아가서 자신을 '해상조오객이백(海上釣鰲客李白)'이라고 소개하자 재상이 묻기를, "큰 자
   라를 낚는데 무엇을 미끼로 하는가?" 하니 이백이 "천하에 도의가 없는 사람으로 미끼를 삼는
   다."고 하였다고 한다.

2) 피리: '변가(邊笳)'는 호가(胡笳)로, 옛날 변방 오랑캐들이 쓰던 악기로 피리와 비슷하다.

내산[1] 명부[2] 정덕기[3] 나리에게 부치다

寄呈萊山明府鄭德基令案

교령 너머 큰 관문 바닷가의 읍성이니	嶺外雄關海上城,
한 구역 멋진 경치 봉래 영주[4] 같구나.	一區形勝近蓬瀛.
누대 해자 바다 눌러 고래들[5] 잠잠하고	臺隍壓水鯨蜺偃,
망루에 오랑캐 막는[6] 창칼이 번쩍이네.[7]	樓櫓防秋劍戟明.
교역물이란 남방 황금[8]과 큰 조개[9]요	物貨南金兼大貝,
마을에는 푸른 귤에 유자나무 섞였구나.	人煙綠橘間蒼橙.
봄을 맞아 풍악소리 들려오는 번화한 땅	青春歌管繁華地,

---

1) 내산: 오늘날 부산 동래(東萊)의 옛 지명이다.

2) 명부: 지방 장관의 별칭이다.

3) 정덕기: 정유성(鄭維城, 1596~1664)은 자가 덕기(德基), 호가 도촌(陶村), 본관이 영일(迎日)이다. 포은 정몽주(鄭夢周)의 9대손으로 1627년 정시문과에 을과로 급제하여 두루 관직을 거치고 1660년 우의정으로 고부사(告訃使)가 되어 청나라에 다녀왔다.

4) 봉래 영주: 바다 가운데 삼신산(三神山)인 봉래산(蓬萊山)과 영주산(瀛洲山)으로, 선경(仙境)을 가리킨다.

5) 고래들: '경예(鯨蜺)'는 경예(鯨鯢)인 듯하다. 경예(鯨鯢)는 고래의 수컷과 암컷을 가리키는 말로, 소국(小國)을 병탄(幷吞)하려는 흉악무도한 자를 뜻하는데, 여기서는 임진왜란을 일으킨 왜적을 가리킨다.

6) 오랑캐 막는: '방추(防秋)'는 오랑캐를 방어하는 것을 말한다. 오랑캐는 늦가을 무렵에 세력이 강성해서 추수한 곡물을 탈취하려고 쳐들어오기 때문에 그렇게 말한 것이다.

7) 창칼이 번쩍이네: 한유(韓愈)의 〈봉화배상공(奉和裴相公)〉에서 "깃발이 아침 햇빛 뚫으니 구름안개 뒤섞이고, 산이 가을 하늘에 의지하니 창칼이 번쩍이네.[旗穿曉日雲霞雜, 山倚秋空劍戟明.]"라고 하였다.

8) 남방 황금: '남금(南金)'은 남방에서 생산되는 황금으로 값이 일반 황금의 두 배가 된다고 하였다.

9) 큰 조개: '대패(大貝)'는 바닷조개 가운데 가장 크다는 거거(車渠)와 흡사한 조개로, 껍데기는 장식품으로 사용한다고 한다.

젊은 사또 다스림에 좋은 명성 자자하네.　　　年少遨頭政有聲.

부사의 시¹⁾에 차운하다

次副使韻

남쪽 땅 사행 와서²⁾ 또 봄날 저버리고³⁾   南畝巾車又負春,

요새 같은 세상에 나루 안다⁴⁾ 감히 말하랴?   敢論今世我知津?

해바라기 성심으로 임금님께 보답하려 한다면   葵忱只欲酬吾主,

닭뼈 점으로⁵⁾ 물귀신에게 굿함을 사양하랴?   雞卜寧辭賽水神.

물고기와 용에게 뱃길 떠난다고⁶⁾ 알려주며   爲報魚龍須戒路,

---

1) 부사의 시: 부사 조경(趙絅)의 《동사록》〈삼월이십육일제해신(三月二十六日祭海神)〉에 차운하였다. "분성에 머물면서 한해 봄을 보내고, 산다락에서 날마다 바다를 바라보누나. 누가 바람 신이 권병을 잡았다고 말했는가? 우리들이 바다 신에게 비는 것이 절로 우습구나. 햇빛이 번쩍이는 깃발에 고래가 놀라고, 우레 같은 북소리에 수달이 되레 화내누나. 내일 아침 돛을 걸기 어렵지 않으니, 마고와 더불어 술 마시길 약속하네.[留滯汾城送一春, 山樓日日望滄津. 誰言風伯操權柄? 自笑吾人求海神. 閃爾牙旗鯨動色, 雷雲疊鼓獺回嗔. 明朝掛席非難事, 約與麻姑酒入脣.]"

2) 사행 와서: '건거(巾車)'는 장막을 장식한 수레로 수레를 정비하여 외지로 나가는 것을 말한다. 또는 도잠(陶潛)의 〈귀거래사(歸去來辭)〉에서 "때로는 수레를 몰고, 때로는 외론 배를 노 젓도다.[或命巾車, 或棹孤舟.]"라고 하였듯이 소박한 전원생활을 의미한다.

3) 봄날 저버리고: 아름다운 봄날의 경치를 구경하지 못함을 말한다. 송나라 구양수(歐陽脩)의 〈정풍파사(定風波詞)〉에 "술을 놓고 기쁨 누리며 봄날 저버리지 말지니, 봄날이 돌아가면 어찌 사람을 풍요롭게 할 수 있겠는가?[對酒追歡莫負春, 春光歸去可饒人?]"라고 하였다.

4) 나루 안다: '지진(知津)'은 올바른 삶의 길이나 정치의 방도를 안다는 말이다. 《논어》〈미자(微子)〉에서 공자가 자로로 하여금 장저(長沮)와 걸익(桀溺)에게 나루터를 묻게 하였다는[使子路問津] 고사로, 장저(長沮)는 공자가 나루터를 알 것이라고 말하였다. 공자는 세상이 혼탁하여도 숨어 살지 아니하고 세상에 나아가 사람들과 함께 하며 올바른 정치가 행해지고 올바른 도가 행해질 수 있도록 노력해야 한다고 하였다.

5) 닭 뼈 점으로: '계복(雞卜)'은 옛날 점복법(占卜法) 가운데 하나로, 닭의 뼈나 계란으로 길흉 화복을 점치는 것이다. 소식(蘇軾)의 〈조주한문공묘비(潮州韓文公廟碑)〉에서 "희생을 올리고 닭뼈로 점을 치며 우리 술잔 올리니, 아! 찬란하게 붉은 여지와 누런 파초실이라네.[爨牲雞卜羞我觴, 於! 粲荔丹與蕉黃.]"라고 하였다.

6) 뱃길 떠난다고: '계로(戒路)'는 노정에 오르다, 길을 출발하다 라는 뜻이다.

다시 원숭이와 학[7]에게 성내지 말라 하도다.　　　更敎猿鶴且休嗔.

시름 속에 빼어난 시구[8] 문득 얻게 되었더니　　　愁中忽得凌雲句,

잘도나 노래 불러 〈점강순[9]〉에 맞춰 주는구나.　　　妙唱堪翻點絳唇.

---

7) 원숭이와 학: '원학(猿鶴)'은 산림에 은거할 때의 자연 속의 벗을 가리킨다. 육조(六朝)시대 송나라 공치규(孔穉圭)가 친구 주옹(周顒)이 자신과 함께 북산(北山)에 은거하다가 다시 벼슬길에 나간 것을 못마땅하게 여겨 〈북산이문(北山移文)〉이라는 글을 지어주고 주옹으로 하여금 다시는 북산에 발을 들여놓지 못하게 하였다. 그 내용 가운데 "혜초(蕙草) 장막 안이 텅 비자 밤에 학이 원망하고, 산사람이 떠나가자 새벽에 원숭이가 놀라는구나.[蕙帳空兮夜鶴怨, 山人去兮曉猿驚.]"라는 시구가 있다.

8) 빼어난 시구: 한나라 사마상여(司馬相如)가 일찍이 무제(武帝)를 위해 〈대인부〉를 지었는데, 이 글이 하늘 높이 올라 구름을 능가하는 기상이 있다고 하여 〈능운부(凌雲賦)〉라 불렸다. 그 뒤로 '능운(凌雲)'은 문장을 자유로이 구사하고 재기가 비범한 것을 비유하는 말이 되었다.

9) 점강순: '점강순(點絳唇)'은 〈점강순(點絳脣)〉 또는 〈점앵도(點櫻桃)〉라고도 하는데, 노래의 곡조나 악곡의 이름을 가리키는 말이다. 남조 양(梁)나라 강엄(江淹)의 〈영미인춘유(詠美人春游)〉에서 "흰 눈이 옥에 엉긴 모습이요, 밝은 구슬 붉은 피리 구멍에 붙였도다.[白雪凝瓊貌, 明珠點絳脣.]"라고 하였는데 노래 이름을 여기에서 취하였다. 그리고 강순(絳脣)은 붉은 색으로 장식한 피리 구멍을 말한다.

부사의 시운에 차운하여
조오헌에 대하여 짓다 세 수

次副使韻 題釣鰲軒 三首

집 짓던 그때 풀쑥 처냄 보았는데　　　　版築曾看闢草萊,

세월 벌써 삼십 년이 되가는구나.　　　　星霜今忽卅年催.

풍진 속을 떠돈지라 두 살쩍 헝클어진 채　　風塵浪跡蓬雙鬢,

초라한 모습 나그네 심정으로 술을 마시네.　潦倒羈懷酒一盃.

명 받들고 멀리 감에 뽕밭이 바다 되고[1]　　玉節迥遵桑海轉,

신선뗏목 타고 감에 북두 견우 돌아가네.[2]　仙槎將訪斗牛廻.

남은 삶을 떠돌다가 몸이 온통 늙게 되어　　餘生南北身全老,

황금 준마 그린 대각[3] 구슬피 바라보네.　　悵望黃金駿馬臺.

하늘 땅 아득하고 눈의 힘 다했는데　　　　天壤茫茫眼力窮,

장한 사행[4] 지금 세상 뉘와 할는지?　　　壯遊今世許誰同?

모래밭 머리에 해 높이 떠있고[5]　　　　　沙頭已射三竿日,

---

1) 뽕밭이 바다 되고: '상해(桑海)'는 상전벽해(桑田碧海)의 준말로, 뽕나무 밭이 바다로 변한다
는 것은 세상이 변하고 세월이 무상함을 말한다. 창해상전(滄海桑田)·상전변성해(桑田變成
海)·상창지변(桑滄之變)·창상지변(滄桑之變)이라고도 한다.

2) 신선 뗏목 …… 돌아가네: 선사(仙槎)는 은하수로 가는 신선의 뗏목으로, 사신 가는 배를
말한다. "북두 견우 돌아가네"는 사신 가는 기간이 오래임을 말함.

3) 황금 준마 그린 대각: 준마도(駿馬圖)는 보통 공신을 추모하는 대각의 그림이다. 춘추 시대
연 소왕(燕 昭王)에게 황금대(黃金臺)가 있었다.

4) 장한 사행: '장유(壯遊)'는 장한 뜻을 품고 멀리 가거나, 다른 나라로 사신 가는 것을 말한다.

5) 해 높이 떠있고: '삼간일(三竿日)'은 바지랑대 세 개의 높이로 해가 떴다는 말로, 해가 세

구름 끝에 바람 살며시[6] 이네. 　　　雲末微生五兩風.

고을 원 손님 아껴 술동이 가져오고 　地主愛人携酒榼,

어르신들 흥에 겨워 시를 짓는구나 　騷翁隨興寄詩筒.

어부들 마음씀이 넉넉하기만 하여 　偏憐漁子饒情緒,

봄 맞추어 잡은 잉어[7] 나눠 주네. 　春網時分赤鯶公.

넓은 하늘 나직이 길상구름 평온하고 　鵬霄低襯霱雲平,

밝은 달빛 도리어 발치에서 떠오르네. 　桂魄還從脚底生.

밀리는 물결 허공에 뜨자 바람조차 일어나고 　疊浪浮空風乍起,

번화한 꽃 난간에 이르니 밤인데도 환하구나. 　繁花當檻夜猶明.

술독 앞에 발 걷으니 늦봄 경치 보이고 　樽前捲箔三春色,

하늘가 누대 오르니[8] 오랜 세월 느끼네. 　天畔登樓萬古情.

짧은 글로 당장에 외적 퇴치할 줄 아니 　尺紙可知今退敵,

조주[9]의 참신한 말 긴 성보다 낫구나. 　趙州新語勝長城.

길쯤 올라온 오전 8시 경을 말하며, 시간이 이르지 않음을 뜻한다. 소식(蘇軾)의 〈과해득자유서(過海得子由書)〉에 "문 밖에는 해가 높이 떴고, 강관에는 가을 낙엽이 진다.[門外三竿日, 江關一葉秋.]"고 했다.

6) 바람 살며시: '오냥풍(五兩風)'은 뱃사람들이 배의 돛대 끝에 새의 깃털 다섯 쌍, 또는 여덟 쌍을 매달아서 바람의 세기나 방향 등을 알아보고자 했던 것을 말한다.

7) 잉어: '적혼공(赤鯶公)'은 붉은 잉어를 말한다. 당나라 왕실의 성씨가 '이(李)'여서 잉어 '리(鯉)'자를 기피하여 이어(鯉魚)를 '적혼공(赤鯶公)'이라고 썼던 것이다.

8) 누대 오르니: '등루(登樓)'는 한나라 말기에 왕찬(王粲)이 난리를 피하여 형주(荊州)에서 타향살이하면서 고향으로 돌아갈 것을 생각하며 〈등루부〉를 지은 일을 말한다. 그 뒤로 고향을 생각하거나 재주를 지니고도 때를 만나지 못함을 나타내는 전고가 되었다.

9) 조주: 당나라 때 유명한 선사로 논변을 잘하여 철취(鐵嘴), 곧 쇠 주둥이라고 불렸다. 여기서는 문장과 전대(專對)의 능력을 지닌 부사 조경을 가리켜서 한 말이다.

순상[1] 청구[2]께 받들어 화답하다

和奉巡相清癯令案

나그네로 타향에서 만날 기약 못했는데	萍水殊方本不期,
옛 친구 귀한 몸으로 휘장수레[3] 타고 있네.	故人珍重駐襜帷.
등잔 앞 옛 얘기에 마음이 꿈속 같다가	燈前話舊心如夢,
객사에서 헤어지자니 귀밑머리 세겠구나.	客裏分携鬢易絲.
느닷없이 만나고 맞이함이 다시 이별 되니	忽漫逢迎還是別,
견딜 수 있으랴? 구름과 나무 되어[4] 그리워함을	可堪雲樹更相思.
나직히 읊조리며 [5] 고운 시구 화답하려니	沉吟欲報瓊瑤句,
늘그막에 심약의 시[6]가 무척이나 슬프구나.	暮景偏傷沈約詩.

---

1) 순상: 임금의 명을 받고 지방으로 나가는 순찰사이니, 조선시대 병란(兵亂)이 있을 적마다 왕명으로 지방의 군무(軍務)를 순찰하던 종2품의 임시 벼슬이다.

2) 청구: 임담(林墰, 1596~1652)은 자가 재숙(載叔), 호가 청구(淸癯), 나주(羅州) 회진(會津) 사람이다. 1616년 생원, 1635년에 증광문과 병과로 급제하였다. 병자호란 때 사헌부 지평으로 남한산성에 들어가 총융사의 종사관이 되어 남격대(南格臺)를 수비하였고, 그 뒤에 진휼어사(賑恤御史)로 호남으로 갔다. 1639년 좌승지로 사은부사(謝恩副使)가 되어 청나라에 다녀왔고, 1650년 다시 사은부사로 청나라에 다녀와서 지경연사(知經筵事)를 겸하였다. 1652년 청나라 사신의 반송사(伴送使)로 다녀오다 가산에서 죽었다.

3) 휘장수레: '첨유(襜帷)'는 수레 주위에 치는 장막인데, 곧 귀한 사람이 타는 수레를 말한다.

4) 구름과 나무 되어: '운수(雲樹)'는 운수지사(雲樹之思)의 준말로, 멀리 있는 벗을 그리워하는 마음을 뜻한다. 두보(杜甫)의 〈춘일억이백(春日憶李白)〉의 "위수 북쪽 봄날의 나무 한 그루요, 장강 동쪽 해질 무렵 구름이로다.[渭北春天樹, 江東日暮雲.]"에서 유래하였다.

5) 나직히 읊조리며: '침음(沉吟)'은 혼자말로 나지막하게 읊조리는 것을 말한다.

6) 심약의 시: 심약(沈約, 441~513)은 남북조시대 양(梁)나라 사람으로 자가 휴문(休文)이요, 박학(博學)하고 시문(詩文)에 능했으며 글씨도 잘 썼다. 심약은 친구와의 이별을 노래한 〈별범안성(別范安成)〉에서 "한 평생 젊은 날에는, 헤어져도 이전 기약 이루기 쉬웠네. 그대와 함께 늙어가면서는, 다시는 헤어질 때가 아니라네. 한 동이 술이라 말하지 마오. 내일이면 다시 잡기 어렵다네. 꿈속에서는 가는 길을 알지 못하니, 어떻게 그리움을 달랠 수가 있을까?

[生平少年日, 分手易前期. 及爾同衰暮, 非復別離時. 勿言一尊酒, 明日難重持. 夢中不
識路, 何以慰相思?]"라고 하였는데, 특히 "꿈속에서는 가는 길을 알지 못하니, 어떻게 그리움
을 달랠 수가 있을까?[夢中不識路, 何以慰相思?]"라는 시구가 인구에 회자되었다고 한다.

또 순상에게 부치다

又寄巡相

동쪽으로 봉래산 가는 길 아득한데　　　　　東到蓬山路渺茫,

지난 달 멀리 배웅하심 고마웁네.　　　　　感公前月遠相將.

친구들 늘그막에 몇이나 남았을고?　　　　　親朋暮景今餘幾?

헤어지는 봄밤 서름 또한 긴 것 같네.　　　　離恨春宵亦似長.

바닷물 밀어 하늘 닿아 구름 모두 검고　　　積水際天雲盡黑,

안개 낀데다 흙비 골짝에 내려 햇볕 온통 누렇네. 瘴煙霾壑日偏黃.

두보가 아무 뜻 없이 말했음을 알겠으니　　　深知杜甫無情緒,

부질없이 타향이 고향보다 낫다[1] 했네.　　　謾說他鄉勝故鄉.

---

1) 타향이 고향보다 낫다: 당나라 두보(杜甫)의 〈득사제소식(得舍弟消息)〉에서 "난리 뒤에 어느 누가 돌아왔는가. 타향이 고향보다 나은 거라네.[亂後誰歸得, 他鄉勝故鄉.]"라고 하였다.

부산에 머문 지 벌써 한 달이 지나 감회를 적다

留釜山已經月紀感

어호[1] 이층집 밖	漁戶層軒外,
밀물 드는 외로운 성	孤城積水湄.
바람 높아 파도 일어나고	風高波起立,
하늘 멀리 해 낮게 떴네.	天遠日低垂.
이 땅에 온지도 벌써 한 달	此地來經月,
낯선 타향 떠날 때 언제인가?	殊方去幾時?
오래 머무르니 좀 안타깝고	稽留多少恨,
돌아갈 날 늦춰질까 저윽이 두렵네	深恐緩歸期.

---

1) 어호: '어호(漁戶)'는 고기를 잡아 나라에 항상 공납하는 어민(漁民)의 집을 말한다.

내산[1]에서 되는대로 읊조리다 십오 수

萊山謾占 十五首

영남[2] 안팎에 산과 강 놓여있어
사람 물건 함께 전해 구경거리[3] 많구나.
더운 남방[4] 눌러앉아 동북방[5]에 서렸으며
하늘이 큰 바다 열어 신라를 안았도다.

嶠南表裏有山河,
人物兼傳楚望多.
地壓炎荒蟠析木,
天開大海抱新羅.

장산[6]은 일찍 이곳에 떠내려 온 나라라
아옹다옹 싸우면서[7] 몇 해[8]나 이어졌나?

萇山曾此國如萍,
蠻觸乾坤閱幾蓂.

---

1) 내산: 부산 동래의 옛 지명이다. 가야(加耶)의 소국(小國)으로 지금의 부산 동래 부근에 있었던 것으로 보이며, '내산국(萊山國)' 또는 '장산국(萇山國)'이라고도 하였다.

2) 영남: '교남(嶠南)'은 조령의 이남으로 영남 지방을 말한다.

3) 구경거리: '초망(楚望)'은 초나라의 구경할 만한 멋진 산천을 가리키니, 여기서는 구경거리를 말한다. 《성호사설》〈경사문(經史門)·육종(六宗)〉에 오악(五岳) 이외에도 명산·대천의 제사가 있으니, 노망(魯望)·진망(晉望)·초망(楚望) 같은 따위가 이것이라고 하여 산천에 지내는 제사로 보았다.

4) 더운 남방: '염황(炎荒)'은 남쪽의 덥고 습기가 많으며 거친 곳을 가리키는 말로, 특히 유배지(流配地)를 말할 때 사용한다.

5) 석목: '석목(析木)'은 12개의 궁궐 명칭 가운데 하나로, 중국 동북방의 별자리에 해당하니 연(燕)나라 지역인 유주(幽州)가 된다. 석목진(析木津)은 요동(遼東) 일대와 우리나라를 가리킨다.

6) 장산: 장산국으로 내산국(萊山國)이라고도 한다. 현재 부산 해운대의 뒷산 이름이 장산(萇山)이다.

7) 아옹다옹 싸우면서: '만촉건곤(蠻觸乾坤)'은 작은 땅 위에서 아옹다옹하며 사는 것으로, 여섯 개의 가야국을 말한다. 《장자(莊子)》〈측양(則陽)〉에, 달팽이의 오른쪽 뿔 위에 '만씨(蠻氏)'라는 나라가 있고, 왼쪽 뿔 위에 '촉씨(觸氏)'라는 나라가 있는데, 서로 내 땅이라며 서로 싸우다가 수만 명의 사상자를 냈다고 하여 와각지쟁(蝸角之爭)이라고 하며, 자잘한 일로 서로 옥신각신 다투는 것을 말한다.

문헌이 지금에 남아있지 않나니　　　　文獻世間今泯絕,

바닷가 남은 터엔 묏부리만 푸르구나.　　海濱遺址數峯靑.

봉래산 성9) 밖으로 바닷물이 어둑어둑　　蓬萊城外海冥冥,

금정산 범어사10) 바라보니 푸르구나.　　金梵山容望裏靑.

지나간 천년 세월 찾아볼 곳 없는데　　往事千年無覓處,

목동들 아직도 〈정과정11)〉을 부르네.　　牧童猶解鄭瓜亭.

부산의 멋진 경치 하늘 솜씨 같나니　　釜山形勝類天成,

만력 연간 비로소 진영을 설치했네.12)　　萬曆年中始設營。

빚진 장수13) 변방요새14) 중함을 모르니　　債帥不知邊閫重,

---

8) 몇 해: '명(莫)'은 명협(莫莢)풀로, 요(堯) 임금 때 났다는 상서로운 풀이름이다. 초하루부터 보름까지 매일 한 잎씩 났다가, 열엿새부터 그믐날까지 매일 한 잎씩 떨어졌으므로 이에 의거하여 달력을 만들었다고 한다. 작은 달에는 마지막 한 잎이 시들기만 하고 떨어지지 않았다고 하여 달력 풀 또는 책력풀이라고 했다.

9) 봉래산 성: '봉래성'은 부산 영도구 신선동3가 산3번지에 있는 봉래산의 성을 말한다.

10) 금정산 범어사: '金梵山(금범산)'이라는 산은 없고 부산 금정구 및 북구와 양산 동면 경계에 금정산(金井山)이 있으며, 북동쪽 기슭에 문무왕 18년(678)에 의상대사가 창건한 범어사(梵魚寺)가 있는데, 예전에 금정산을 금범산이라 불렀거나, 금정산과 범어사를 아울러 지칭한 듯하다.

11) 정과정: 고려시대 의종 때 정서(鄭敍)가 동래(東萊)로 귀양 와서 임금을 생각하며 비파를 연주하며 노래하였는데, 그 곡조를 〈정과정곡(鄭瓜亭曲)〉이라 한다. 과정(瓜亭)은 정서의 호(號)이다.

12) 만력 연간 …… 설치했네: '만력(萬曆)'은 명나라 말기 신종(神宗) 때(1573~1619)로 만력 20년(1592)에 일본의 관백 도요토미 히데요시[平秀吉]가 조선의 방비를 엿본 뒤에 고니시 유키나가[小西行長]와 가토 기요마사[加藤淸正] 등에게 수군을 이끌고 부산진(釜山鎭)을 공격하도록 하였다. 임진왜란이 있기 전에 왜구의 침입을 미리 막기 위해 진영을 설치한 것을 말한다.

13) 빚진 장수: '채수(債帥)'는 뇌물을 바치고 장수가 된 사람을 기롱하여 이르는 말이다. 당나라 대종(代宗) 이후 정치가 부패하여 장수들이 내관(內官)에게 많은 뇌물을 바쳐야 좋은 벼슬을 얻을 수 있었는데, 돈이 없는 장수들은 부잣집에서 돈을 꾸어 뇌물을 바치고 좋은 벼슬을 얻은 뒤에는 백성에게 수탈하여 빌린 돈의 이자를 갑절로 갚았으므로 채수라는 말이 생겼다.

봄풀만 빈 성에 가득히 깔렸구나.　　　　　　　　只看春草遍空城.

하늘 밖 외딴 구름 어스름[15] 언덕에 서리니　　天外孤雲傍晚陂,
최씨 신선[16] 그 때 이곳에서 서성이다가[17]　　崔仙當日此棲遲.
드디어 바닷가 밋밋한 땅을　　　　　　　　　　遂令海岸尋常地,
인간 제일 가게 바꾸어놓았네.[18]　　　　　　　點化人間第一奇.

주목왕[19] 신선방술 구하던 일 우습나니　　　　穆滿求仙事可咍,
그 때 부질없이 낭풍[20] 향해 돌아섰네.　　　　當時空向閬風廻.
봉래산과 바다 사이 한 자 남짓 하건만　　　　蓬山隔水纔盈尺,
여덟 준마 어찌 일찍 이곳으로 달려왔나?　　　八駿何曾此地來?

쌓인 대기 아득한데 사방이 열려있어　　　　　積氣茫茫四望開,

---

14) 변방요새: '변곤(邊閫)'은 변방의 험하면서 중요한 요새를 말한다.

15) 어스름: '방만(傍晚)'은 해질 무렵이나 어스런한 황혼을 말한다.

16) 최씨 신선: '최선(崔仙)'은 최치원을 말한다. 해운대(海雲臺)는 신라 말엽 고운 최치원 선생
의 자(字)인 '해운(海雲)'에서 따온 것으로, 고운 선생이 벼슬을 버리고 가야산으로 가던 중
해운대에 들렀다가 달맞이 일대의 절경에 심취되어 떠나지 못하고 머무르며 동백섬 남쪽 암벽
에 해운대라는 세 글자를 새겨서 이곳의 지명이 되었다고 한다.

17) 서성이다가: '서지(棲遲)'는 실의하여 떠돌아다니는 것을 말한다.

18) 바꾸어놓았네: '점화(點化)'는 도교에서 점물성금(點物成金)을 가리키니 물질에 액체를 떨
구어 금을 만들 듯이 사물을 고치어 새롭게 하는 일이나, 고인의 시문을 취하여 본래보다
뜻이 새로워지고 풍요롭게 함을 말한다.

19) 주목왕: '목만(穆滿)'은 주(周)나라 목왕(穆王)을 가리키니 성이 희(姬), 이름이 만(滿)이다.
《열자(列子)》〈주목왕(周穆王)〉에 의하면, 전설에 여덟 마리 준마(駿馬)가 끄는 수레를 타고
하루에 만 리 길을 달리며 노닐었는데, 곤륜산(崑崙山)에 올라가서 서왕모(西王母)를 만나고
서쪽 끝으로 가서 해가 들어가는 광경을 구경했다고 한다.

20) 낭풍: '낭풍(閬風)'은 고대 전설에 곤륜산(崑崙山) 꼭대기에 있는 신선들이 사는 곳으로,
온갖 기이한 꽃과 바위로 가득 차 있다고 하며, 낭풍(閬風) 또는 현포(玄圃)라고도 한다.

산이 비단 두른 듯 바다는 이끼 덮힌 듯.　　海山如錦水如苔.

우리네 삶 절로 진짜 신선 풍골이니　　吾生自是眞仙骨,

봉래산 다녀온 길 따져보니 다섯 차례.　　默數蓬萊五往來.

여러 군함 한 밤중에 돛대를 늘어놓고　　艨艘舸艦夜連檣,

두루 보루²¹⁾ 배치하는 계책이 좋구나.　　布置關防計策良.

이때 미리 위태함을 대비 한다²²⁾ 하더니　　見說此時陰雨備,

고기 나물 실어내느라 오고감만 바쁘구나.　　只輸魚菜往來忙.

오랑캐 배 실린 품목 모래처럼 흔하지만²³⁾　　蠻船物貨賤如沙,

큰 조개와 남방 황금²⁴⁾ 비단에 섞였구나.　　大貝南金雜綺羅.

양책에는 예로부터 큰 상인²⁵⁾이 많다보니　　陽翟自來多大賈,

아가씨들 수도 없이 문 기대어 노래하네.　　女娘無數倚門歌.

뿔나팔²⁶⁾ 삘리리리 저녁바람 희롱하고　　畫角鳴鳴弄晚颷,

푸른 하늘 구름 걷자 달이 눈썹 같구나.　　碧天雲捲月如眉.

---

21) 보루: '관방(關防)'은 변방의 방비(防備)를 위하여 설치한 요새, 곧 보루를 말한다.

22) 미리 위태함을 대비 한다 하더니: '음우비(陰雨備)'는 하늘이 흐리고 비가 오는 데 대해 미리
　　대비한다는 뜻으로, 위태한 일이나 험난한 일을 미리 대비함을 이르는 말이다.

23) 모래처럼 흔하지만: "천여사(賤如沙)"는 "천함은 진흙과 모래 같고, 귀함은 금은과 벽옥 같
　　다.[賤如泥沙, 貴如金璧.]"는 데서 나온 말로, 범부는 진흙이나 모래 같고, 부처는 금은이나
　　벽옥과 같다는 말이다. 여기서는 진흙이나 모래처럼 흔하고 값이 싼 것을 말한다.

24) 남방 황금: '남금(南金)'은 형주(荊州)·양주(揚州)에서 생산되는 품질이 우수한 금을 말한다.

25) 양책에는 …… 큰 상인: '양책대고(陽翟大賈)'는 한(韓)나라 양책(陽翟) 지방의 큰 상인이었
　　던 여불위(呂不韋)를 가리키는 말이지만, 본래 이 지방에는 큰 상인이 많았다고 한다.

26) 뿔나팔: '화각(畫角)'은 옛날 관악기로 서강(西羌)으로부터 전해졌으며, 모양이 퉁소[竹筒]
　　와 같은데 표면에 채색이 있어서 화각이라고 한다. 또는 군대에서 사용하는 쇠뿔 모양의 나팔
　　이나 대나무나 가죽 따위로 만든 나팔의 일종을 가리키기도 한다.

변방 성곽 이 날은 무기 갑옷 녹일만해[27) 邊城此日銷金甲,
부질없이 길손[28]에게 헤어짐 하소연하네 空向游人訴別離.

물안개 흩날리어 한밤 창에 방울지고 水氣霏微夜滴窓,
세찬 바람 푸른 군막[29]에 불어드네. 剛風吹入碧油幢.
고향땅 꿈꾸는데 누가 불러 깨우는고? 鄕關一夢誰呼覺?
성 너머 파도 혼자 성벽 치고 때리네. 城外波濤自擊撞.

문발 낮게 드리워진 단청 누각 그으한데 簾箔低垂畫閣深,
습한 안개 숲 두르고 달은 서녘에 잠기네. 瘴煙籠樹月西沉.
장막에서 석 잔 술[30]을 재촉하여 기울이며 催傾帳裏三盃酒,
등불 앞 만 리 생각하는 마음 씻어낸다네.[31] 澆却燈前萬里心.

지다 남은 붉은 꽃잎 가랑비에 살랑살랑 殘紅輕雨落毵毵,

---

27) 무기 갑옷 녹일만해: 무기 갑옷을 녹인다는 말은 무기나 갑옷을 사용할 필요가 없는 태평한
　　시절이라는 뜻으로, 두보의 시에 "즐겨 무기 갑옷을 녹여서 봄 농사나 일삼으리라.[肯銷金甲
　　事春農.]라고 하였듯이 무기나 갑옷을 녹여서 농기구를 만들어 농사일을 할 만한 평화로운
　　정경이라는 말이다.
28) 길손: '유인(游人)'은 이리저리 떠도는 길손이나, 유랑하는 백성이나, 노닐며 구경하는 사람
　　을 말한다.
29) 푸른 군막: '벽유당(碧油幢)'은 기름 먹인 포(布)로 만든 청록색의 군막(軍幕)을 말한다.
30) 석 잔 술: '삼배주(三盃酒)'는 이백(李白)의 〈월하독작(月下獨酌)〉에 "석 잔 술을 마시면
　　큰 도에 통달하고, 한 말 술을 마시면 자연과 합일하네.[三杯通大道, 一斗合自然.]"라고 하
　　였다.
31) 등 앞에서 만 리 밖을 생각하네: '만리심(萬里心)'은 고향을 그리는 마음, 또는 마음과 일이
　　서로 어긋나 세상과 이미 천 리 만 리 떠나 있는 심회를 말한다. 최치원(崔致遠)의 〈추야우중
　　(秋夜雨中)〉에 "가을바람 불어 오직 괴롭게 읊조리나, 온 세상에 내 마음을 알아주는 이 드물
　　구나. 창 밖에는 한밤인데 가을비가 내리니, 등불 앞에 내 마음은 만 리 밖을 생각하네.[秋風惟
　　苦吟, 擧世少知音. 窓外三更雨, 燈前萬里心.]"라고 하였다.

산골 마을 봄 그늘이 아지랑이 뿜어내네.　　山市春陰噴作嵐.
땅밧줄[32] 매인 데에 바다도 다 했는데　　地紀自臨滄海盡,
이별 주석 아직도 〈망강남[33]〉을 부르네.　　離筵猶唱望江南.

우연히 지팡이[34] 짚고 산꼭대기 올라서니　　偶携斑杖倚崔嵬,
눈 안에 멀리 바다 모퉁이까지 들어오도다.　　目力遙窮碧海隈.
소금 배 새벽 되자 다대포[35]로 돌아오고　　塩舶曉歸多大浦,
오랑캐 배 봄 들자 태종대[36]를 지나도다.　　蠻檣春過太宗臺.

성 머리 누각은 비늘처럼 촘촘하며　　城頭樓觀似魚鱗,
성 너머 사람 집 바닷가에 모여 있네.　　城外人家住水濱.
아침 볕 받은 돛배 바다 건너가려는데　　曉日風帆將涉海,
밤 내 부는 퉁소 소리 바다 신에 굿하네.　　夜吹簫管賽波神.

---

32) 땅밧줄: ‘지기(地紀)’는 땅을 지탱하는 밧줄로, 지유(地維)라고도 한다. 중국 신화에 지기가
　　끊어지면 땅이 기울어 뒤집히기 때문에 하늘을 받드는 기둥과 땅을 지탱하는 밧줄이 있어
　　세상이 보전되었다고 하였다.

33) 망강남: 강물 남쪽을 바라본다는 말은 고향 전원을 그리워한다는 뜻으로, 본래는 수(隋)나라
　　악곡의 이름이었는데, 당나라 백거이(白居易)가 〈억강남(憶江南)〉이라는 시를 본떠 지은 뒤
　　로 더욱 유명하게 되었다.

34) 지팡이: ‘반장(斑杖)’은 아롱무늬가 있는 대나무 지팡이로, 소상반죽(瀟湘斑竹)이 유명하다.
　　순 임금이 순행하다가 창호 땅에서 죽자 아황과 여영 두 왕후가 순 임금의 시신을 찾겠다고
　　이곳까지 왔으나 찾지 못하자 소상강가에서 피눈물을 흘리며 울었다. 그 피눈물이 강가 대나
　　무에 스며들어 점점의 얼룩이 되었는데 이것을 후세 사람들이 소상반죽(瀟湘斑竹)이라 불렀
　　다고 한다.

35) 다대포: 부산 사하구 다대동(多大洞)에 있는 항구 이름이다.

36) 태종대: 부산 영도구에 있는 명승지로, 신라시대 태종 무열왕이 노닌 곳으로 울창한 숲과
　　기암괴석이 유명하다.

종사관 신이선[1]의 시운에 차운하다[2] 유

次從事申泥仙韻 濡

사방천지 사람 없고 아무 소리 없는 곳에	四無人處更無聲,
시 짓는 맘 도리어 밤공기[3]ㄴ듯 맑아지네.	詩思還如夜氣淸.
외딴 마을 비 지나니 바람결에 물결 일고	雨過孤村風送浪,
거친 수루 피리 부니 달이 성을 비추누나.	角吹荒戍月臨城.
고향 가는 길 멀어서 애 끊는 심정이요	鄕關路遠腸堪斷,
푸른 바다 물결 차니 꿈도 쉽게 깨누나.	滄海波寒夢易驚.
나그네 이때마다 끝도 없이 애닯건만	遊子此時無限意,
흰 구름 향긋한 풀 변함없이 정겹네.	白雲芳草古今情.

---

1) 신이선: 신유(申濡, 1610~1665)는 자가 군택(君澤), 호가 죽당(竹堂)·이옹(泥翁) 또는 이선(泥仙), 본관이 고령(高靈)이다. 1641년 9월에 덕천가광(德川家光)이 후계자를 낳았다는 소식과 함께 통신사 파견을 요청받자, 1643년 정월에 통신사 정사 병조참의 윤순지, 부사 전한 조경, 종사관 이조정랑 신유가 삼사로 결정되고, 2월에는 삼사를 제외한 사행 인원 462명이 편성되었다.

2) 시운에 차운하다: 신유의 《해사록(海槎錄)》에 실려 있는 〈주중문고취 불능착수 나라산운[舟中聞鼓吹 不能着睡 次螺山韻]〉에 차운한 시이니, "뱃머리의 온갖 피리 변방에 진동하고, 밤이 되자 바다 기운 맑아지게 하는구나. 달빛 흔들려 곧장 용왕 굴로 들어가고, 물결 끌어 대마도 성을 흔드누나. 이 몸은 붕새처럼 바람 타고 옮겨가고, 마음은 원거처럼 북소리에 놀라도다. 박산향이 다 타도록 잠 이루지 못하고, 오랑캐 술로 흥얼대며 나그네 마음 달래네. [船頭雜吹動邊聲, 入夜能令海氣淸. 搖月直侵龍伯窟, 拖波遙撼馬州城. 身如鵬鳥搏風徙, 心似爰居聽鼓驚. 燒盡博山無夢寐, 更呼蠻酒慰羇情.]"라고 하였다.

3) 밤공기: 야기(夜氣)는 잡념 없이 순수한 마음을 보존하게 해주는 밤의 청정한 기운을 말한다.(『맹자』 「告子」 上 에 나옴.)

4월 15일 배로 가다가 바다에서 큰 바람을 만나다[1]

十五日行船洋中阻大風

이런 곳 어느 뉘 오겠는가?	此地人誰到?
내 본디 기약하지 않았네.	吾生本不期.
켜켜 파도에 만 번 죽을 고비 넘고	層濤萬死後,
해 질 무렵 홀로 사행 가는 때로다.	斜日獨行時.
놀던 새 사초 언덕 돌아가고	野鳥歸莎岸,
삽살개 대나무 울에서 짖네.	村狵吠竹籬.
떠도는 신세 머물 곳 없이	萍蓬無着處,
마음 꺾이어 예서 머뭇머뭇.	心折此遲遲.

---

1) 4월 15일 …… 만나다: 《계미동사일기(癸未東槎日記)》에 의하면, 4월 10일에 기선(騎船)
   3척, 복선(卜船) 3척에 나누어 타고 부산을 출발했으나 파도가 높아 정사선과 5선 및 6선이
   파손되어 일시 부산으로 귀항하였다고 적혀 있다.

〈바다를 떠가다¹⁾〉의 시운에 차운하다

次泛海韻

바다는 잔속의 물	滄海如盃水,
부상²⁾은 한 올 터럭.	扶桑似一毫.
날랜 배³⁾ 닻줄 올리고	輕舟開快纜,
만 리에 큰 파도 가르네.	萬里截層濤.
둥둥 북소리⁴⁾에 뛰던 고래 엎드리고	疊鼓奔鯨偃,
쟁쟁 징소리에 숨은 악어 달아나네.	摐金蟄鰐逃.
남쪽 꾀함⁵⁾ 멀지 않음 알았으니	圖南知不遠,
어찌 붕새 비상 부러워하랴?	何必羨鵬翶?

---

1) 바다를 떠가다: 누구의 시인지 자세하지 않다.

2) 부상: 해가 뜨는 동쪽 바다 속에 있다는 전설 속의 나무이다.

3) 날랜 배: '경주(輕舟)'는 작고 가벼우면서 빠른 배를 말한다.

4) 북소리: '첩고(疊鼓)'는 본래 입직하는 군사를 모으기 위해 대궐 안에서 북을 치던 일을 말한다. 당나라 왕유(王維)의 〈연지행(燕支行)〉에 "북소리는 멀리 한해의 파도를 뒤집고, 피리소리 어지러이 천산의 달을 흔드네.[疊鼓遙翻瀚海波, 鳴笳亂動天山月.]"라고 하였다.

5) 남쪽 꾀함: '도남(圖南)'은 붕새가 남쪽 바다로 가기를 도모한다는 뜻으로, 사람이 지향하는 바가 원대함을 비유하는 말이다. 《장자》〈소요유(逍遙遊)〉에 "붕새가 남쪽 바다로 옮겨 갈 때 물을 치는 것이 삼천리이고, 회오리바람을 타고 올라가는 것이 구만 리이며, 가서 여섯 달을 쉰다.[鵬之徙於南冥也, 水擊三千里, 搏扶搖而上者九萬里, 去以六月息者也.]"고 하였다.

신 종사관[1]이 왜관[2]을 읊은 시에 차운하다

次申從事詠倭舘韻

쏴쏴 바람 치달리니 날아갈 듯 빠른데	瞥瞥風飄疾似飛,
바다 마을 어린 애들 색동옷을 입었구나.	海中童卝着斑衣.
배 가득 진주조개 금은보화 싣고 와서	滿船珠貝金銀貨,
입을 옷감 먹을 곡식 바꾸어 돌아가네.	換得麻絲粟米歸.

---

1) 신 종사관: 신유를 말한다.

2) 왜관: 1419년 세종 1년에 태종이 쓰시마섬 정벌로 왜관이 폐쇄되었다가 쓰시마 도주의 간청으로 다시 설치하였는데, 1592년 임진왜란이 일어나 왜관이 폐쇄되었다. 두 나라의 관계가 다시 개선되자 1607년 두모포에 다시 왜관을 설치하였는데, 두모포 한 곳에만 왜관을 설치하니 협소하여 교역 물량을 감당하기 힘들었고, 특히 남풍으로 두모포 포구에 배를 접안하기 어려워 서쪽 절영도 앞 초량에 왜관을 설치하여 이전하게 되었다. 이에 두모포 왜관을 구관, 초량 왜관을 신관이라 불렀다.

다대포에서 종사관의 시에 차운하다[1]

多大浦次從事韻

옅은 해 방초 섬에 지고	微日下芳洲,
푸른 바다 강물들 삼키네.	滄津吞衆流.
가야 할 길 천만 리	前途千萬里,
사행 가는 외로운 배.	行客一孤舟.
돛 올리니 바람이 주춤하고	掛席風猶澁,
노 멈춰도 비 걷히지 않네.	停橈雨不收.
고향 산천 도리어 멀어진 듯하니	山河還似隔,
술 가지고 누구와 더불어 마실까?	携酒與誰酬?

---

1) 다대포에서 …… 차운하다: 신유의 〈병복주중 정행명(病伏舟中 呈涬溟)〉에 차운한 것이니,
"소나기가 바닷가 에 내리더니, 모래톱에 파도소리 시끄럽게 들리네. 돌 위 이끼 발걸음을
방해하고, 주옥같은 나무는 이웃 배 너머 있구나. 바다 안개는 갠 날에도 오히려 축축하고,
산 이내는 저녁에도 걷히질 않도다. 새로 짓는 시는 응당 조물주의 도움 있으리니, 병든 저에게
선뜻 화답해 주시겠소.[片雨過汀洲, 沙喧聞急流. 石苔妨步屧, 瓊樹隔隣舟. 海霧晴猶濕,
山嵐夕未收. 新詩應有助, 肯與病夫酬.]라고 하였다.

배에서 밤에 회포를 적다

舟夜紀懷

내다뵈는 부상 뱃길 험하고 멀어	望裏扶桑路苦迂,
너른 바다 뜬 배 밤길 자주 가네.	駐篷滄海夜頻徂.
파도소리 비 섞이니 꽤 시끄럽고	濤聲挾雨偏喧聒,
산빛 안개 싸여 보일 듯 말 듯.	山色籠煙半有無.
두런거리는 어촌에선 게¹⁾ 거두고	人語漁村收郭索,
불 밝힌 오랑캐 배 물고기²⁾ 잡네.	火明蠻舶網蛦蝚.
배 타들면³⁾ 뼛속까지 시림 알지만	從知舟楫堪酸骨,
한번 꿈꾸어 오호⁴⁾로 떠다녔으면	一夢因何泛五湖

---

1) 게: '곽삭(郭索)'은 게를 말한다. 원래 게가 기어가는 모양, 또는 게가 기어갈 때 나는 소리를 가리키는 말이다. 한나라 양웅(揚雄)의 《태현경(太玄經)》에서 "蟹之郭索, 心不一也."라고 하였으며, 사마광(司馬光)의 집주(集注)에 "곽삭(郭索)은 발이 많은 모양이다.[多足貌.]"라고 하였다.

2) 물고기: '추우(蛦蝚)'는 물고기를 말한다. 남송(南宋) 유의경(劉義慶)의 《세설신어(世說新語)》에, 학륭(郝隆)이 환공(桓公)의 남만참군(南蠻參軍)으로 있을 때 시회(詩會)에서 시를 짓지 못하여 벌주를 한 잔 마신 뒤에 "물고기가 맑은 못에서 뛰도다.[蛦蝚躍淸池.]"라고 하였는데, 환공이 '추우(蛦蝚)'가 무슨 뜻이냐고 묻자, "오랑캐들이 물고기를 추우(蛦蝚)라 합니다."라고 대답하였다. 이에 환공이 "시를 짓는 데 왜 오랑캐 언어를 사용하는가?"라고 하니, "저는 천 리 밖에서 왔으며 남만참군(南蠻參軍)이라는 벼슬을 하였으니 어찌 오랑캐 언어를 쓰지 않겠습니까?"라고 대답하였다.

3) 배 타들면: '주즙(舟楫)'은 배와 노를 말하니, 배를 운행하는 것을 가리키는데, 세상을 건지는 재상과 대신을 비유하기도 한다. 《시경》〈열명(說命)〉에 "큰 냇물을 건널 때에는 너로써 배와 노로 삼겠도다.[若濟巨川, 用汝作舟楫.]"라고 하였다.

4) 오호: '오호(五湖)'는 옛날 오나라 월나라 지역에 있던 경치 좋은 다섯 개의 호수를 말한다. 월나라 범려(范蠡)가 월왕(越王) 구천(句踐)을 도와 오나라를 멸망시킨 뒤에 일엽편주를 타고 오호(五湖)로 나가서 이름을 바꾸고 은거하였으며, 그 뒤에 제(齊)나라로 들어가서 큰 부자가 되었다는 고사가 있다.

5월 초하루 대마도에 이르다

初一日到馬島

외딴 섬 봉래 바다 속	孤嶼蓬溟裏,
이름난 지축 동쪽이라.	名區地軸東.
다락집¹⁾ 신기루²⁾ 같고	樓居疑蜃彙,
마을은 교인 용궁³⁾ 같네	閭里倚蛟宮.
뜰에 종려 잎 푸르고	庭葉椶櫚碧,
산 속에 철쭉꽃 붉네.	山花躑躅紅.
신선은 망령 떨지 않으니	神仙非妄耳,
지금 잠자코 쉬고 있는지?	今在默存中.

---

1) 다락집: '누거(樓居)'는 누방(樓房)이라고도 하며, 이층으로 된 다락방을 말한다.
2) 신기루: '신휘(蜃彙)'는 신기루(蜃氣樓)가 성한 모양을 말한다. 옛사람들은 신기루가 큰 조개[蜃]가 뿜어내는 기운 때문에 생긴다고 생각하였다.
3) 교인 용궁: '교궁(蛟宮)'은 교인(鮫人)들이 사는 바다 속의 집, 용궁을 말한다.

또
又

바다만 넓고 땅 없나했더니	海闊疑無地,
산 드러나며 사람도 보이네.	山開忽有人.
짧은 옷 겨우 허벅지 가리고	短衣纔掩骼,
긴 칼이 몸에서 떠나지 않네.	長劍不離身.
풍속은 아직 월나라 따르고	習俗猶傳越,
백성은 옛날 진나라 피해왔네.	居民昔避秦.
다투어 다가와 사신 맞고	爭來迎玉節,
길 호위하며 수레를 끄네.	挾路引飆輪.

대마도에서 종사관의 시에 차운하다[1)]

對馬島次從事韻

땅덩이[2)] 중국[3)] 밖이요	地紀齊州外,
사람사리 첩첩 물결 가운데에.	人煙疊浪中.
누가 천리를 멀다 했는가?	誰論千里遠?
한 척 돛단배로 다니는 것을.	今見一帆通.
푸나무 이른 봄에 푸르고	草樹先春碧,
안개 속[4)] 해 붉게 솟네[5)].	煙霞浴日紅.
인간에 별천지 열렸으니	寰中開別界,
누가 길 뚫어 통하게 하셨나?	疏鑿是誰功?

---

1) 신유의 〈나산의 대마도 시를 차운하다[次螺山對馬島韻]〉 시에 차운한 것이다. "대마도가 손바닥 같이 평평한데, 외로운 성이 바다 가운데 있구나. 산하는 천지개벽 때부터 있었고, 오랑캐 중국 예로부터 통했구나. 짜디짠 땅은 흰 조수와 맞닿았고, 인어의 비단이 저자 가득 붉구나. 다락배가 한나라의 양복과 다르니, 기특한 공을 세웠다 하지 못하리.[馬島平如掌, 孤城積水中. 山河開闢有, 夷夏古今通. 鹵地連潮白, 鮫綃滿市紅. 樓船異楊僕, 未擬樹奇功.] 나산(螺山)은 박안기(朴安期; 1608-?)를 말한다. 조선 중기 천문학자로서 1643년 조선 통신사의 독축관(讀祝官)으로 일본에 가서 그곳의 천문학자 오카노이 겐테이(岡野井玄貞)에게 역법을 가르쳐 주었다. 이에 오카노이 겐테이의 제자 시부카와 슌카이(澁川春海)가 1683년 일본 최초의 역법인 정향력(貞享曆)을 완성하였다.

2) 땅덩이: '지기(地紀)'는 지유(地維)라고도 하며, 땅을 지탱하는 밧줄이니 땅덩이를 말한다.

3) 중국: '제주(齊州)는 중주(中州)와 같은 말로, 중국을 가리키는 말이다.

4) 안개 속에: '연하(煙霞)'는 구름 노을이나, 물안개나, 산수 또는 산림이나, 홍진(紅塵)의 속세를 가리키는 말이다.

5) 해 붉게 솟네: '욕일(浴日)'은 해가 처음으로 수면으로부터 솟아오르는 것을 말한다. 《회남자(淮南子)》〈천문훈(天文訓)〉에서 "해가 양곡에서 나오고 함지에서 씻는다.[日出於暘谷, 浴於咸池.]"라고 하였다.

5월 10일 가슴속의 한을 적다[1]

初十日紀恨

외딴 성 머문 지 또 열흘 지나고
지친 여정[2]에 두 살쩍 다 세었네.
숲 바람 가라앉자 높은 산에 구름 일고
홰나무에 비 개이자 달이 사람 따르네.
봉래산에 해 지자 부질없이 꿈만 꾸고
뭍인지 바다인지 아득하여 길 모르네.
덧없는 인생 고달프게 공명에 억매여
몸이 유독 험난한 길 자꾸 좇았네.

留滯孤城又一旬,
倦遊雙鬢摠成銀.
林風乍定雲生嶂,
槐雨纔晴月趂人.
日下蓬山虛有夢,
眼邊桑海杳無津.
浮生苦被功名縛,
形役偏從畏路頻.

---

1) 5월 10일 가슴속의 한을 적다: 《계미동사일기》에는 5월 10일에 날씨가 개었다가 저녁에 비가 조금 내렸다고 하였다.
2) 지친 여정: '권유(倦遊)'는 지루한 객지 생활을 말하나 여기서는 지친 여정을 가리킨다.

배 안에서 부질없이 흥이 나다

舟中謾興

이렇게 자꾸 어딜 가는지?	如此更安之?
하늘 한 끝 이미 다했는데.	已窮天一涯.
천 년 전 사공1)이 읊조리고	千秋謝公嘯,
오늘 행명이 시 짓는구나.	今日涬溟詩.
하늘 바다 멀리 드높게 펼쳐지고	二氣遙軒豁,
세 산2) 가려졌다간 사라지네.3)	三山乍蔽虧.
배4) 타고 언덕에 가까워지면	靈槎將近岸,
여러 신선들께 알려 드리리.	報與列仙知.

---

1) 사공: 진(晉)의 명사인 사안(謝安)을 말한다. 사안이 손작(孫綽)과 함께 바다에 배를 타고 가는데 풍랑이 일어 다른 사람들이 모두 두려워하는데도 사안은 태연하게 시를 읊었다. 바람이 더욱 거세지자 사안은 "이와 같이 장차 어디로 가는가?(如此將安歸耶)라고 하였다. 첫 구는 사안의 이 말을 응용한 것이다.

2) 세 산: 신선이 살고 있다는 봉래산(蓬萊山)·방장산(方丈山)·영주산(瀛洲山)의 세 산을 말한다.

3) 가려졌다간 사라지네: '폐휴(蔽虧)'는 모자란 곳을 덮어 감춘다는 뜻으로, 가려지고 사라지는 현상을 말한다.

4) 배: '영사(靈槎)'는 영사(靈査)라고도 하며, 배를 말한다. 한나라 장건이 서역으로 사신 갈 때 하수(河水)의 발원지를 찾아보라는 무제의 명령에 따라 뗏목을 타고 천하(天河)까지 올라갔다 왔다는 전설이 있으므로 신령스러운 뗏목이라 하였다.

5월 18일 명호옥[1]을 출발하여 남도[2]로 향하다

十八日發鳴護屋向藍島

물결 깨치며 사행 배[3] 서두르고	破浪催征鷁,
흐름에 나가 큰 자라를 끌어당기네.	臨流掣巨鰲.
모름지기 약목[4]을 더위잡아서	且須攀若木,
바로 신선 복숭아 따보려 하도다.	仍欲摘蟠桃.
외딴 섬에 구름 안개 자욱하고	孤嶼煙霞爛,
먼 하늘 바다에 해 높이 떠있네.	遙天海日高.
뱃사공 바람 소식 알리자	長年報風信,
징 북소리 파도 속에 들끓네.	鐃鼓沸層濤.

---

1) 명호옥: 일본 중부 아이치[愛知] 현 서쪽에 있는 나고야[名古屋] 시에 있었던 오와리 도쿠가와가[尾張德川] 가문의 제후 성[城下町]으로, 명고옥(名古屋)이라고도 한다.

2) 남도: 후쿠오카[福岡] 현 북큐슈[北九州] 시의 고쿠라키타[小倉北] 구에 속한 섬으로, 아이노시마[藍島], 곧 아이노시마[相島]를 말한다.

3) 배: 익(鷁)은 뱃머리에 새겨놓은 물새의 형상인데, 배를 가리킨다. 여기서는 사행선을 말함.

4) 약목(若木): 《산해경(山海經)》에 나오는 전설 속의 나무 이름이다. 또는 일설에는 부상(扶桑)이라고도 한다.

박다포[1]는 박제상[2]이 절의를 지키던 곳이고, 정포은이 사신 가서 머물던 곳으로 옛일에 느낌 있어 되는대로 쓰다

博多浦 卽朴堤上就義處 鄭圃隱駐節地 感舊謾筆

박제상 살신성인 하신 곳	堤上成仁地,
오천 선생[3] 부절 안고 지나갔네.	烏川擁節過.
높은 충절 해와 달로 걸리고	高忠懸日月,
남긴 자취 강호에 남았네.	遺跡有江湖.
절의 지키기론 전횡도[4]보다 나으며	島較田橫勝,

---

1) 박다포: 하카타[博多浦]는 박다진(博多津)이라고도 하며, 규슈[九州] 후쿠오카[福岡] 현 후쿠오카에 있는 항만 도시이다. 《계미동사일기(癸未東槎日記)》에 의하면, 5월18일 명호옥(鳴護屋)에서 출발하여 남도(藍島)로 가는 도중에 남쪽 언덕 위에 흰 모래와 푸른 소나무가 수십 리를 뻗어있는데, 이곳이 박다주(博多州)의 옛날 서도(西都)로 이른바 패가대(覇家臺)였으며, 고려시대 정몽주(鄭夢周)가 사신으로 다녀갔던 곳이라고 하였다.

2) 박제상: 신라시대 눌지왕(訥祗王) 때 충신으로《삼국유사》에 의하면, 왜국에 신라를 배반한 사람인양 거짓 망명한 뒤 왕의 아우인 미해(美海)를 신라로 돌아갈 수 있게 하였다. 사실을 안 왜왕이 진심으로 자기의 신하가 된다면 큰 상을 주겠다고 했으나 "계림의 개나 돼지가 될지언정 왜국의 신하는 될 수 없고, 계림의 형벌을 받을지언정 왜국의 벼슬과 상은 받지 않겠다." 하고 자결하였다. 박제상의 부인은 매일 남편을 그리워하며 치술령(鵄述嶺)에 올라가 왜국을 바라보며 통곡하다가 죽어서 치술신모(鵄述神母)가 되었다고 하며, 망부석(望夫石)으로 남았다고도 한다.

3) 오천 선생: '오천(烏川)'은 경상북도 포항시 남구의 한 읍으로 연일(延日)의 옛 이름이며, 영일(迎日) 정씨 선조인 포은(圃隱) 정몽주(鄭夢周)를 가리킨다.

4) 전횡도: 전횡도(田橫島)는 중국 청도시(靑島市) 동쪽 노산만(嶗山灣) 북쪽에 있다. 전횡은 진나라 말엽과 한나라 초기에 제(齊)나라 왕 전영(田榮)의 동생으로 진나라와 싸우다가 전영(田榮)이 죽자 아들 전광(田廣)을 제나라 임금으로 세우고 자신은 재상이 되었는데, 다시 한신(韓信)에게 전광이 죽게 되자 제나라 왕이 되었지만 곧이어 한나라 군사에 크게 패하여 5백여 명을 이끌고 전횡도(田橫島)로 피하였으며, 그 뒤에 한나라 고조 유방의 부름에 응하여 낙양(洛陽)으로 가던 중에 머리 굽혀 신하가 되는 일을 차마 하지 못하겠다면서 자결하니

시문 남기기론 현수산[5]보다 많다네.   山方峴首多.

가슴 속 담은 회포 막히지 않았나니   襟期知不隔,

옛 일 흉내 내어[6] 긴 노래 부르네.   撫古一長歌.

섬에 남아 있던 5백여 명의 부하들도 모두 자결하였다.

5) 현수산: 진(晉)나라 양호(羊祜)가 일찍이 양양태수(襄陽太守)로 있으면서 선정(善政)을 베
   풀어 백성들이 양호의 덕을 사모하여, 양호가 즐겨 노닐던 현수산(峴首山)에 비(碑)를 세워서
   그를 기렸다. 이 비를 바라보는 이마다 모두 눈물을 흘려서 타루비(墮淚碑)라는 별칭이 있다.

6) 옛 일 흉내 내어: '무고(撫古)'는 옛 사람이나 옛 글을 흉내 내는 것을 말한다. 여기서는
   포은 〈단심가〉와 같은 충절의 노래를 다시 부른 것으로 볼 수 있음.

남도[1]를 출발하여 적간관[2]으로 향하다

發藍島 向赤間關

동틀 무렵 뱃사공[3] 불러	際曉呼三老,
돛 올리고 뱃길 나서네.	揚帆赴水程.
뉘 알리오 서둘러 가는 뜻?	誰知催去意?
바로 돌아가고픈 마음이로다.	便是欲歸情.
기오리[4]로 바람 방향 가늠하고	旗脚占風候,
뱃머리에서 섬 이름을 묻는구나.	舵頭問島名.
산 환한데 여름비 지나가며	山明炎雨過,
구름 걷히고 아침 밀물 이누나.	雲捲早潮生.
너른 바다 날아서 건넌다 해도	滄海雖飛渡,
어려움을 실로 많이 겪으리라.[5]	艱難實飽更.
눈앞 풍경 저으기 위로되니	眼邊差可慰,
또렷하게 봉래 영주[6] 가깝구나.	的的近蓬瀛.

---

1) 남도: 후쿠오카[福岡] 현 북큐슈[九州] 시의 고쿠라키타[小倉北] 구에 속한 섬으로, 아이노시마[藍島] 또는 아이노시마[相島]라고 한다.

2) 적간관: 아카마가세키[赤間關]는 야마구치[山口] 현 구마게[熊毛] 군 상관정(上關町)의 상관(上關), 중관(中關)인 방부시(防府市)와 상대되는 하관(下關) 지역으로 야마구치 현 서남쪽에 있는 도시이다. 옛날에는 적간관(赤間關) 또는 적마관(赤馬關)이라고도 불렀다.

3) 뱃사공: '삼로(三老)'는 타공(柁工)이니 두보의 〈발민(撥悶)〉에서 "長年三老遙憐汝, 捩舵開頭捷有神."라고 하였는데, 구조오(仇兆鰲)의 주에 의하면, 채주(蔡注)에는 고사(篙師)가 장년(長年)이 되고, 타공(舵工)이 삼로(三老)가 된다고 하였으며, 소주(邵注)에는 삼로(三老)는 배를 모는 사람[撥船者]이고, 장년(長年)은 상앗대를 잡는 사람[開頭者]이라고 하였다.

4) 기오리: '기각(旗脚)'은 펄럭이는 기폭 위아래의 양끝에 불꽃처럼 붙인 긴 오리를 말한다.

5) 많이 겪으리라: '포경(飽更)'은 충분하게 겪는 것을 말한다.

이옹의 〈냉천진 충렬가〉[1]에 차운하다

次泥翁 冷泉津忠烈歌韻

높은 산 막막히 푸른 바다 아득히	崇山莫莫碧海茫茫,
그 사이 건너갈 가없는 나루터.	兩地欲濟無涯津.
박공[2] 나라 위해 그 아내 그를 위해 죽으니	朴公死國妻死公,
아!	嗚呼
그 때에 공에게 아내가 나라에는 인물이 있었네.	當日公有妻國有人.
사내가 의리 취함 오히려 드문 일이라던데	男兒取義尚云罕,
여자로서 어찌하여 곧장 몸을 버렸던가?	女嬌胡爲便亡身?
구원의 썩은 뼈가 온통 사그라져가도	九原朽骨揔昧昧,
공의 부부 오래도록 빛을 드리우리라.	公家夫婦垂耀千千春.
오랜 세월 지나면 저절로 뒤집혀서	天荒地久自飜覆,

---

1) 이옹의 〈냉천진 충렬가〉: 이옹은 신유(申濡)이고, 냉천진(冷泉津)의 칠리탄(七里灘)은 박제상(朴堤上)이 죽은 곳이다. 냉천진은 박대포 또는 석성(石城)이라고도 한다. 이 작품은 《해사록(海槎錄)》에 실려 있다. "어제 치술령을 넘고, 지금 냉천진을 지나네. 고개 위 나무 울창하여 해가 보이지 않고, 나루의 흐르는 물 넓디넓어 사람 근심하게 하네. 슬프다 신라의 박제상이여! 부부가 두 곳에서 다 순절하였네. 남편은 나라 위해 죽고 아내는 남편 위해 죽어, 남편의 충성과 아내의 절개가 환히 천추에 빛나네. 아내는 죽어 계림의 산 위에 돌이 되었고, 남편은 죽어 박성 아래 티끌이 되었네. 돌은 행인들을 바라보며 구를 때가 없고, 티끌은 외로운 넋과 함께 돌아가지 못하네. 내가 부르려 하나 혼은 듣지 못하고, 오직 슬픈 바람 씽씽 가시덤불에 불 뿐이라네. 박제상이 가시덩굴로 달려 높은 절의를 취하였으니, 장단 치며 애오라지 〈충렬가〉를 지어, 강가에서 한 번 노래하니 눈물이 가슴을 메우네.[昔度鵄述嶺, 今過冷泉津. 嶺樹蒼蒼不見日, 津流浩浩愁殺人. 哀哉新羅朴堤上, 夫婦兩處俱殞身. 夫死國婦死夫, 夫忠婦烈昭昭照千春. 婦死猶爲雞林山上石, 夫歿已化博多城下塵. 石望行人無轉時, 塵與孤魂歸不得. 我欲招之魂不聞, 唯有悲風颯颯吹莿棘. 取堤上走棘刺上義, 擊節聊爲忠烈歌, 臨江一唱淚橫聽.]"

2) 박공: 박제상을 말한다.

바다에도 흙먼지 날릴 때가 있으나　　　　　滄海有時猶揚塵.
길고 붉은 무지개 자욱이 사라지잖아도[3]　　長虹赤霓靄未洩,
아주 오랜 깊은 원한 누가 알아차리려나?　　萬古深寃誰得識?
냉천진 모래톱 넓게 펼쳐지고　　　　　　　冷泉津沙浩浩,
수심 띤 구름 어득히 가시나무 덮었네.　　　愁雲慘慘籠榛棘.
훨훨 나는 외론 학이 사람 향해 우나니　　　翩然孤鶴啼向人,
충혼으로 하여금 억울하여 오지[4] 않게 하라.　莫使忠魂來對臆.

---

3) 희고 붉은 무지개 …… 사라지잖아도: '장홍(長虹)'은 장홍관일(長虹貫日)의 준말로, 흰색의
　긴 무지개가 해를 뚫고 지나가는 것이니, 사람이 장차 재난을 만날 하늘의 현상을 예시한
　것이라고 한다.
4) 억울하여 오지: '대억(對臆)'은 억울하고 답답한 심정이나 맺힌 마음을 말하니, 가의(賈誼)의
　〈복조부(鵩鳥賦)〉에 "입으로 말을 못하니, 청컨대 추측으로써 대답하리라.[口不能言, 請對
　以臆.]"라고 하였다.

상관¹⁾의 배 안에서 다시 부사의 시운으로 쓰다
上關舟中 復用副使韻

바다 어귀 절로 험한 이 겹겹 관문에	海門天險此重關,
강과 바다 돌아보니 모두 천천하구나.	回顧江河總等閑.
여름 아닌데도 습한 더위 불볕 같고	未夏癗炎烘似火,
갑작스런 풍랑이 산처럼 솟는구나.	不時風浪湧如山.
나룻가의 잇닿은 집 모래펄에 촘촘하고	津邊蜒戶依沙密,
포구 쪽에 먹구름 두텁게 뒤덮었네.	浦口陰雲羃地頑.
눈앞에 보느니 우리 땅이 아닌지라	眼界可知非我土,
나그네길 곳곳마다 고달퍼 낯빛 쇠네	客程隨處苦凋顏.

---

1) 상관: 가미노세키[上關]는 야마구치[山口] 현 동남쪽에 있는 하나의 정(町)으로 실진(室津) 반도의 가장 끝부분과 주변의 나가시마[長島]·이와이시마[祝島]·야시마[八島] 외의 작은 섬 들이며, 주요 도시구역은 반도의 실진(室津) 지역과 아울러 상관대교(上關大橋)가 장도(長島)와 연결되어 있다. 옛날에 에도[江戶] 시대에 일본 정부는 바다 서쪽으로부터 일본에 들어 오는 배들을 검사하는 관구(關口)를 설치했는데, 곧 상관(上關)·중관(中關)·하관(下關)이 그것이다. 상관은 조선통신사 사절단이 머물게 하기 위해 건설된 최초의 항정(港町)으로 다옥 관(茶屋館)이라 일컬어지는 어전(御殿)과 객관(客館)·장옥부(長屋敷)·번소(番所) 등을 만 들었다. 어전(御殿)에서는 당시 일본과 조선을 대표하는 학자와 문인들이 서로 시문(詩文)을 주고받는 등 화려한 문화교류를 진행하였다.

관음사[1]에 붙임 일명 복선사이다

題觀音寺 一名福善寺

대방 높이 솟은 나무 빽빽 가파른 산	竹房高出欝岧嶤,
허공에 기댄 난간 흔들리는 형세로다.	欄檻憑虛勢動搖.
눈앞 경계 다 들이는 하늘이 드넓으며	眼界盡收天界濶,
저 아래 골짝 어귀 너머 바다가 멀구나.	洞門低壓海門遙.
부상의 아침 해가 창문 앞에 솟아오르고[2]	扶桑曉日當窓浴,
봉래섬[3] 붉은 구름이 자리에 날아들도다.	蓬島紅雲入座飄.
달빛 서린 물가에 조각배를 띄울 만하니	銀渚秪堪容一葦,
까막까치 다리까지[4] 놓을 필요 없다네.	不須烏鵲架成橋.

---

1) 관음사: 일본 나가사키 현 북부의 타카시마[高島]에 있는 작은 절이다. 《계미동사일기(癸未東槎日記)》 5월 27일의 기록에 의하면, 고도(高島)에 이르러 배를 정박했다가 오후에 조수가 들어와 다시 배를 띄워 초저녁에 산 하나를 지나니 석벽(石壁)이 튀어나오고 그 속에 조그만 애도관음사(愛渡觀音寺)가 있어 도포(韜浦)에 배를 대니 밤이 이미 깊어 복선사(福禪寺)에 관사를 정했다고 하였다.

2) 솟아오르고: '부상(扶桑)'은 해 뜨는 동쪽 바다 속에 있다는 전설상의 신목(神木)으로, 중국의 고대 신화에 의하면 여와씨(女媧氏)가 오색 돌을 구워서 터진 하늘을 꿰매고[補天], 희화(羲和)가 감연(甘淵)에서 해를 목욕시켰다고[浴日] 하였다.

3) 봉래섬: '봉도(蓬島)'는 신선이 산다는 동해 삼신산(三神山) 가운데 봉래산을 가리킨다.

4) 까막까치 다리까지: '오작교(烏鵲橋)'는 작교(鵲橋)라고도 한다. 전설에 의하면, 음력 7월 7일 저녁에 까막까치가 하늘의 은하수를 메워 다리를 만들어 견우직녀가 건너서 서로 만나게 하였다고 한다.

간옹의 시에 차운[1]하여 홍장로[2]에게 주다
조부사[3]의 한 호이다

次罷翁韻 贈洪長老 趙副使一號

도인의 가슴속에 큰 도[4]를 지니셔서	道人胸中呑大象,
도인의 눈 아래는 고해세상 없도다.	道人眼底無苦海.
부들방석 편히 앉아 현빈을 지키니[5]	蒲團宴坐守玄牝,
한 숨에 천 호흡[6]도 달림이 없도다.	一氣千息還無餒.

---

1) 간옹의 시에 차운: 조경의 《동사록》에 실려 있는 〈홍장로구시 증이장구(洪長老求詩 贈以長句)〉에 차운한 것이다. "如來十方變滅身, 振錫蔥嶺盃東海. 海上群仙避眞詮, 龍虎金鼎文武餒. 累沙竪石塔廟遍, 玄月青蓮吐蓓蕾. 破顔微笑有伽葉, 我觀洪師碧眼鬼. 腹蟠三車舌如雷, 慴伏諸魔所以乃. 鐵杵爲針始出世, 黑犉黃犒賴貴罪. 江戸樹起栴檀風, 蒲秦携鳩醴不息. 今年盍分占二星, 師乃作儐來相待. 伏犀不减澄觀骨, 度臘應非絳縣亥. 口吟碧雲傾湯休, 却使老翁去盯睟. 修容粥粥勤磬折, 蘭奢之中動文采. 冷淘湯餠又善謔, 鉅屑霏霏綴珠琲. 接塵休問我爲誰, 我遵孔軌五十載. 橫經石渠講堯舜, 鳴佩彤庭升元凱. 彫虫篆刻不足云, 佐佑八卿調鼎鼐. 親仁善隣古之道, 博望乘槎無少悔. 應接佳境目不暇, 慣聽風謠筆可採. 家家買綠繡聖賢, 處處購書閑伏鎧. 禹化東漸再見今, 洹水之盟終不改. 投膠誰問道不同, 鄭縞吳帶襲蘭茝. 雨熟豆子性海清, 從我回看眞主宰. 師乎師乎太顚師, 我非韓愈亦非猥. 月照波羅白半臥, 世上一塵焉得浼. 快哉世上一塵焉得浼."
2) 홍장로: '홍장로(洪長老)'는 당시 일본 승려인 홍영홍(洪永洪)이며, 법명이 균천(勻川)이다.
3) 조부사: 조경(趙絅)을 말한다.
4) 큰 도: '대상(大象)'은 대도(大道) 또는 상리(常理)를 말하니, 노자의 《도덕경》에 "큰 도를 잡으면 천하의 모든 백성들이 마음을 옮겨 돌아갈 것이다.[執大象, 天下往.]"이라고 하였다.
5) 현빈을 지키니: '현빈(玄牝)'은 만물을 창조해내는 오묘한 본원적인 도(道)를 가리키니, 천지 조화의 도를 말한다. 노자의 《도덕경》에 "곡신은 죽지 않으니 현빈이라 하고, 현빈의 문은 바로 천지의 근원을 이른다.[谷神不死, 是謂玄牝, 玄牝之門, 是謂天地根.]"라고 하였는데, 하상공(河上公)의 주석에 "현은 하늘이니 사람에게 있어 코가 되고, 빈은 땅이니 사람에게 있어 입이 된다.[玄, 天也, 於人爲鼻, 牝, 地也, 於人爲口.]"라고 하여 뒤에 사람의 코와 입을 가리키게 되었다.
6) 천 호흡: 정좌법(靜坐法) 가운데 하나인 수식법(數息法)은 일호일흡(一呼一吸)을 한 숨으로 계산해서 마음으로 숨을 세는데, 일식(一息)에서 십식(十息), 백식(百息), 천식(千息)에 이르

맑기가 마니주⁷⁾ 같아 흐린 물 비추고 　　　清如摩尼照濁水,

빛남이 담복화⁸⁾ 같아 붉은 꽃 피우네. 　　　炯如薝蔔開紅蕾.

스님⁹⁾ 이제 물에 솟은 연꽃 되어¹⁰⁾ 　　　雲衲今成出水蓮,

착한 눈¹¹⁾ 문득 삼산¹²⁾ 꼭대기를 향하네. 　　　善眼却向三山巋.

몸에 도기와 가사¹³⁾를 걸치고 　　　身携陶土與稻畦,

만 리에 배 띄우고 뱃노래¹⁴⁾ 부르네. 　　　萬里浮盃歌欸乃.

바다귀신¹⁵⁾ 분주해도 주술력에 굴복하며 　　　波神奔走伏呪功,

독룡 교룡 모두가 나쁜 짓을 멀리하네. 　　　毒龍狂蛟皆遠辠.

오래도록 지혜의 칼¹⁶⁾ 갈고 다듬어 　　　長將慧劒加磨礱,

밝은 거울 털고 닦아 게으른 적 없었네. 　　　拂拭明鏡無時怠.

도록 일념을 가지고 다른 생각을 일으키지 않아야 한다. 만약 중간에 다른 생각에 얽매이면
처음부터 다시 센다.

7) 마니주: '마니(摩尼)'는 마니주(摩尼珠)로 보배로운 구슬을 말한다. 진(晉)나라 법현(法顯)
의 《불국기(佛國記)》에 "사자국(師子國)에 보배로운 구슬이 많이 나는데, 마니주가 나는 곳이
사방 십 리나 된다.[多出珍寶珠璣, 有出摩尼珠地, 方可十里.]"고 하였다. 당나라 두보(杜
甫)의 〈증촉승여구사형(贈蜀僧閭丘師兄)〉에 "오직 마니주가 있어, 탁한 물의 근원을 비출
수 있네.[惟有摩尼珠, 可照濁水源.]"라고 하였다.

8) 담복화: 《산림경제》에 "치자화(梔子花)는 (일명 담복화(薝蔔花)다. 화훼류(花卉類) 중의
명품(名品)은 치자인데, 붉은 꽃이 피는 것도 있다." 하였다.

9) 스님: '운납(雲衲)'은 운수납자(雲水衲子)의 준말로, 여러 곳으로 스승을 찾아 도를 묻기
위하여 돌아다니는 행각승을 말하는데 여기서는 보통 승려를 지칭하는 말로 쓰였다.

10) 물에 솟은 연꽃 되어: '출수연(出水蓮)'은 물에 솟아오른 연꽃으로, 속세에 물들지 않는 불심
(佛心)을 의미한다.

11) 착한 눈: 보살, 법당, 나찰(羅刹), 귀왕(鬼王) 등을 수호하는 혜안(慧眼)을 말한다.

12) 삼산: 동해의 삼신산(三神山)인 봉래(蓬萊)·방장(方丈)·영주(瀛洲)를 말한다. 청천(青泉)
신유한(申維翰)의 《해유록(海遊錄)》에는 일본의 부사산(富士山)·상근령(箱根嶺)·반대암
(盤臺巖)을 삼신산(三神山)이라고 하였다.

13) 가사: 도휴(陶畦)는 도휴피(陶畦帔)와 같은 말로 가사(袈裟)를 말한다.

14) 뱃노래: '애내(欸乃)'는 노 젓는 소리를 말하니, 어부의 뱃노래를 뜻한다.

15) 수신: '파신(波神)'은 수신(水神)을 말하니, 바다귀신을 가리키는 말이다.

16) 지혜의 칼: 번뇌의 얽매임을 끊어 버리는 지혜를 이른다.

부상 언덕 스님 처소[17] 서쪽에서	扶桑之岸東院西,
우리 배[18] 맞으려고 배를 대고 기다리네.	候我靈槎艤船待.
묘한 진리[19]로 불조 참구함만[20] 아니라	妙諦不但叅佛祖,
넓은 식견으로 문자를 가려내기도 하네.[21]	博識還能辨豕亥.
스님 풍모[22] 뵈옵고 스님 말씀 들으니	得師眉睫聞師語,
두 귀가 쫑긋쫑긋 먹은 귀가 뚫리네.	兩耳颯颯除盯聹.
빼어난 풍채 흘깃 보곤 환속시켜서[23]	坐睨神骨欲冠顚,
초선관[24] 씌어 광채 나게 하고 싶네.	要使蟬冕映華彩.
시원시원한 말솜씨 밀수[25]를 닮았으니	翩翩爽語似蜜殊,
셀 수 없는 높은 몸값 구슬이 백 꿰미라.	高價不數珠百琲.

---

17) 스님 처소: 당나라 고승(高僧) 종심선사(從諗禪師)가 조주(趙州)의 관음원(觀音院)에 거주
했는데, 이곳을 일명 동원(東院)이라 한 뒤로 전하여 스님의 처소를 가리키게 되었다.

18) 우리 배: 한나라 장건(張騫)이 서역(西域)으로 사신 가면서, 뗏목[槎]을 타고 갔다가 물을
따라 올라가서 은하수에 이르러 직녀성을 만나고 왔다는 전설이 있어 신령스러운 뗏목이라
하였는데 여기서는 사신의 배를 말한다.

19) 묘한 진리: '묘제(妙諦)'는 정묘한 진제(眞諦)이니, 진제는 진여(眞如)·열반(涅槃)의 경지,
곧 최상의 진리를 말한다.

20) 참구함만: 불교의 이치를 참선하여 구명한다는 말이다.

21) 문자를 가려내기도 하네:《呂氏春秋(여씨춘추)》에 어떤 사람이 역사책을 읽다가 '晉師己亥
涉河'라는 대목을 '晉師三豕涉河'라고 읽는 것을 보고 자하(子夏)가 바로잡아 주었다는 고사
가 있는데, 뒤에 '시해(豕亥)'로써 서적을 옮겨 적거나 간행한 책 가운데 틀린 문자를 의미하게
되었다.

22) 풍모: '미첩(眉睫)'은 눈썹과 속눈썹으로 사람의 외모나 표정을 가리킨다.

23) 환속 시켜서: '욕관전(欲冠顚)'은 환속시키고 싶다는 뜻을 완곡하게 표현한 것이다. 한유(韓
愈)의 〈송영사(送靈師)〉에서 "지금 그대를 우리의 도로 끌어들여, 삭발한 머리에 갓을 씌워
주고 싶도다.[方將斂之道, 且欲冠其顚.]"라고 하였다.

24) 초선관: '선관(蟬冠)'은 한나라 때 시종관이 쓰던 관으로, 초선관(貂蟬冠)을 말한다.

25) 밀수: 송(宋)나라 안주(安州) 승천사(承天寺)의 승려인 중수(仲殊)를 말하니 자는 사리(師
利)이며, 소식(蘇軾)과 교유하였는데 시를 민첩하게 짓고 그 내용이 매우 공교하고 오묘하였
다. 곡식을 피하고 항상 꿀을 먹었다고 하여 밀수라고 불렀다 하는데, 소식의 〈증시승도통(贈
詩僧道通)〉에 "웅장하고 호방하되 오묘하며 괴롭되 풍부함에는 다만 금총과 밀수가 있을 뿐
이로다.[雄豪而妙苦而腴, 祇有琴聰與蜜殊.]"라고 하였다.

스님과 도 달리함이 부끄럽지만　　　　　　慙吾與師不同道,

순임금 때도 갱재가[26]를 하였느니.　　　　早向舜殿歌賡載.

현묘한 담론[27] 오래부터 지도림[28]에 맞서고　玄談久負支道林,

《좌전》벽은 공연히 두원개를 이어 받았네.[29]　左癖空傳杜元凱.

오늘날에는 다만 남월[30]의 왕을 가르치나니　今來只諭南越王,

공명 얻어 재상 자리 오르길 원치 않도다.　不願功名登鼎鼐.

스님이 앞길을 금비[31]로 말해줌에 힘입어　賴師前路道金篦,

가슴속에 허물 후회 적어진 걸 문득 깨닫도다.　頓覺胸襟少尤悔.

향긋한 연꽃과 긴 대나무가 인연을 맺어　芳蓮脩竹許結緣,

신선 산의 고운 풀[32] 함께 따길 기약하네.　瑤草仙山期共採.

인간 세상 나야말로 저 무쇠 다리요　　　　人間我是夫鐵脚,

---

26) 갱재가: '갱재(賡載)'는 서로 이어서 좋은 정치를 이루는 것을 말한다. 《서경》〈익직(益稷)〉에 나오는 말로 여기서는 〈갱재가(賡載歌)〉를 가리키니, "천자께서 명철하시면 신하들이 선량하여 모든 일이 편안해지리로다.[元首明哉, 股肱良哉, 庶事康哉.]"라고 하였다.

27) 현묘한 담론: 노장(老莊)의 학설과 《주역》에 의거하여 명리(名理)를 변석(辨析)하던 담론을 말하는데, 후세에는 실제에서 벗어난 공론을 가리키기도 한다.

28) 지도림: 중국 동진(東晉) 때 고승 지둔(支遁, 314~366)을 말하니 자가 도림(道林), 본성은 관씨(關氏)이다. 25세에 출가하여 서역 월지인(月支人)을 스승으로 삼아 성을 지(支)로 바꾸었다. 경사를 떠돌아다니다가 백마사(白馬寺)에 머물며 불도에 정진하였다. 위진(魏晉) 시기 현학(玄學)이 유행하여 명사들이 청담을 논할 때 지둔은 노장의 학설에 정통하고 불학(佛學)에 조예가 깊어 명성을 떨쳤다. 바둑을 수담(手談)이라 표현한 것이 유명하다.

29) 《좌전》벽은 공연히 두원개를 이어 받았네: 진(晉)나라 두예(杜預, 222~285)의 자(字)가 원개(元凱)로, 박학하여 여러 분야에 정통했는데, 특히 《춘추(春秋)》에 심취하여 스스로 좌전벽(左傳癖)이 있다고 할 정도였다. 그의 《춘추좌씨경전집해(春秋左氏經傳集解)》는 후세에 《좌전(左傳)》의 주본(注本)이 되었고, 십삼경주소(十三經注疏)에도 편입되었다.

30) 남월: '남월(南越)'은 옛날 지명으로 남월(南粵)이라고도 쓰며, 광동과 광서 지역 일대를 말한다.

31) 금비: '금비(金篦)'는 본래 고대 인도의 의사가 맹인의 안막을 제거해 주던 도구였는데, 전하여 후세에는 불가에서 중생들의 눈을 가리고 있는 무지(無智)의 막(膜)을 제거해 준다는 뜻으로 쓰인다.

32) 아름다운 풀: 요초(瑤草)는 신선의 경계에서 자란다는 진기한 풀이다.

속세 밖에 스님 이제 인욕 갑옷 입었네.　　　　　物外師今忍慈鎧.

구름 노을[33] 속으로 쫓아가려 하지만은　　　　逝將追逐煙霞裏,

한 순간[34]도 뜬구름 세상 떠나지 못하였네.　　一念未許浮雲改.

단전을 깨끗이 씻어 나의 진성 되돌리고[35]　　淨洗丹田反我眞,

가시덤불 잘라내어 향긋한 궁궁이풀 키우네.　剪盡荊棘滋芳茝.

흐르는 물 맑고 얕은 대로 가도록 맡겨두고　蓬流淸淺任適來,

모든 일 오로지 조물주[36] 뜻에 따르는구나.　萬事唯堪聽眞宰.

깨달음[37]이 어찌 사영운[38] 뒤 자리하랴?　　成佛寧居靈運後

고운 시구 원래 두자미도 깔보지 못하네.　　佳句元非子美猥.

그대와 함께 아득하게 넓은 마을 떠도는데　共君聊浪廣莫鄉,

바람[39]에 먼지 일어 내 몸 더럽힐까 두렵구나.　擧扇風塵恐我浼.

---

33) 구름 노을: '연하(煙霞)'는 구름 노을이나, 물안개나, 산수 또는 산림이나, 홍진(紅塵)의 속세를 가리키는 말이다.

34) 한 순간: '일념(一念)'은 불가어로 매우 짧은 시간을 가리킨다.

35) 나의 진성 되돌리고: 도교에서 도를 배우고 수행하는 것을 수진(修眞)이라고 한다.

36) 조물주: '진재(眞宰)'는 우주자연의 진정한 주재자(主宰者)인 조물주를 말한다.

37) 깨달음: '성불(成佛)'은 길이 생사의 번뇌를 떠나서 무상(無上)의 정등정각(正等正覺)을 이루는 것을 말한다.

38) 사영운: 진(晉)나라 시인 사영운(謝靈運, 385~433)은 강락후(康樂侯)에 봉해져 사강락(謝康樂)이라고도 불렸으며, 불심(佛心)이 깊고 이백(李白)이 그의 시풍을 존경하였다. 도연명과 같이 산수전원시풍을 추구하였다. 이상적(李尙迪)의 〈문정수동입향산위승(聞鄭壽銅入香山爲僧)〉에서 "부처됨이 사영운과 같을지는 모르겠지만, 스스로 시를 잘 지어 당나라 스님 관휴를 닮았구나.[未知成佛同靈運, 自足能詩似貫休.]"라고 하였다.

39) 바람: '거선(擧扇)'은 선풍(扇風)을 말하니, 곧 바람이 일거나 세차게 도는 것을 가리키는 말이다.

서상인[1]에게 써주고 화답을 구하다

錄贈恕上人求和

착한 눈길 연꽃 같이 나를 향해 활짝 피어   善眼如花向我開,

바다 하늘 천 리 건너 부처 광명[2] 오셨도다.   海天千里佛光來.

불교[3]는 다같이 조계 심인[4]에 근본하니   空門共祖曹溪印,

문단에서 가도[5]의 재주도 하찮게 여길만 하네   詞壘堪奴賈島才?

헤진 누더기 입고 몇 년씩 면벽[6]하고   破衲幾年長面壁,

닳은 지팡이 짚고 오늘도 배를 타도다.[7]   短筇今日穩乘盃.

늙어서도[8] 또한 선적[9]을 참구하리니   龍鍾亦得叅禪寂,

---

1) 서상인: 일본 승려로서 서수좌(恕首座)라고도 한다.

2) 부처 광명: '불광(佛光)'은 중생을 깨우치는 부처의 광명을 말한다.

3) 불교: '공문(空門)'은 불교(佛敎)를 말하니, 불교가 공(空) 사상을 근본하기 때문에 붙여진 이름이다. 또는 사문(四門)의 하나로 유(有)에 집착함을 다스리기 위해 모든 사물은 실체와 자성(自性)이 없다고 말한 공리(空理)의 법문을 말하기도 한다.

4) 조계 심인: 조계인(曹溪印)은 조계종의 선법을 계승한다는 말이다. '조계'는 중국 선종의 제6조 혜능(慧能, 638~713)의 선법을 이은 조계종을 말하는 것으로, 혜능이 선법을 크게 선양했던 조계의 보림사(寶林寺)를 가리키는 말이다.

5) 가도: 당나라 중당 시기의 시인으로 젊어서 출가하여 법명이 무본(無本)이었으나 다시 환속하였다. 자는 낭선(浪仙) 또는 낭선(閬仙)이고, 갈석산인(碣石山人)으로 자처하였다.

6) 면벽: '면벽(面壁)'은 선승(禪僧)이 좌선을 할 때 잡념을 막기 위해 벽을 마주하고 앉는 것을 말한다.

7) 배를 타도다: '승배(乘盃)'는 나무잔을 타고서 물을 건너는 것으로, 남조 양(梁)나라 혜교(惠皎)의 《고승전》에 배도(杯度)라는 사람은 성명도 모르는데 항상 나무배를 타고서 물을 건넜다고 하였는데, 그 뒤로 배 타는 일을 가리키게 되었다.

8) 늙어서도: '용종(龍鍾)'은 노쇠하거나 늙어서 못생긴 모습을 말한다.

9) 선적: '선적(禪寂)'은 불교에서 적멸(寂滅)로써 종지로 삼기 때문에 적정(寂靜)함을 사려하

돌아오는 길에 응당 만회[10]를 부를 것이로다.　　　歸路行當號萬回.

는 것을 선적이라 하였다. 또는 좌선하고 습정(習定)하는 것을 이른다.
10) 만회: '만회(萬回)'는 신(神)의 이름으로 만회가가(萬回哥哥)이다. 명나라 전여성(田汝成)
　　의 《서호유람지여(西湖遊覽志餘)》〈위항총담(委巷叢談)〉에 의하면, 송나라 때 항성(杭城)
　　에서는 음력 12월에 만회가가에게 제사를 지냈는데, 그 형상이 쑥대머리에 초록 옷을 입고
　　왼손에 북을 들고 오른손에 몽둥이를 잡아 화합(和合)의 신에게 제사를 지내면 만 리 밖에
　　있는 사람이 집으로 돌아올 수 있다고 하였기 때문에 만회(萬回)라고 하였다 한다.

208　역주 행명재시집 2

6월 6일에 실진[1]에서 배를 타고 가다
初六日自室津行船

가물가물 켜켜이 이는 파도 속으로	渺渺層濤裏,
아득히 홀로 가는 때이로다.	茫茫獨去時.
구름 노을 아래 멀리 오는 손 맞고	雲霞迎遠客,
물고기 새 더불어 사행 깃발 보내도다.	魚鳥送征旗.
파도 위에 해 보곤 하늘이 도는가 하고	波日天疑轉,
돛대에 바람 부니 언덕이 옮기는가 하네.	帆風岸似移.
긴 여정 아직도 다 끝나지 않았건만	長途猶未盡,
도리어 스스로 돌아갈 날 헤아리도다.	還自筭歸期.

---

1) 실진: 효고[兵庫] 현 다쯔노[龍野] 시의 무로쯔[室津] 항을 말한다. 《계미동사일기(癸未東
槎日記)》에 의하면, 6월 1일에 우시마도[牛窓]를 떠나서 오후에 실진(室津)에 도착했다. 6월
1일부터 6월 5일까지 바람에 막혀 실진에 머물렀다가 6월 6일에야 순풍을 만나 실진을 떠났다
고 하였다. 조선통신사는 한성(漢城)에서 부산까지 육로로 이동하여 부산에서 여섯 척의 통신
사선에 나누어 타고 쓰시마[對馬]로 건너간다. 이키[壹歧], 아이노시마[藍島, 相島], 아카마
가세키[赤間關](현재의 시모노세키[下關]), 카미노세키[上關], 카마가리[蒲刈], 토모노우라
[鞆浦], 우시마도[牛窓], 무로쯔[室津], 효고[兵庫]를 거쳐서 오사카[大阪]에 이른다.

배가 강어귀에서 묵다 이곳은 배의 노정이 다한 곳이다

舟次河口 此是海程盡處

바다 떠온 지 이제 석 달	泛海今三月,
온갖 어려움 두루 겪었네.[1]	艱難已備嘗.
뱃길 언덕에 다다라 다하니	水程臨岸盡,
뱃사공 돛 내리랴 바쁘구나.	舟子落帆忙.
고향 멀리 떠나옴을 깨닫는 터에	轉覺離鄉遠,
갈 길 외려 더 멀다고 하는구나.	猶聞去路長.
평생 짓던 오언율시	平生五字律,
간 데마다 지을 밖에[2]	隨處入奚囊.

---

1) 두루 겪었네: '비상(備嘗)'은 여러 가지 어려움을 두루 맛보고 겪는다는 뜻이다.

2) 지을 밖에: '해낭(奚囊)'은 명승지를 찾아다니며 읊은 시나 문장 따위의 초고를 넣는 주머니를 말한다. 당나라 시인 이하(李賀)가 다른 곳을 다닐 때 그의 종 해노(奚奴)의 등에 시를 넣을 비단 주머니를 지고 다니게 했던 데서 유래하였다. 금낭(錦囊)이라고도 한다.

대판성[1]

大板城

오랑캐 포구에 새로 막부 열리니	蠻浦新開府,
풍신수길[2] 옛날 지은 도성이로다.	平酋舊作都.
강산에 모둔 기운 웅장하고	江山雄攬結,
성곽의 짜인 규모 장대하다.	城郭壯規模.
뱃길로 월나라와 가까이 통하고	舟楫傍通越,
바다 저 멀리 오나라를 품었도다.	滄溟遠抱吳.
긴 제방이 삼십 리나 뻗었고	長堤三十里,
누대[3]가 안팎 호수[4]에 비치도다.	臺榭映重湖.

---

1) 대판성: 오사카 성으로 대판성(大阪城) 또는 대판성(大坂城)이라고도 한다.

2) 풍신수길: '평추(平酋)'는 도요토미 히데요시[豊臣秀吉]를 가리킨다. 1583년 석산본원사(石山本願寺) 옛터에 대판성(大阪城)을 세웠는데, 당시에 놀러왔던 오토모소린[大友宗麟]이 "온 나라가 전쟁 통에도 비할 데 없이 견고한 성[戰國無雙的城]"이라 하였으나, 1615년에 도쿠가와[德川]의 군사에 의해 불타버린 뒤에 다시 세운 것이다. 지금의 대판성(大阪城)은 1931년 11월에 재건한 것이다.

3) 누대: '대사(臺榭)'의 대(臺)는 흙을 높이 쌓아 위를 평평하게 한 곳이고, 사(榭)는 대 위에 지은 누각(樓閣)과 정자(亭子) 같은 건축물을 말하니, 여기서는 天守閣(천수각)을 말한다.

4) 안팎 호수: 내호와 외호로 되어있는 두 겹의 호수로, 마치 해자와 같이 적의 침입을 막기 위해 만들었으며, 외호는 동서남북으로 다시 나뉘어 있다.

6월 13일[1] 채선[2] 타고 대판성을 출발하여 정포[3]로 향하다

十三日乘綵船發大板城向淀浦

채색 닻줄은 강물 위로 당겨오고	綵纜牽江色,
산들 바람이 저녁 물결 따라 부네.	輕風颺夕流.
저 멀리 안개가 너른 들에 깔리고	遠煙低廣野,
뱃길은 방초섬[4]으로 들어가도다.	前路入芳洲.
피리 북소리 구름 뚫고 울리고	簫皷穿雲咽,
누대는 언덕 끼고 빽빽하구나.	樓臺夾岸稠.
뗏목 타고 은하수 넘었다더니	乘槎凌漢渚,
여기 놀이가 그 비슷하구나.	何似此中遊.

---

1) 6월 13일: 《계미동사일기(癸未東槎日記)》에 의하면, 6월 13일에 사신 일행은 일본 누선(樓船)을 타고 강물을 거슬러 올라갔는데, 닻줄을 끄는 왜인이 몇 명이나 되는지 알 수 없었다고 했으며, 정포(淀浦)에 다다르자 밤이 되었다고 하였다.

2) 채선: 채선(彩船)은 일명 금루선(金樓船)이라고도 하며, 화려하게 채색하고 금빛 휘장을 매단 사신을 영접하여 태우는 배를 말한다.

3) 정포: '정포(淀浦)'는 정천(淀川)에 있는 포구로 요도우라[淀浦]라고 한다. 정천(淀川)은 일본에서 가장 큰 담수호인 비파호(琵琶湖)에서 흘러나와 서남쪽으로 오오사카[大阪] 만으로 흘러가는 강이다. 《계미동사일기(癸未東槎日記)》에 의하면, 오오사카에서 정포(淀浦)까지 80리, 정포에서 교토[京都]까지 30리라고 하였다.

4) 방초 섬: '방주(芳洲)'는 방초(芳草)가 떨기로 난 작은 섬을 말한다.

또
又

물가 구름 짐짓 걷혀 늦은 썰물 밀려오고
바다 물빛 하늘 자태 위아래로 열렸도다.
신선 세계 밤 깊으니 바람 물결 고요한데
강 가득 안개 달빛에 배 놓아 오는구나.

渚雲輕捲晚潮廻,
水色天容上下開.
仙界夜深風浪靜,
滿江煙月放船來.

6월 14일 왜경[1]에서 묵다 두 수

十四日次<u>倭京</u>二首

옛적 아이들이 진나라 피해 올 적에
童丱當年此避秦,

바다 풍토 다시금 사람에게 맞았구나.
海中風壤更宜人.

산과 강 어울어짐 하늘 땅 새에 떠있고
山河氣色浮天地,

풀과 나무 고운 모양 세상 것이 아니로다.
草木文章別世塵.

갈래갈래 폭포 청수사[2]에 밤새 쏟아지고
亂瀑夜懸清水寺,

살랑대는 돛배 우치진[3]에 파랗게 모였구나.
輕帆青簇<u>宇治津</u>.

푸른 사초 하얀 돌이 씻은 듯 밝으며
青莎白石明如洗,

신선세계 구름안개 바랄수록 새롭구나.
仙界雲煙望轉新.

바다 건너 번화한 곳 낙양[4]을 손꼽으니
海外繁華數<u>洛陽</u>,

눈앞의 구름 풍경 곧 신선 세상이라.
眼邊雲物卽仙鄉.

---

1) 왜경: 교토[京都]를 말한다.

2) 청수사: 기요미즈데라[清水寺]는 교토[京都] 시 히가시야마[東山] 구 음우산[音羽山]에 있는 사원(寺院)이다. 본존(本尊)은 천수관음(千手觀音)이며, 엔친[延鎭]이 778년에 세웠다. 깎아지른 절벽 위에 위치한 툇마루에서 교토를 바라볼 수 있고, 그 아래에 작은 폭포가 있는데 성스러운 물이라고 알려져 사람들이 이 물을 마시기 위해 찾아온다고 한다.

3) 우치진: 대진(大津)의 상류에 위치하여 근강(近江)으로부터 평성경(平城京)으로 목재를 운송하던 나루라고 하는데 정확한 위치를 알 수 없다. 아마 청수사 남쪽에 있는 우치천(宇治川)에 있는 나루를 가리키는 듯하다.

4) 낙양: '낙양(洛陽)'은 교토[京都]의 옛 이름이다. 794년부터 1868년까지 일본의 수도를 평안경(平安京)이라 하였는데, 평안경을 처음에는 동서로 구분하여 동쪽을 좌경(左京)이라 하여 낙양(洛陽)이라 불렀고, 서쪽을 우경(右京)이라 하여 장안(長安)이라 불렀다. 장안 땅에는 진펄들이 많아 점차 황폐해져서 평안경에는 낙양만 남게 되어 교토[京都]를 낙양이라고 부르게 된 것이다.

들판에 구름 안개 자욱하게 뒤섞이고   川原錯綜煙霞氣,
다락집에 풀숲 향기 가득히 풍기네.   樓榭氤氳草樹香.
푸른 대 창 가까워 물처럼 서늘하고   竹翠近窓凉似水,
숲 이내 달빛 받아 밤에 보니 서리 같네.   林霏和月夜疑霜.
배[5] 타고 여기 이른 금규객[6]들이   星槎此日金閨客,
난간 모서리에서 시흥이 오르는구나.   欄角尋詩興轉狂.

그 도시를 스스로 낙양이라고 일컬었다   其都自稱洛陽

---

5) 배: '성사(星槎)'는 하늘의 은하수를 오고가는 뗏목으로, 전설에 의하면 한나라 때 어떤 사람
   이 바닷가에서 나무배를 타고 하늘의 은하수에 이르러 견우와 직녀를 만났다고 하였다. 보통
   배를 가리키는 말이다.
6) 금규객: '금규(金閨)'는 한나라 궁궐문의 이름인 금마문(金馬門)을 가리키며, 한림학사(翰林
   學士)들이 임금의 명을 기다리던 곳이다. 여기서 금마객(金馬客)은 사신으로 간 조정의 문사
   들을 가리킨다.

강기[1]에서 묵다

次崗崎

양켠에 꽃과 대나무 선 길 돌아나가고　　　　　夾街花竹路盤回,

가물가물 외딴 성이 그림 속에 펼쳐지네.　　　縹緲孤城畫裏開.

강 길에 안개 걷히자 푸른 벼랑 튀어 나오고　　江路霧收靑嶂出,

물가 마을 하늘 멀리 고운 구름 쌓였네.　　　水村天遠彩雲堆.

섬마다 굴 유자 열린데 사람 모여들며　　　　連洲橘柚人煙盛,

바다 메운 배 타고 장사꾼 돌아오네.[2]　　　蔽海帆檣賈客來.

객관에선 밤 깊도록 좋은 잔치 벌어져서　　　賓舘夜深排勝讌,

아홉 갈래 등불[3] 아래 옥으로 술잔 하네.　　九枝燈下玉爲盃.

---

1) 강기: 아이치[愛知] 현 오카자키[岡崎] 시를 말한다. 《계미동사일기》에 의하면, 6월 24일
　강기(岡崎)에 도착했다고 하였다.

2) 바다 메운 배 타고 장사꾼 돌아오네: 《계미동사일기》에 의하면, 6월 24일에 명고옥을 떠나서
　민가 마을 속을 뚫고 10여 리를 지나니 바닷물이 남쪽에 있는 것이 보였으며, 바닷가에는
　소금 고는 가마가 많았고 상선(商船)들이 정박한 것들도 역시 많았다고 하였다.

3) 아홉 갈래 등불: '구지등(九枝燈)'은 옛날 등(燈) 이름으로, 하나의 몸체에 아홉 개 또는
　여러 개의 가지가 있어 여러 대의 등촉을 꽂을 수 있는 등불을 말한다.

강고[1]에서

江尻

큰 들판이 아득하고 푸른 나무 빽빽한데	大野茫茫碧樹稠,
곱게 칠한 누각에서 멀리 수심 더해지네.	粉樓丹閣逈添愁.
구름 걷혀 부사산[2] 창 앞에 나타나고	雲開富士窓前出,
땅 열리니 천룡천[3] 난간 밖에 흐르네.	地析天龍檻外流.
늘그막에 떠돌며 슬피 나그네 되고	老去萍蹤悲作客,
밤 되자 오동잎에 또 가을소리 울려.	夜來梧葉又鳴秋.
역참에서 돌아갈 보따리를 점검하니	郵亭點檢歸時橐,
만 리길 차비에 헤진 갓옷 하나뿐.	萬里行裝一弊裘.

---

1) 강고: 에지리[江尻]는 시미즈[靜岡] 시 시미즈[清水] 구이니, 지금의 청수항(清水港)이다. 《계미동사일기(癸未東槎日記)》에 의하면, 7월 1일 저녁에 강구(江尻)에 도착하여 역사(驛舍)에 잘 곳을 정하였다고 하였다.

2) 부사산: 시즈오카[靜岡] 현 북동부와 야마나시[山梨] 현 남부에 걸쳐 있는 해발 3,776m의 후지[富士]산을 말한다. 《계미동사일기(癸未東槎日記)》에 의하면, 7월 1일에 강고(江尻)에 도착하고, 7월 2일에 부사산(富士山)으로 갔다고 하였다.

3) 천룡천: 나가노[長野] 현에서부터 아이치[愛知] 현·시미즈[靜岡] 현을 거쳐서 태평양에 흘러드는 강인 덴류[天龍]천을 말한다.

저녁에 등택[1]에 이르다

夕抵藤澤

등택 천년 땅에	藤澤千年地,
배 타고 만 리 길.	星槎萬里程.
평원에 민산 정기[2] 서려있고	平原蟠井絡,
큰 들녘 봉래 영주로 드네.	大野入蓬瀛.
숲 빽빽하여 매미 소리 요란하고	樹密蟬聲鬧,
산 밝아지며 빗 기운 개이네.	山明雨氣晴.
시주머니[3] 날마다 불어나지만	奚囊知日富,
시 생각은 더욱 다함이 없구나.	詩意更縱橫.

---

1) 등택: 카나가와[神奈川] 현의 후지사와[藤澤] 시를 말한다. 《계미동사일기》에 의하면, 7월 5일 저녁에 등택(藤澤)에 도착하여 점사(店舍)에 잘 곳을 정했다고 하였다.
2) 민산 정기: '정락(井絡)'은 진(晉)나라 좌사(左思)의 《촉도부(蜀都賦)》에서 "민산의 정기는 위가 정락이 된다.[岷山之精, 上爲井絡.]"라고 하였는데, 민산의 땅은 위가 정락(井絡)이 되니 천제가 창성함을 모이게 하고 신들이 복을 세운다고 하였다.
3) 시주머니: '해낭(奚囊)'은 시낭(詩囊), 곧 시를 넣어 보관하는 주머니이다.

백로[1]

白露

흰 이슬 동그라니 맑게 비치고	白露團清影,
서느러움 더해지는 이른 가을.	新凉轉早秋.
올 들어 줄곧 나그네 신세	年來長作客,
늘그막에 근심 금할 수 없네.	老去不禁愁.
세상 살며 어려움이 많아서	世故逢多難,
짐 꾸려 먼 곳을 돌아다니네.	行裝費遠遊.
절로 온갖 생각 걸리게 되어	自然關百慮,
간 데마다 〈등루부[2]〉 짓네.	隨處賦登樓.

---

1) 백로: 24절기 가운데 15번째로, 처서(處暑)와 추분(秋分) 사이의 절기이다.

2) 등루부: '등루(登樓)'는 〈등루부(登樓賦)〉를 말하니, 한나라 말기에 왕찬(王粲)이 동탁(董卓)의 난리를 피하여 형주(荊州)에서 형주자사 유표의 식객으로 있으면서 누대에 올라가 고향 생각을 하며 지은 것으로, "비록 진실로 아름답지만 내 땅이 아니니, 일찍이 어찌 잠시라도 머물 수 있으리오?[雖信美而非吾土兮, 曾何足以少留?]"라고 하였는데, 그 뒤로 고향을 생각하거나 재주를 지니고도 때를 만나지 못함을 나타내는 전고가 되었다.

나그네의 밤

旅夜

먼 절에 등불 돋곤 초롱이 잠 못 이뤄	野寺挑燈耿不眠,
서쪽 고향 바라보니 마음이 아득하네.	故園西望意茫然.
가을 되도록 여태 기러기[1] 오지 않고	秋天尚斷傳書鴈,
남쪽 바다 물에 드는 솔가리만 보이네.[2]	炎海唯看跕水鳶.
율관 속 갈대 재 일 년에 세 번 변하고[3]	葭琯一年三變律,
둥근 달 천리 길에 여섯 차례 둥글었도다.	桂輪千里六回圖.
깊은 밤 부질없이 헤진 담비갖옷 만지나니	深更謾撫貂裘弊,
마을 앞 좋은 밭[4] 경작 못해 아쉽구나.	悔失經營負郭田.

1) 기러기: 서신 전하는 기러기(傳書鴈)는 옛 서왕모의 고사에서 편지를 전하던 기러기로서 후에 서신 전달의 대유로 흔히 사용 되었다.

2) 남쪽 바다 물에 드는 솔가리만 보이네: 남쪽 바닷가는 온습하여 풍토병을 일으키는 장기(瘴氣)가 심하여 날아가는 솔개도 병 들어 떨어진다는 말이다. 당(唐) 원진(元稹)의 시 〈和樂天送客遊嶺南十二韻〉에 "솔개가 떨어지면 장기가 있음을 알 수 있고, 봄을 기다리지 않고도 뱀이 소생한다네[鳶跕方知瘴 蛇蘇不待春]"라고 하였다.

3) 율관 속 …… 변하고: '가관(葭琯)'은 갈대 줄기의 얇은 막[葭莩]을 태운 재를 넣은 율관(律管)이라는 뜻으로 회관(灰琯) 또는 회관(灰管)이라고도 하며, 옛날에 기후 변화를 헤아리던 기구로서 갈대 줄기의 얇은 막[葭莩]을 태운 재를 12율려(律呂)에 해당하는 관[律管] 속에 넣어두었기 때문에 붙여진 이름이다. 또는 시서(時序) 및 절후(節候)를 가리킨다. 《한서》〈율력지(律曆誌)〉에 "절후를 살피는 법이 있는데 갈대 속의 얇은 막을 태워 재로 만든 뒤에 각각의 율려(律呂)에 해당되는 옥관(玉琯)에 넣어 두면 그 절후에 맞춰서 재가 날아가는데, 동지에는 황종(黃鐘) 율관(律管)이 비동(飛動)한다."라고 하였고, 《진서(晉書)》〈율력지(律曆誌)〉에 "그 때의 해가 해 그림자에 맞추고 땅의 기운이 회관에 영향을 주기 때문에 음양이 조화하여 햇빛이 이르고 12율려(律呂)의 기운이 응하여 재가 날아간다."[叶時日於晷度, 效地氣於灰管, 故陰陽和則景至, 律氣應則灰飛.]고 하였다.

4) 마을 앞 좋은 밭: '부곽전(負郭田)'은 마을 근처의 좋은 밭이라는 뜻으로, 전국시대 소진(蘇秦)이 합종책(合從策)으로 육국(六國)의 재상이 되어 고향으로 돌아와서 탄식하며 말하기를,

"이 사람이 부귀하면 친척들이 두려워하고 빈천하면 가벼이 여기나니 다른 사람들이야. 장차 나에게 낙양(雒陽)의 좋은 밭 두 이랑만 있었다면 내가 어찌 여섯 나라 재상의 관인(官印)을 찰 수 있었겠는가?[且使我有雒陽負郭田二頃, 吾豈能佩六國相印乎?]"라고 하였다.

밤에

夜

가랑비 사초 오솔길에 걷히고	小雨收莎徑,
저무는 구름 바다산봉에 모이네.	歸雲歛海峯.
문발 사이 가을달 보이고	踈簾秋見月,
옛 절 종 한밤중에 울리네.	古寺夜鳴鍾.
마음 약해져 시 짓기 힘들고	心弱尋詩苦,
늙어가며 술 봐도 달갑지 않네.	年衰向酒慵.
깊은 밤 가뜩이나 잠들지 못하는데	深更偏不寐,
창밖에서 귀뚜라미 구슬피 우누나.	窓外咽寒蛩.

강호에서 되는대로 쓰다 두 수

江戶[1]漫筆 二首

길거리 사람들이 어깨 스치며 나다니고[2]	街上人肩匝地維,
구슬땀 비 되고 옷깃 이어져 휘장 되네.[3]	汗珠成雨袵成帷.
어린애 말 배우면 벌써 칼 옆에 차고	稚兒學語猶橫劍,
미녀들 술 파는데[4] 모두 눈썹 그렸다.	美女當罏揔畫眉.
옛 유적 아직도 서복[5] 사당에 전하고	舊蹟尙傳徐福廟,
남은 백성 모두 수충[6] 사당에 제사한다.	遺氓共祭秀忠祠.

---

1) 강호: 에도[江戶]는 도쿄의 옛 이름이다.

2) 나다니고: '지유(地維)'는 지기(地紀)라고도 하며, 땅을 지탱하는 밧줄이라는 뜻이다. 중국 신화에 땅의 밧줄이 끊어지면 땅이 기울어 뒤집힌다고 하여 하늘을 받드는 기둥과 땅을 지탱하는 밧줄이 있어 세상이 보전되는 것이라고 하였다. 잡(匝)은 이곳저곳 돌아다님을 말한다.

3) 구슬땀 …… 휘장 되네: 강호의 부유하고 번성한 실정을 나타낸 말이다.《사기》〈소진열전(蘇秦列傳)〉에 의하면, 소진이 임치(臨淄)의 번성함을 비유하여 이르기를, "임치는 매우 부유하여 백성들이 피리 불고 거문고를 타며 축(筑)을 치는 등 악기를 잘 다뤘으며, 닭싸움·개 경주·육박(六博)이나 공차기 등 놀이를 하지 않는 이가 없었다. 임치의 길에는 수레가 많아 바퀴축이 서로 닿을 정도였으며, 사람이 많아 서로 어깨를 스쳤고, 옷깃이 넉넉하여 이으면 휘장이 되고 소매를 들면 장막이 될 정도였다. 사람들이 많아 땀을 흘리면 비가 될 정도였으며, 집집마다 부유하고 사람들의 뜻이 또한 높았다."고 하였다.

4) 미녀들 술 파는데: '미녀당로(美女當罏)'는 미녀가 술을 판다는 뜻으로, 문군당로(文君當罏)라고도 한다.《사기》〈사마상여열전(司馬相如列傳)〉에 의하면, 사마상여가 탁문군(卓文君)과 도망가서 같이 살 때에 탁문군은 술을 팔았고 사마사여는 잠방이를 입고 허드레잡일을 하였다. 당로(當罏)는 술파는 사람이 술을 덥혀서 팔기 위해 화로 곁에 앉아있으므로 당로(當罏)라고 한 것이다. 곧 '당로(當罏)'는 당로(當罏)로도 쓰며 술을 파는 것을 말한다.

5) 서복: 중국 진(秦)나라 때 방술에 능했던 선비로서 진시황(秦始皇)의 명을 받들어 동해 바다 삼신산(三神山)에 사는 신선을 찾아가 불노장생 약을 구하고자 하여 동남(童男)·동녀(童女) 3천명을 데리고 떠났다가 일본에 정착하여 살았다고 한다.

6) 수충: 도쿠가와 히데타다[德川秀忠, 1579~1632]는 덕천(德川) 왕조의 제2대 장군으로 덕천 왕조의 통치 기반을 공고히 다진 인물이다.

세간 노래 밤중에 민가 가서 채집하니 　風謠夜向閭家採,
비밀 얘기⁷⁾ 근래엔 군부⁸⁾ 좋아한다고. 　潛說年來武備嬉.
경치 좋은 명승지를 차례로 지나가니 　形勝名區次第過,
이 몸 마치 항하수⁹⁾ 건너는 듯하구나. 　此身如得度恒河.
강산 곳곳에 멋진 전각¹⁰⁾ 쌓였고 　江山處處堆金碧,
집집 정원마다 비단 휘장¹¹⁾ 곱구나. 　庭院家家艶綺羅.
기주 청주¹²⁾ 논밭인양 논밭마다 최상이고 　田土冀靑皆上上,
진나라 초나라보다 병기 한결 많구나. 　甲兵秦楚更多多.
뽕나무 활 만드는 건¹³⁾ 대장부의 일이니 　桑弧自是男兒事,

---

7) 비밀 얘기: 관백에 관한 비밀스런 이야기를 말한다. 최립(崔岦, 1539~1612)의 〈신묘주시월
　이십사일봉교제(辛卯奏十月二十四日奉敎製)〉에 "나라 사람들이 관백이 미쳐 날뛴다고 뒤
　에서 은밀하게 말하였다.[又說國人潛說關白猖狂.]"라고 하였는데, '잠설관백(潛說關白)'은
　아마도 관백(關白)을 몰래 뒤에서 얘기하는 말인 듯하다. 관백(關白), 곧 간파쿠[關白]는 천
　황을 대신하여 정무를 총괄하던 관직이다. 평안시대(平安時代, 794~1192)에 후지와라[藤
　原]가 처음 관백(關白)이라는 관직을 맡았고, 그 뒤에는 섭정(攝政)과 관백(關白)을 합하여
　섭관(攝關)이라고도 불렀다. 관백은 본래 관직 명칭이 아니라 '진술하다' 또는 '아뢰다'의 뜻이
　었으니, 《한서(漢書)》〈곽광금일제전(霍光金日磾傳)〉에 보면, "모든 일은 먼저 곽광(霍光)
　에게 아뢰고, 그런 뒤에 천자에게 아뢰었다.[諸事皆先關白光, 然後奏天子.]"라고 하였다.
8) 군부: '무비(武備)'는 무비사(武備司)의 준말로, 조선시대 병조(兵曹)에 속한 관직 명칭이며
　군적(軍籍)·마적(馬籍)·병기(兵器)·전함(戰艦)·점열(點閱)·군사 훈련 따위에 관한 일을
　맡아보았는데, 여기서는 당시 일본의 군부를 지칭한 듯하다.
9) 항하수: '항하(恒河)'는 인도의 갠지스 강으로 인도 북부를 동서로 가로질러 벵골만(灣)으로
　흘러든다. 힌두교도 사이에서는 이 강물에 목욕재계하면 모든 죄를 면할 수 있으며, 죽은
　뒤에 이 강물에 뼛가루를 흘려보내면 극락에 갈 수 있다고 믿고 있다.
10) 멋진 전각: '금벽(金碧)'은 금전벽우(金殿碧宇)의 준말로, 멋지고 훌륭한 전각이나 건물을
　말한다.
11) 비단 휘장: '기라(綺羅)'는 화려하고 아름다운 휘장이나, 비단옷을 입은 부귀한 부녀자를
　가리킨다.
12) 기주 청주: 《서경》〈우공(禹貢)〉에 구주(九州)를 기(冀)·곤(袞)·청(靑)·서(徐)·양(揚)·형
　(荊)·예(豫)·양(梁)·옹(雍)로 나누었다. 여기서 기청(冀靑)은 기주(冀州)와 청주(靑州)를
　가리킨다.
13) 뽕나무 활 만드는 건: '상호(桑弧)'는 뽕나무로 만든 활인데, 여기서는 상호시지(桑弧矢志)
　또는 상호봉시(桑弧蓬矢)의 준말로 옛날에 남자가 태어나면 뽕나무로 활을 만들고 쑥대로

구리기둥 세우던[14] 마복파[15]가 있었구나.　　　　　　　銅柱曾經<u>馬伏波</u>.

　　화살을 만들어 천지 사방에 쏘아서 장차 천지 사방에 뜻을 두어야 함을 나타냈는데, 큰 뜻을 품거나 큰 포부를 갖도록 면려하는 말로 사용하였다.

14) 구리기둥 세우던: '동주(銅柱)'는 전설 속에 하늘 가둥[天柱]으로 《신이경(神異經)》에 "곤륜산에 구리기둥이 있는데 그 높이가 하늘로 들어갈 정도여서 천주라고 이른다.[崑崙之山, 有銅柱焉, 其高入天, 所謂天柱也.]라고 하였다. 여기서는 동한(東漢) 광무제(光武帝) 때 장수 마원(馬援)이 변방 지역에 구리기둥을 세워 한나라 남쪽지방 끝에 변방 경계를 표시한 일을 말한다.

15) 마복파: 마원(馬援) 장군을 말하니, '복파(伏波)'는 장군에게 내려주는 봉호(封號)로, 파도를 항복시킨다는 뜻이다.

번민

悶

떠돌다 오랑캐 마을 머문 날	旅泊蠻鄕日,
가을바람 더욱 쓸쓸하구나.	秋風更颯然.
나그네 시름을 금하지 못하니	不禁愁伴客,
문득 하룻밤이 일 년 같구나.	便覺夜如年.
옛 성에 돌아가는 구름 걷히자	古郭歸雲斂,
먼 허공 조각달 걸려 있네.	遙空片月懸.
고향 동산 바다 너머 있으니	故園滄海外,
편지 그 누가 전해 줄는지	書札竟誰傳.

용주가 두릉[1]의 〈추흥 8수〉의 운으로 쓴 시[2]에 차운하다 조부사의 호이다

次龍洲 用杜陵秋興八首韻 趙副使號

들판 너머 감귤 숲 곁에 절집 쓸쓸이	野寺蕭疎倚橘林,
저문 산 구름 걷히자 구슬이 주렁주렁.	暮山雲捲玉森森.
가을 깃든 버들 길에 매미 아직 시끄럽고	秋生柳巷蟬猶噪,
밤 깊은 대나무 창에 달빛 절로 그늘 지네.	夜久筠窓月自陰.
장석은 고향 그리는 생각 금하지 못하고[3]	莊舃不禁懷土念,
마경은 떠도는 벼슬살이 몹시 싫어했다네.[4]	馬卿偏惱倦遊心.
겨울옷 입을 철이 얼마 남지 않았는지	寒衣節候知無幾,
시름 잊은 오랑캐 마을 곳곳마다 다듬이질.	愁絕蠻鄉處處砧.

올 한해도 그럭저럭[5] 저녁 해가 기울고	年紀蹉跎暮景斜,

---

1) 두릉: 당나라 시인 두보를 말한다.

2) 용주가 두릉의 〈추흥〉 8수의 운을 쓴 시: 조경의 《동사록》에 실려 있는 〈17일에 노두(老杜)의 추흥(秋興) 여덟 수를 차운하다[十七日次老杜秋興八首]〉를 말한다. 두보의 〈추흥(秋興)〉은 55세 때인 대력(大曆) 원년(766) 가을에 지은 것으로, 초여름에 성도(成都)를 떠나 가을에 운안(雲安)까지 왔다가 병이 심해져 이곳에서 겨울을 보내고 다음해 봄에 몸이 나아서 기주(夔州)로 왔다고 하였다.

3) 장석은 …… 못하고: 전국시대 월(越)나라 장석(莊舃)은 초(楚)나라에서 벼슬하다가 병이 들자 자신도 모르게 월나라 말을 하며 고향 땅을 그리워했다고 한다.

4) 마경은 …… 싫어했다네: '마경(馬卿)'은 한나라 문장가 사마상여(司馬相如)의 자이다. '권유(倦遊)'는 다른 나라 또는 먼 객지를 떠돌면서 벼슬살이하는 것을 싫어하는 것을 말한다. 사마상여가 한나라 경제(景帝)를 섬기다가 경제가 문학을 좋아하지 않자, 그의 동생 양(梁)나라 효왕(孝王)이 문인을 우대하므로 한나라 관직을 내놓고 양나라로 갔는데 얼마 되지 않아서 효왕이 죽자 다시 고향으로 돌아온 일에 의거하여 말한 것이다.

늙은 몸은 꼬장꼬장6) 귀밑머리 세었도다.	殘骸傲兀鬂成華.
전원으로 돌아가 연명 노래7) 못 이루고	歸田未就淵明賦,
병든 몸이 부질없이 박망 뗏목8) 타도다.	扶病空乘博望槎.
북쪽바다 찬 서리에 사행길이 어려웠고	北海清霜涸玉節,
변성9)의 추운 밤 꿈 피리소리에 깨었도다.	汴城寒夢攪金笳.
타향에서 이날에 누대 올라10) 보지마는	殊方此日登樓處,
강랑의 붓11) 낡아버려 매우 부끄럽구나.	深愧江郎筆退花.

성긴 문발 천천히 말아 지는 노을 마주하니	漫捲踈簾對落暉,
늘그막에야 벼슬살이 시답잖은 줄 알겠구나.	暮年偏覺宦情微.
일찍이 바다에 가서는 용이 눕는 걸12) 좋아했고	曾從滄海甘龍臥,
푸른 구름13) 향하고선 날기 배운 걸 뉘우쳤도다.	悔向青雲學鳥飛.

---

5) 그럭저럭: '차타(蹉跎)'는 발을 헛딛거나, 때를 놓치거나, 또는 쇠퇴하거나, 실의하여 세월을 헛되이 보내거나, 물건이 가지런하지 않은 모양을 나타내는 말이다.

6) 꼬장꼬장: '오올(傲兀)'은 오안(傲岸) 또는 고오(高傲)와 같은 말로, 고상하고 거만함을 말한다.

7) 연명 노래: 진나라 도잠(陶潛)의 〈귀거래사(歸去來辭)〉를 말한다.

8) 박망 뗏목: '박망사(博望槎)'는 뗏목 타고 하늘 궁궐에 이르는 것을 가리키니, 곧 사신이 배를 타고 사행 가는 일을 말한다. 한나라 무제(武帝)가 장건(張騫)에게 황하(黃河)의 근원을 찾도록 하여 뗏목 타고 한달 넘게 가서 어느 한곳에 이르렀는데 성곽이 관부(官府)와 같고 실내에는 직녀가 있으며, 또 견우(牽牛)가 황하를 마시는 것을 보았다는 고사이다.

9) 변성: '변성(汴城)'은 오대(五代) 양(梁)·진(晉), 한(漢)·주(周)와 북송(北宋)의 도성으로, 지금의 하남성(河南省) 개봉시(開封市)를 말한다.

10) 누대 올라: '등루(登樓)'는 한나라 말기에 왕찬(王粲)이 동탁(董卓)의 난리를 피하여 형주(荊州)에서 타향살이하면서 고향으로 돌아갈 것을 생각하며 〈등루부〉를 지었는데, 여기서는 고향을 생각하는 것을 말한다.

11) 강랑의 붓: '강랑(江郎)'은 양(梁)나라 강엄(江淹)으로 크게 문명을 날렸으나 꿈속에서 곽박을 만나 오색(五色)의 붓을 주고 나서부터 글 쓰는 재주가 사라졌다고 하였다.

12) 용이 눕는 걸: '용와(龍臥)'는 고결한 선비가 은거하는 것을 비유하는 말이다.

13) 푸른 구름: '청운(青雲)'은 높은 지위나 벼슬을 비유하는 말이다.

우주 안에 바람먼지 하루라도 그침 없고 　　　宇內風塵無日了,

세상살이 내 모습이 마음과 어긋났구나. 　　　世間蹤跡與心違.

몸뚱이는 죽고 나면[14] 모두 다 사라지거늘 　　形骸土木俱銷盡,

상산 얼굴 반곡보다 훌륭한지 난 모르겠네.[15] 　未信商顔勝後肥.

세상살이 지난 몇 해 바둑돌을 쌓는 듯해[16] 　世事年來若累棊,

모든 곳에 많은 환란 슬픔만이 넘쳤도다. 　　萬方多難有餘悲.

전란 자취 온 땅 가득 오늘까지 이어지고 　　干戈滿地仍今日,

폐백 싣고 가는 중국 사신 어느 때 다시 할까? 玉帛朝天更幾時?

요동 변방 풀 말라도 까마귀 머리 세지 않고[17] 遼塞草枯烏未白,

궁궐 동산[18] 가을 이른데 기러기만 늦는구나. 　上林秋早鴈偏遲.

---

14) 죽고 나면: '토목(土木)'은 분묘(墳墓)와 관재(棺材)를 가리키니, 사람이 죽는 것을 말한다.

15) 상산 얼굴 …… 나 몰라로:《한서》에서 '상안(商顔)'을 상애(商崖)로 읽어야 하고 산 이름이라 하였으며, 안사고는 상산(商山)의 얼굴이라 하여 상산을 사람의 얼굴에 비유한 것이라고 하였 다. 진나라 말엽과 한나라 초엽에 상산에 은둔했던 네 명의 은사 상산사호(商山四皓), 곧 동원공(東園公)·기리계(綺里季)·하황공(夏黃公)·녹리선생(甪里先生)은 진(秦)나라의 학 정을 피하여 상산에 은둔했는데 한나라 고조(高祖) 유방(劉邦)이 불러도 응하지 않다가 장량 (張良)의 요청으로 태자를 도와 왕권을 안정시킨 뒤에 다시 은둔하였다. '후비(後肥)'는 뒷날 의 토비반곡(土肥盤谷)이라는 뜻이며, 반곡(盤谷)은 당나라 이원(李愿)이 은거했던 곳을 말 한다. 이원이 무녕절도사(武寧節度使)가 되었다가 죄를 얻어 파직 당하자 벼슬에 나가기를 좋아하지 않고 처음에 살았던 반곡으로 돌아가 은거하였다는 내용이 한유(韓愈)의 〈송이원귀 반곡서(送李愿歸盤谷序)〉에 보인다. 두 가지 모두 관직에서 물러나 전원으로 돌아가서 살고 싶은 심정을 나타낸 것으로 보인다.

16) 바둑돌을 쌓는 듯해: '누기(累棊)'는 바둑돌을 쌓는 것을 말하니, 세상살이가 뜻대로 되지 않고 어려움을 비유하는 말이다.

17) 까마귀 머리 세지 않고: '오백(烏白)'은 까마귀의 검은 머리가 하얗게 변한다는 뜻으로 실현될 수 없는 일을 비유하는 말이다. 연나라 태자 단(丹)이 진(秦)나라에 인질로 잡혀 있다가 귀국 시켜 줄 것을 호소하자, 진(秦)나라 왕이 "까마귀머리가 하얗게 변하고, 말머리에 뿔이 나면 돌아가게 해주겠다.[烏頭白, 馬生角, 乃許耳.]"라고 했는데, 이에 태자가 하늘을 우러르며 탄식하자 금방 그렇게 변하였다는 전설이 있다.

18) 궁궐 동산: '상림(上林)'은 임금의 원유(園囿), 또는 옛날 궁궐 동산 이름이다.

명성 닦아 못 섰건만 부질없이 몸이 늙어　　脩名不立身空老,
집안 나라 태평함을 꿈에서도 생각하도다.　　家國昇平祇夢思.

봉래산 죽 둘러보니 바다 위의 산　　閱盡蓬萊海上山,
신선들 두렷이 고요 속에 보이네.¹⁹⁾　　神仙宛見默存間.
대장부 장한 뜻이 구리기둥²⁰⁾ 이르렀고　　男兒壯志來銅柱,
늘그막에 고향 그려 옥문관²¹⁾에 들었구나.　　暮景歸心入玉關.
시름 속에 자꾸만 구름 속 달을 보고　　愁裏頻看雲裏月,
나그네 거울 속 얼굴 너무나 바뀌었네.　　客中偏換鏡中顔.
여관의 맑은 밤 꿈 참 딱하기도 하지　　深憐旅舘淸宵夢,
날마다 대궐문 향해 아침 하례 가는구나.　　日向金門趁曉班.

객창의 밤을 이어 칼머리²²⁾ 꿈꾸나니　　客窓連夜夢刀頭,
잎 지는 강마을도 또 이 가을이리라.　　搖落江鄕又是秋.
바닷물 들고나는 먼 하늘 해 뜨고 지며　　積水長天朝暮影,
센 살쩍에 선탑사리²³⁾ 시름 그친 적 없네.　　鬢絲禪榻古今愁.

---

19) 고요 속에 보이네: '존묵(默存)'은 형체가 움직이지 않고 정신적으로 고요하게 노니는 것을 말한다.

20) 구리기둥: '동주(銅柱)'는 전설 속에 하늘 가둥[天柱]으로 《신이경(神異經)》에 "곤륜산에 구리기둥이 있는데 그 높이가 하늘로 들어갈 정도여서 천주라고 이른다.[崑崙之山, 有銅柱焉, 其高入天, 所謂天柱也.]라고 하였다. 여기서는 동한(東漢) 광무제(光武帝) 때 장수 마원(馬援)이 변방인 교지국(交趾國)을 원정(遠征)한 뒤에 두 개의 구리 기둥을 세워 한나라와 남쪽 나라의 경계선을 표시한 일을 말한다.

21) 옥문관: '옥관(玉關)'은 옥문관(玉門關)으로 감숙성(甘肅省) 돈황(燉煌) 부근의 서역(西域)으로 통하는 관문인데, 보통 변방의 관문을 가리키는 말로 쓰인다.

22) 칼머리: '도두(刀頭)'는 도환(刀環)과 같은 뜻으로, 칼자루의 둥근 고리 부분을 말한다. 환(環)은 '환(還)'의 은어로서 환귀(還歸)를 뜻하며, 고향으로 돌아가고픈 마음을 나타낸 것이다.

23) 센 살쩍에 선탑사리: 당나라 시인 두목(杜牧)이 젊은 시절에 호주(湖州)의 누정에서 즐겁게

세상살이²⁴⁾ 새장 속 새만 같아   行莊漫似籠中鳥,

꼬락서니 갈매기가 늘 부끄럽네.   身世長慚海上鷗.

이름 굴레 벗어나서 깨인 것이 좋으리니   脫得名韁醒亦可,

양주자사 얻으려고²⁵⁾ 이 일 저 일 말지어다. 不須多事乞涼州.

살아가며 부끄럽게 세상 구한 공 없고   處世慚無濟世功,

반평생을 허망하게 갈림길에 늙었도다.   半生虛老路歧中.

귀밑머리 세어버려 천 가닥 눈발인데   還將衰鬢千絲雪,

바다에 배 타고 만 리 바람 맞는구나.   來駕滄溟萬里風.

술잔에 담긴 미주²⁶⁾ 흰 이슬에 섞이고²⁷⁾   盃面瓊漿和露白,

물놀이하며 아름다운 여인과 가연(佳緣)을 기약했다가, 늘그막에 절간에서 지내며 지은 시에, "오늘의 센 살쩍이 선탑 옆에서 지내나니, 차 달이는 연기가 꽃 지는 바람에 가벼이 나부끼네. [今日鬢絲禪榻畔, 茶煙輕颺落花風.]"라고 하였는데, 소식(蘇軾)이 이를 인용해서 "센 살쩍이 다만 선탑을 마주할 수 있으니, 호주 누정의 즐거운 물놀이야 필요치 않아라.[鬢絲只可對 禪榻, 湖亭不用張水嬉.]"라고 변안한 시가 있다.

24) 세상살이: '행장(行藏)'은 출처 또는 행동거지를 가리키니, 세상에 나서고 집에 있는 일을 말한다. 《논어》〈술이(述而)〉에 보면, "공자가 안연에게 말하기를, '등용되면 도를 행하고, 버려지면 몸을 숨겨야 하니 오직 나와 너만이 이것을 하겠구나!'라고 하였다.[子謂顏淵曰, '用之則行, 舍之則藏, 唯我與爾有是夫!']"는 데서 나온 말이다. '행장(行莊)'은 '행장(行藏)' 의 오기이다.

25) 양주자사 얻으려고:《후한서》〈장량열전(張讓列傳)〉에 의하면, 후한 영제(靈帝) 때에 환관 장양(張讓)이 열후(列侯)에 봉해지자 맹타(孟佗)가 장양의 감노(監奴)와 하인들을 극진히 대접하며 선물을 많이 주었다. 감노가 소원을 묻자 맹타가 "나의 소망은 너희들이 나에게 절 한 번 해 주는 것이다."라고 하였는데, 마침 장양에게 청탁하려는 빈객들이 모였을 때 맹타가 찾아가자 감노가 하인들을 이끌고 맹타에게 절을 하니, 빈객들이 장양보다 더 위세가 있는 것으로 생각하고 맹타에게 뇌물을 바쳤다. 이에 맹타가 그 뇌물을 모두 장양에게 주니 장양이 크게 기뻐하여 맹타를 양주자사(涼州刺史)로 삼았다고 한다. 또《예문유취(藝文類 聚)》〈돈황장씨가전(敦煌張氏家傳)〉에 의하면, 부풍 사람 맹타가 포도주 1승(升)을 장양에 게 주고 양주자사로 불리게 되었다고 한다.

26) 미주: '경장(瓊漿)'은 선인(仙人)의 음료라고 하는데, 보통 미주(美酒)를 뜻한다.

27) 맑은 이슬에 섞이고: '노백(露白)'은 맑은 이슬로, 이슬이 내릴 때 넓은 그릇에 이슬을 받아 빚은 술을 추로백(秋露白)이라 하며, 그 맛이 매우 향긋하다고 한다.

언덕 위의 나무잎이 붉은 노을에 젖는구나.　　　　岸頭山葉浸霞紅.

인간세상 길흉화복[28] 분수 따를 따름이니　　　　人間倚伏聊隨分,

잘잘못을 번거로이 변방노인[29]께 물을까?　　　　得失寧煩問塞翁?

파산[30] 남쪽 물가에 강줄기 구불구불　　　　坡山南畔水逶迤,

천 이랑 유리 물결 미피[31] 같구나.　　　　千頃琉璃似渼陂.

연못 위엔 빗물 받친 연꽃잎 떠있고　　　　池面不無擎雨蓋,

울타리 가엔 서리 이긴 국화가 있네.　　　　籬邊亦有傲霜枝.

십년이면 산과 강이 변한다고 하거늘　　　　十年天地山河變,

한번 고향 이별한 뒤 해가 바뀌었구나.　　　　一別江湖歲序移.

이 몸 돌아가지 못함이 서럽구나.　　　　惆悵此身歸未得,

꿈속에 담쟁이넝쿨 아직도 치렁치렁한데.　　　　夢中蘿碧尙垂垂.

---

28) 길흉화복: '의복(倚伏)'은 노자의 《도덕경》에 "재앙은 복이 기대고 있는 것이요, 복은 재앙이 엎드려 있는 것이다.[禍兮福所倚, 福兮禍所伏.]"에서 나온 말로, 재앙이 변하여 행복이 되고, 행복이 변하여 재앙이 되는 것을 예측할 수 없다는 말이다.

29) 변방노인: '새옹(塞翁)'은 《회남자》〈인간훈(人間訓)〉에 나오는 '새옹실마(塞翁失馬)'의 고사를 말한다. 인간사의 나쁜 일과 좋은 일은 항상 번갈아 생겨 예측할 수 없다는 새옹지마(塞翁之馬)의 뜻이며, 변방노인은 외물에 얽매이지 않고 세상의 득실을 마음에 두지 않은 초연한 늙은이를 가리킨다.

30) 파산: 경기도 파주의 옛 이름이다.

31) 미피: 섬서성(陝西省) 호현(鄠縣) 서쪽에 있는 호수로, 일찍이 두보는 잠삼의 형제와 함께 이 물에서 놀고 난 뒤에, "잠삼의 형제 모두 기이한 것을 좋아하여, 나를 맞아 멀리 미피에 와서 놀았도다.[岑參兄弟皆好奇, 邀我遠來遊渼陂.]"라는 시를 지었다.

23일 일광산¹⁾을 향해 출발하여 낮에 쉬다

二十三日 發向日光山 午憩

아스라한 긴 들녘이 바닷가 곁하고　　　　澶漫長郊傍海涯,
언덕 굽고 둑 휘고 길마저 구불구불.　　　岸回堤曲路逶迤.
오송²⁾ 물 떨어진 데에 물고기가 아름답고　吳松水落魚仍美,
몽택³⁾에 가을 드니 벼 이삭이 고개 떨궈.　夢澤秋生稻欲垂.
향긋한 풀과 흰 구름 들길에 이어지고　　芳草白雲連野徑,
삼나무와 감귤나무 마을 두른 울타리라.　綠杉蒼橘繞村籬.
우리들의 사신 임무 너무 일이 많아　　　吾生行役偏多事,
구름 안개⁴⁾ 볼 적에만 시를 읊네.　　　一望煙霞一詠詩.

---

1) 일광산: 일본 도쿄에서 북쪽에 위치한 혼슈[本州] 토치기[栃木] 현에 있는 닛코[日光]산으로, 주요 국립공원이며 세계문화유산으로 등록된 닛코도쇼쿠[日光東照宮]가 있다. 1643년 일본으로 간 통신사의 주요 임무는 도쿠가와 이에쓰나[德川家綱]의 탄생을 축하하고, 닛코도쇼쿠[日光東照宮]의 낙성을 축하하는 일도 있었다. 닛코[日光]산에 있는 도쇼[東照]궁은 1616년에 도쿠가와 이에야스가 죽자 닛코산에 장사 지내고 그 이름을 도쇼다이곤겐[東照大權現]이라 하고 사당을 곤겐도[權現堂]라고 하였다. 1642년에 서쪽 근처에 3대 장군 이에미쓰[家光]의 묘 다이이엔[大猷院]이 조성되고, 그 뒤에 4대 장군 이에쓰나[家綱]의 원당 겐유인[嚴有院]도 세워졌다. 지금 도쇼궁 동남쪽 계단 아래에는 인조가 보낸 동종(銅鐘)이 있는데, 택당 이식이 명문을 쓰고 오준이 글씨를 써서 새겼다고 되어 있다.

2) 오송: 오송강(吳松江)으로 소주하(蘇州河)라고도 하며, 중국 소주(蘇州)와 상해(上海) 사이의 수로인데, 여기서는 닛코[日光]산 근방에 있는 물 이름인 듯하다.

3) 몽택: 중국 초(楚)나라의 커다란 연못인 운몽택(雲夢澤)을 말하는데, 여기서는 닛코[日光]산 근방에 있는 호수 이름인 듯하다.

4) 구름 안개: '연하(煙霞)'는 구름 노을이나, 물안개나, 산수 또는 산림이나, 홍진(紅塵)의 속세를 가리키는 말이다.

7월 24일 낮에 신율교에서 쉬다[1)]
二十四日 午憩新栗橋

역정 가랑비 길 질게 하잖고	驛亭微雨不成泥,
꽃풀 얼린 푸른 잔디 말굽이 밟고 간다.	芳草靑莎送馬蹄.
길거리[2)] 실타래처럼 강 좌우에 이어지고	井絡絲聯江左右,
솔과 대 그늘 덮혀 짙고 옅게 그림자 진 길.	松篁陰覆路高低.
무지개 백 척으로 멀리 강을 가로지르고	晴虹百尺遙橫水,
소금배 일천 돛대 제방 절반 가렸구나.	塩舶千檣半隱隄.
사신 임무로 세상천지 다 다녀보고	行役已窮天地表,
살아온 발자취[3)] 동서에 미쳤구나.[4)]	世間鴻跡遍東西.

---

1) 7월 24일 낮에 신율교에서 쉬다: 《계미동사일기》에 의하면, 사신 일행은 7월 23일 에도를 떠나 조벽(槽壁)에서 묵은 뒤, 24일에 신률천(新栗川)에 도착하여 점심을 먹고 신률천의 부교 (浮橋)를 건넜는데, 역시 강호 땅으로 조벽(槽壁)에서 신률교(新栗橋)까지 10리, 신률에서 소산(小山)까지 50리라고 하였다.

2) 길거리: '정락(井絡)'은 진(晉)나라 좌사(左思)의 《촉도부(蜀都賦)》에서 "민산의 정기는 위 가 정락이 된다.[岷山之精, 上爲井絡.]"라고 하였는데, 민산의 땅은 위가 정락(井絡)이 되니 천제가 창성함을 모이게 하고 신들이 복을 세운다고 하여 민산의 정기라고 보았다. 여기서 '정락(井絡)'은 길거리를 의미한다.

3) 발자취: '홍적(鴻跡)'은 기러기들의 발자국으로, 사람의 발자취를 가리키는 말이다.

4) 동쪽서쪽 미쳤구나: 일본과 중국에 사신으로 간 것을 말한다.

저녁에 우도궁[1]에 이르다

夕抵宇都宮

역정에서 하루 종일 흙탕길 걱정하다가	驛亭終日㤼衝泥,
저녁빛 어둑어둑해지며 더 어쩔 줄 모르겠네.	日宴色迢迢意轉迷.
가랑비 뿌리는데 구름이 산 주위에 어지러웁고	踈雨亂雲山遠近,
다리 끊긴 기운 언덕 강물이 넘실대네.	斷橋欹岸水東西.
공명이 매미날개처럼 가벼움을 깨달아 가는데	功名漸覺輕蟬翼,
사행 중에 말발굽 빠질까 공연히 걱정하네.	行役空愁脫馬蹄.
대침상 잠시 빌려 나그네 잠 기대는데	蹔借竹床憑旅枕,
밤이 되자 가을 기운 으슬으슬 퍼지도다.	夜來秋氣漫悽悽.

---

1) 우도궁: '우도궁(宇都宮)'은 도치기[栃木] 현 중부에 있는 우쓰노미야[宇都宮] 시를 말한다.
   《계미동사일기》에 의하면, 7월 25일에 비가 내렸는데 아침에 소산을 떠나 석교(石橋)에서
   점심을 먹고, 저녁에 우도궁(宇都宮)에 도착하였다고 하였다.

우도궁에서 밤에 부르다

宇都宮夜號

뜨락 나뭇잎 가을바람에 지고	庭葉秋聲落,
바닷가 마을 빗기운에 잠겼네.	沙村雨氣沉.
성긴 문발에 불빛 어른대고	疎簾搖燭影,
찬 섬돌에 귀뚜라미 우네.	寒砌咽蛩音.
오랜 나그네 시름 누구와 얘기할꼬?	久客愁誰語?
긴 여정에 귀밑머리만 더부룩하구나.	長途鬢易森.
적막하고 쓸쓸한 오랑캐 땅 객관이라	寂寥蠻舘裏,
고향 그리는 마음이 들썩이는구나.	偏攪故園心.

일광산[1] 세 수

日光山 三首

하야[2] 명승지 일본 동쪽 자리하고	下野名區日域東,
이황산[3] 형세는 겨룰 산이 없네.	二荒形勢孰爭雄.
한산[4]의 시 등원[5]이 썼으며	寒山文字藤原筆,
각로[6] 가람은 승도[7] 스님 지었네.	覺路伽藍勝道宮.
신선 학이 아직도 폭포 가 사당에 살고	仙鶴尚棲臨瀑社,
신령한 뱀[8]은 일찍이 다리 놓는 일[9] 했네.	靈蛇曾辦濟川功.

---

1) 일광산: 도치기[栃木] 현 닛코[日光] 시에 있는 일광산에는 후타라산진자[二荒山神寺], 닛코도쇼구[東照宮], 닛코린노지[輪王寺]가 있다. 《계미동사일기》에 의하면, 7월27일 이른 아침에 떠나 일광산(日光山)에 이르렀는데, 산관교(山菅橋)를 건너 절에 도착하자 '동조대권현(東照大權現)'이라는 왜황(倭皇)의 친필이 보였다고 하였다.

2) 하야: 일본 간토[關東] 지방의 토치기[栃木] 현 남부에 있는 시모스케[下野] 시를 말한다. 일광산은 닛코 시에 있고, 우도궁(宇都宮)은 시모스케 시에 있다.

3) 이황산: 일광산의 주봉인 후타라[二荒]산으로 닛코 지방에서 신앙의 중심이 되는 산이다. 산세가 아름다워 닛코의 후지(富士)라고 불릴 정도이다. 1871년 메이지[明治] 정부는 이곳에 후타라산진자[二荒山神寺], 도쇼구[東照宮], 린노지[輪王寺]를 두어 종교 기관의 역할을 맡겼다고 한다.

4) 한산: 당나라의 선승으로 천태산(天台山) 국청사(國清寺)의 풍간선사(豊干禪師)의 제자(弟子)이다. 선도(禪道)에 오입(悟入)하여 습득(拾得)과 함께 문수(文殊)의 화신(化身)이라 일컬었으며, 선시(禪詩)를 개도하였다.

5) 등원: 일본의 유명한 성씨인 후지와라[藤原]를 말한다.

6) 각로: '각로(覺路)'는 불교에서 말하는 각로(覺路)와 몽로(夢路) 가운데 하나다. 각로는 깨달음을 얻어 근본으로 돌아가 성인의 경지에 이르게 되는 길이고, 몽로는 미혹되어 근본을 버리고 육도(六道)를 윤회하게 되는 길이다. 여기서는 일본의 각로사를 말한다.

7) 승도: 8세기 말 승려인 쇼도[勝道]는 오래 전부터 숭배의 대상이었던 닛코산 비탈에 처음 사찰을 지었는데, 12세기 말 간토[關東] 지역에 가마쿠라[鎌倉] 막부가 세워지면서 간토 지역의 주요 성지로서 입지를 강화하게 되었다.

8) 신령한 뱀: 《수신기(搜神記)》에 의하면, 수(隋)나라 왕이 외출 중에 큰 뱀이 다쳐서 괴로워

쭈그렁 늙은이[10]도 전생 일을 깨우치고　　龍鍾亦悟前身事,

망상[11] 중에도 깊은 진리[12] 얻는구나.　　今得玄珠罔象中.

하늘 밖 신선 산 사방 둘러 푸르고　　天外仙山碧四圍,

비 젖은 영취산 날아갈 듯 우뚝하네.　　雨餘靈鷲健如飛.

봉우리 윤왕 집[13] 끌어안아 지키고　　峯巒擁護輪王宅,

구름 비단 직녀 베틀 오가는 겐가.　　雲錦縱橫織女機.

바람결에 봉황피리[14] 아득히 들려오고　　風送鳳簫聲縹緲,

햇볕 쬐인 금빛 사원 그림자 아른대네.　　日蒸金穴影霏微.

짚고 다닌 구절장[15] 노오[16] 지팡이이니　　平生九節盧敖杖,

하는 것을 보고 치료해 주게 하였는데, 나중에 그 뱀이 밤에 달처럼 환히 비치는 구슬을 바쳐 보은(報恩)했다는 이야기가 있는데, 이 구슬을 명월주(明月珠) 또는 영사주(靈蛇珠)라고 한다.

9) 다리 놓는 일: '제천공(濟川功)'은 제천공덕(濟川功德) 또는 월천공덕(越川功德)을 말한다. 공덕은 장차 좋은 과보를 얻기 위해 쌓는 선행으로, 불교에서 가장 중시하는 행위의 하나이다. 공덕의 종류에는 냇물에 징검다리를 놓아 다른 사람들이 쉽게 건널 수 있게 하는 월천공덕(越川功德), 가난한 사람에게 옷과 음식을 주는 구난공덕(救難功德)·걸립공덕(乞粒功德), 병 든 사람에게 약을 주는 활인공덕(活人功德) 등이 있으며, 선한 마음으로 남을 위해 베푸는 모든 행위와 마음 씀씀이가 모두 공덕이 된다.

10) 쭈그렁 늙은이: '용종(龍鍾)'은 노쇠한 모양, 또는 늙어서 볼품 없는 모양을 말한다.

11) 망상: '망상(罔象)'은 어린아이 모습에 낯이 푸르고 몸과 털이 붉으며 빨간 손톱, 큰 귀, 긴 팔을 가진 물귀신이다. 또는 이치에 맞지 않는 망령된 생각을 지칭하는 말로도 쓰인다.

12) 깊은 진리: '현주(玄珠)'는 도가(道家)에서 깊은 진리(眞理)를 비유적으로 이르는 말이다.

13) 윤왕 집: '윤왕택(輪王宅)'은 닛코 이황산에 있는 린노지[輪王寺]를 말한다. '윤왕(輪王)'은 전전법륜왕(輾轉法輪王)의 준말이다.

14) 봉황피리: '봉소(鳳簫)'는 아악(雅樂)에서 쓰는 관악기의 하나로, 대나무로 만든 16개의 대롱을 나무틀에 꽂고, 대롱의 끝을 밀랍으로 봉한 다음 대롱마다 부는 구멍을 만들었는데, 대롱의 길이는 양쪽 끝이 가장 길며 가운데로 갈수록 점차 짧아져서 봉황의 날개를 닮았다고 한다.

15) 구절장: '구절(九節)'은 신선이 사용하는 지팡이를 말한다.

16) 노오: 주나라 때 벼슬을 하지 않고 숨어살던 은사 노오(盧敖)가 북해(北海)에서 노닐다가 몽곡산(蒙穀山) 꼭대기에서 한 선비를 만나 그와 벗하려 하자 그가 웃으며 말하기를, "나는 남쪽으로 망량(罔兩)의 들판에서 노닐고 북쪽으로 침묵(沈默)의 고을에서 쉬며, 서쪽으로

붉은 사다리[17] 달려 올라가 한바탕 옷을 털리라.　走上丹梯一振衣.

한 구역의 명승지가 동남에서 으뜸이니　一區形勝擅東南,
하늘 끝이 아스라이 쪽빛처럼 푸르구나.　天末微茫碧似藍.
선심 달빛 법신 구름[18] 머무는 자각사요　禪月法雲慈覺寺
옥빛 모래 금빛 땅[19]에 적광암이로세.　玉沙金地寂光菴.
여울 물 꼭대기서 천 켜 폭포수 쏟아지고　瀧頭亂濺千層瀑,
봉우리 가운데에 십리 못을 담고 있구나.　峯頂中涵十里潭.
두릉[20]이 일찍이 한탄한 게[21] 무척 우습도다　深笑杜陵曾有恨,
이 몸이 오늘 모두 더듬으며 구경했노라.　此身今日得窮探.

요명(窅冥)의 마을을 다 다니고 동쪽으로 홍몽(鴻濛)의 앞을 꿰뚫고서 구해(九垓)의 위에서 한만(汗漫)과 노닐려 하오."라 하고는 팔을 들고 몸을 솟구쳐 구름 속으로 들어갔다. 이에 노오가 우러러보며, "나를 그대에 비기면 마치 홍곡(鴻鵠)에 대해 양충(壤蟲) 같구려."라고 하였다.

17) 붉은 사다리: '단제(丹梯)'는 신선 세계를 찾아가는 험한 산길을 말한다.

18) 법신 구름: '법운(法雲)'은 법운지(法雲地)를 말하니, 대승불교에서 보살이 수행하는 열 번째의 계위(階位)로 대법지(大法智)를 성취하는 지위이니, 법신(法身)이 허공 같고 지혜가 큰 구름[大雲] 같은 것이다.

19) 금빛 땅: '금지(金地)'는 보살이 거주하는 황금이 깔린 땅으로 불교 사원을 가리킨다.

20) 두릉: 당나라 시인 두보(杜甫)를 가리키는 말로, 두릉은 그의 일족이 세거(世居)하던 곳이다.

21) 일찍이 한탄한 게: 두보의 〈등고(登高)〉는 두보(杜甫)가 56세 가을에 사천성(四川省)의 기주(夔州)에 살 때 지은 시로, 장강(長江)이 내려다보이는 높은 누대에 올라 가을 경치를 읊은 작품이다. 낙엽이 떨어지는 쓸쓸한 가을풍경을 바라보며 고달픈 늘그막의 무상함과 외롭고 쓸쓸한 심정을 한탄하였다. "바람은 세차고 하늘은 높고 원숭이 소리 슬프며, 맑은 물가 하얀 모래톱에 새가 나는구나. 가없이 지는 나뭇잎이 우수수 떨어지고, 끊임없이 장강이 출렁출렁 흘러오도다. 만 리 밖 떠도는 슬픈 가을 항상 나그네 되어, 백 년 인생 병 많은 몸이 홀로 누대에 오르도다. 가난하고 고달픈 한에 귀밑머리 왕창 세고, 늙고 초췌하여 새롭게 탁주잔을 멈추도다.[風急天高猿嘯哀, 渚清沙白鳥飛迴. 無邊落木蕭蕭下, 不盡長江滾滾來. 萬里悲秋常作客, 百年多病獨登臺. 艱難苦恨繁霜鬢, 潦倒新停濁酒杯.]"

일광사[1]

日光寺

겹친 산과 층진 봉에 오솔길이 뚫려있고	複嶂層巒一徑穿,
높은 곳에 불전 있어 산마루에 기댔도다.	上方臺殿倚山巔.
천화[2] 잠깐 흔들려서 삼송나무[3]에 떨어지고	天花乍拂杉松落,
불일[4] 멀리 의희하여 벽려[5]에 매달려있도다.	佛日遥依薜荔懸.
경원[6]의 저문 구름에 원숭이 선정을 배우고[7]	經院暮雲猿學定,
강단의 깊은 밤에 호랑이가 참선을 하도다.[8]	講壇深夜虎叅禪.

---

1) 일광사: 닛코린노우지[日光輪王寺]를 말한다.

2) 천화: 불교 경전 속에는 연꽃이 천상세계에도 있다고 하는데 이를 천화(天花)라고 하며, 부처가 설법을 하거나 어떤 상서로운 조짐이 일어날 때 하늘에서 연꽃이 뿌려진다고 한다.

3) 삼송나무: '삼송(杉松)'은 상록 교목으로 일본 특산종이니, 피라미드 같은 모양으로 가지가 줄기를 빙 둘러 빽빽하게 나고 옆으로 뻗는다. 목재는 향기가 나고 붉은빛이 도는 갈색으로 배나 집, 다리, 가구를 만드는 데 쓰인다.

4) 불일: '불일(佛日)'은 부처의 가르침인 불법을 해에 비유한 것이다.

5) 벽려: 향기가 나는 나무 덩굴 이름. 은자(隱者)가 입는 옷을 말하기도 한다.

6) 경원: '경원(經院)'은 불교 사원 가운데 기장(庋藏)으로 불경을 강론하는 곳이다.

7) 원숭이가 선정을 배우고: '학정(學定)'은 불가에서 마음을 고요하게 거두는 수양 방법을 배우는 것으로, 당나라 양거원(楊巨源)의 〈송정법사귀촉(送定法師歸蜀)〉에 "외론 원숭이 선정 배우니 앞산이 저물고, 먼 곳 기러기 이별을 아파하니 몇 땅이나 가을 들었나?[孤猿學定前山夕, 遠雁傷離幾地秋?]"라고 하였다. '원학정(猿學定?)'은 불교설화에서 나온 말로, 산 속을 헤매던 원숭이가 연각(緣覺)을 만나 그 집에 가서 살았는데, 연각은 항상 식사가 끝나면 결가부좌(結跏趺坐)를 하고 선정(禪定)에 들어가자 원숭이도 흉내 내어 따라서 하였다. 얼마 뒤 연각들이 열반(涅槃)에 들어가 육신을 버리고 모두 사라지니 연각들 속에 살았던 원숭이가 사람이 그리워 산을 헤매고 다니다가 고행(苦行)하는 선인을 만났는데, 원숭이가 선인의 고행을 중단시키고 연각들처럼 결가부좌를 하도록 권하자 선인이 원숭이를 따라서 결가부좌를 하며 수행하여 37도품(道品)을 얻고 연각의 깨우침을 얻었다. 그 뒤부터 선인들은 원숭이를 높이 받들어 존경하고 손수 나무 열매를 따서 바쳤으며, 원숭이가 죽자 여러 나라에서 갖가지 향을 구해 와서 장작을 쌓고 화장을 하였다고 한다.

내 인생 오랜 업장9) 이제 모두 해탈하나니   吾生宿障今堪脫,

오랑캐 승려와 함께 청정한 인연을 맺도다.   擬與胡僧結淨緣.

---

8) 호랑이가 참선을 하도다: 용맹한 호랑이처럼 참선하는 위세를 말한다. 영명연수(永明延壽, 904~975) 선사는 중국 오대의 승려로 평생 동안 염불하며 정토왕생을 발원하였다. 그의 게송에 보면, "참선 수행을 하고 염불 공덕을 한다면, 마치 이마에 뿔을 단 호랑이와 같으리라. 현세에 많은 중생의 스승이 되고, 미래에는 부처나 조사가 될 것이다.[有禪有淨土, 猶如戴角虎. 現世爲人師, 將來作佛祖.]"라고 하여 참선의 위세가 용맹한 호랑이와 같은데 다시 염불 공덕을 한다면 용맹한 호랑이가 뿔을 단 것과 같아서 그 용맹과 위세를 견줄 데가 없다고 말한 것이다.

9) 오랜 업장: '숙장(宿障)'은 악한 업을 지은 결과로 생긴 장애로 업장(業障)이라고 하며, 스스로 지은 악업으로 인해 바른 길로 나아가기 어려움을 나타내는 말이다.

대승정 남장로[1]에게 주다 당시 나이가 130여세였다

贈大僧正南長老 時年一百三十餘歲

동쪽에 와 처음 대라천[2]에 들어가니	東來始入大羅天,
오래 살아 죽지 않은 신선 있다 하더라.	聞有長生不死仙.
이미 세 번[3] 육십갑자 돌았는데	歲序已周三甲子,
얼굴이 아직 옛 스물[4] 때 같으며.	容顔猶似舊丁年.
모난 동자[5]로 밤 들어 승복 꿰매고	方瞳入夜縫霜衲,
튼튼한 다리로 지팡이 던지고 산에 오르네.	健脚抛筇陟翠巓.
이 몸 속세[6] 얽힘 무거운 게 한스러우니	堪恨此身塵累重,
마냥 세사[7] 좇느라고 참선 어기었구나.	却從沙界負叅禪.

---

1) 남장로: 일본의 남광방(南光方)이란 승려로, 나이가 무려 1백 33세였다.
2) 대라천: 도교의 최고 신인 원시천존(元始天尊)이 있는 하늘이다. 상상의 천계(天界)의 하나로서 선계(仙界)의 뜻으로 쓰인다.
3) 세 번 육십갑자: '삼갑자(三甲子)'는 180년을 말한다.
4) 스물: '정년(丁年)'은 장정이 된 나이, 곧 남자의 나이 20세를 말한다.
5) 모난 동자: 눈동자가 모나면 신선이 되어 오래 산다고 한다.
6) 속세: '진루(塵累)'는 세상살이의 너저분하고 번거로운 일을 말한다.
7) 세사: '사계(沙界)'는 갠지즈강의 모래알과 같이 수많은 부처와 중생이 사는 세계, 곧 속세를 말한다.

우진궁[1]에서 감회 있어

宇津宮有感

오늘이 바로 내가 태어난 날이거늘[2]	此日吾初度,
남은 삶이 이미 늙은 세월뿐이로다.	餘生已暮年.
대장부의 뜻[3]이 진정 절로 잘못되어	桑弧眞自誤,
부평초처럼 떠도니 더욱 가련해라.	萍跡轉堪憐.
나그네의 밤에 적은 녹봉[4] 써버리고	旅夜消三百,
고향 길은 6천 리나 떨어져 있어라.[5]	鄕程隔六千.

---

1) 우진궁: 일본 도치기[栃木] 현에 위치한 우쓰노미야[宇都宮] 시를 지칭하는 듯하다. 도치기 켄에는 우진궁(宇津宮)이라는 이름이 없고, '우도궁(宇都宮)'이 있으니 도치기[栃木] 현 중부에 있는 우쓰노미야[宇都宮] 시이다. 《계미동사일기》에 의하면, 7월 25일 아침에 소산을 떠나 석교(石橋)에서 점심을 먹고, 저녁에 우도궁(宇都宮)에 도착하였다고 한 것으로 볼 때 우쓰노미야[宇都宮] 시에서 멀지 않은 곳에 있는 지명인 듯하다.

2) 태어난 날이거늘: '초도(初度)'는 처음 태어난 날, 곧 생일을 이른다. 조경의 《동사록》에 〈신율교를 지나는 도중에 이날 정사의 생일이라 시를 지어 위로하다[新栗橋途中 是日正使初度 遂賦一律以慰]〉라는 시에서 윤순지의 생일이 1590년(선조 23) 7월 29일임을 밝힌 바 있다.

3) 대장부의 뜻: '상호(桑弧)'는 뽕나무로 만든 활인데, 여기서는 상호시지(桑弧矢志) 또는 상호봉시(桑弧蓬矢)의 준말로 옛날에 남자가 태어나면 뽕나무로 활을 만들고 쑥대로 화살을 만들어 천지 사방에 쏘아서 장차 천지 사방에 뜻을 두어야 함을 나타냈데, 대장부가 큰 뜻을 품거나 큰 포부를 갖도록 면려하는 말로 사용하였다.

4) 적은 녹봉: '삼백(三百)'은 적은 녹봉을 뜻하는 말이다. 송나라 육유(陸游) 〈병유간경(病愈看鏡)〉에 "3백 항아리 안에 누런 짠지가 다하지 않았으니, 다시금 몇 년 안에 돌아갈지 모르겠구나.[三百罋齏消未盡, 不知更着幾年還.]"라고 하였는데, 옛날에 어느 가난한 선비가 죽어서 저승의 관리를 만나니 저승 관리가 하는 말이, "마땅히 돌아가야 할 영혼이니, 3백 항아리 안에 누런 짠지가 다하지 않았기 때문이다.[當再生, 汝有三百罋齏祿未盡.]"라고 했다는 것이다. 3백 항아리 안에 누런 짠지인 옹제(罋齏) 또는 옹제(罋齏)는 황제(黃齏)인 함채(鹹菜)로 소금에 절인 김치, 짠지를 말하며, 3백은 박한 녹봉을 비유하는 말이다.

5) 6천 리나 떨어져 있어라: '격육천(隔六千)'은 고향을 떠나옴이 먼 것을 말한다. 백거이(白居易)의 〈기행간(寄行簡)〉에 "서로 6천 리 떨어져 있으니, 땅이 너무도 멀어 하늘이 아득해라.

여러 어린 아우가 아련히 떠오르니   遙知諸小弟,

단란한 때6)를 잃은 것이 한스럽구나.   應恨失團圓.

열 번 서찰을 보내도 아홉 번은 도달하지 못하니, 어떻게 근심스러운 안색을 펼 수 있으랴.[相
去六千里, 地絶天邈然. 十書九不達, 何以開憂顔?]"라고 하였다.

6) 단란한 때: '단원(團圓)'은 둥근 것, 혹은 가정(家庭)이 원만(圓滿)하여 단란하게 화합(和合)
   함을 말한다.

피리소리를 듣다
聞笛

강가 성 깊은 밤 피리소리   江城深夜笛,

흰머리 늙은이 시름 잠겨[1]   愁殺白頭翁.

천지는 남쪽 바다[2] 밖   天地南溟外,

구름 낀 산 북쪽 하늘 너머   雲山北望中.

흐르는 세월 귀뚜라미 이어 받고   流光連蟋蟀,

찬비 내리자 오동잎이 떨어지네.   寒雨落梧桐.

문목[3]들과 함께 함 부끄럽나니   所愧同文木,

떠도는 쑥대 신세[4] 한탄 하리오?   何須恨轉蓬?

---

1) 시름 속에 잠기네: '수살(愁殺)'은 수살(愁煞)로도 쓰며, 사람으로 하여금 무척 근심하고 시름하게 하는 것을 말한다.

2) 남쪽 바다: '남명(南溟)'은 《장자》〈소요유(逍遙遊)〉에 나오는 말로 남방의 큰 바다를 가리킨다.

3) 문목: '문목(文木)'은 무늬와 결이 좋아서 쓸모 있는 훌륭한 나무를 말하니, 재주 있고 능력 있는 인재, 곧 같이 사행 온 선비들을 가리키는 말이다. 반대로 산목(散木)은 모양새도 별로이고 쓸모가 없는 좋지 못한 나무를 말한다.

4) 떠도는 쑥대 신세: '전봉(轉蓬)'은 뿌리째 뽑혀 여기저기 굴러다니는 쑥대로, 고향을 떠나 이리저리 떠돌아다니는 처지를 비유적으로 이르는 말이다.

종사의 〈상근호[1]〉 시에 차운하다[2]

次從事箱根湖韻

담금질 새로 한 칼날 묵은 함에서 나왔구나.	劔鋩新淬出塵函.
용문[3]이 바다눌러 높다란 데[4] 서려있고	龍門壓海蟠窮陸,
자라 정상 사발 이루어 푸른 못물 담았도다.	鰲頂成盂貯碧潭.
신령한 물이랑 분명하여 은하에서 떨어진 듯	靈派定從銀漢落,
진정한 원천 오래도록 채색구름에 섞여있구나.	眞源長與霱雲叅.
물과 불 한데 통하여[5] 어느 해에 뚫린 건가?	坎離一竅何年鑿?
별들이 멀리서 반짝이며 밤 호수에 드는구나.	星斗遙光入夜涵.
하늘 밖에 9백리 운몽택[6] 말하지 말지어다.	天外莫論雲夢九,

---

1) 상근호: 아시노코[箱根]호는 가나가와[神奈川] 현 남서부 하코네[箱根] 화산에 있는 호수이다. 《계미동사일기(癸未東槎日記)》에 의하면, 8월 9일 아침에 소전원(小田原)을 떠나서 상근령(箱根嶺)에서 점심을 먹고 밤에 삼도(三島)에 도착했다고 하였다.

2) 차운하다: 신유(申濡)의 《해사록》〈상근호이십운(箱根湖二十韻)〉에 차운한 것이다. 《계미동사일기(癸未東槎日記)》에 의하면, 8월 9일 아침에 소전원(小田原)을 떠나서 상근령(箱根嶺)에서 점심을 먹고, 밤에 삼도(三島)에 도착했다고 하였다.

3) 용문: '용문(龍門)'은 중국의 우문구(禹門口)를 가리키는데, 황하가 이곳에 이르면 언덕 양쪽으로 가파른 절벽이 대치한 모습이 마치 대궐문과 같기 때문에 붙인 이름이다. 신유의 《해사록》〈상근호이십운(箱根湖二十韻)〉에는, "위태한 길이 곧장 솟구쳐 구부정히 잔도에 이어지고, 산꼭대기 올라서니 놀랍게도 넓은 못이 보여라.[危道直上鉤連棧, 絶頂驚看泱漭潭.]"라고 하였다.

4) 높다란 데: '궁륙(窮陸)'은 높은 지대를 말한다.

5) 물과 불 한데 통하여: '감리(坎離)'는 물과 불, 곧 음과 양을 말하며, '감리일규(坎離一竅)'는 화산의 폭발로 인한 상근호의 형성을 말한 듯하다.

6) 운몽택: 중국 고대에 후베이[湖北] 성 남부에서 후베이 성 북부에 걸쳐 있었다고 전해지는 무려 9백리에 이르는 큰 습지로, 우한[武漢]을 중심으로 양쯔[長江]강 양안(兩岸)에 남아있는 호수와 늪이 그 흔적이라고 한다.

세상에서 3천리 초강⁷⁾에 맞먹는다 하도다.　　　　　世間堪數楚江三.

맑은 물결 수면 닦으니 명주처럼 빛나 보이고　　　晴波拭面光欺練,

갠 하늘빛 허공에 뜨니 그림자가 쪽빛 같구나.　　　霽色浮空影似藍.

물기가 넝쿨 안개⁸⁾에 미쳐 안개비 흩날리고　　　潤及蘿煙霏作雨,

온기가 사초 길에 피어올라 남기가 되는구나.　　　氣蒸莎徑噴成嵐.

우르릉하며 수시로 시끄럽고 바람우레 들끓어　　　轟屋時聒風雷盪,

뱉고 들이며 모두 거느려 해와 달 머금었네.　　　吐納都將日月含.

땅의 형세 가장 높은 곳에 산이 절반 갈라져서　　　地勢寂高山半割,

시냇물도 사양하지 않지만 물이 유독 몰리도다.　　　涓流不讓水偏貪.

엉기고 맑은 데 또렷하나 깊어 밑 안 보이고　　　極知凝湛深無底,

물고기 훑으려도 물실 감당 못하겠네.　　　俯掇魚蝦勢不堪.

신이한 물고기 뵈니 등지느러미 튼실하고⁹⁾　　　神物露形鬐鬣壯,

신선 노인 사신 행차¹⁰⁾ 깃과 터럭 치렁치렁.　　　仙翁駐節羽毛鬖.

음침한 못 인어의 주름명주 오래 짰을 터인데¹¹⁾　　　陰湫蛟縠應長織,

깊숙한 동굴 검은 용 구슬¹²⁾ 뉘 찾을 겐가?¹³⁾　　　幽窟驪珠孰可探.

---

7) 3천리 초강: '초강'은 초나라 경내를 흐르는 양자강을 말하는데, 현재 전체 길이가 6,300km 에 이르지만 옛날 초나라가 사방 3천리라고 하여 '초강삼(楚江三)'은 초강 3천리를 가리킨다.

8) 넝쿨 안개: '나연(蘿煙)'은 연라(煙蘿)와 같은 말로, 초목이 무성하게 빽빽하고 안개가 자욱하 며 넝쿨이 뒤엉킨 것을 이른다. 또는 그윽한 곳에 살거나, 수진(修眞)하는 곳을 가리킨다.

9) 신이한 …… 튼실하고: 신유의《해사록》〈상근호이십운(箱根湖二十韻)〉에 의하면, "듣자하 니 하얀 폭포 밑에 신이한 용이 숨어있어, 때로 등지느러미를 흠치르르하게 드러내네.[聞道 神龍藏瀑瀑, 時有鬐鬣露髣鬖.]"라고 하였다.

10) 사신 행차: '주절(駐節)'은 옛날에 요직에 있는 관원이 왕명을 받들어 멀리 나갔다가 그곳에서 유숙함을 가리키는데, 여기서는 사신 행차가 머물러 묵음을 말한다.

11) 인어의 주름명주 …… 짰을 터인데: '교곡(蛟縠)'의 교(蛟)는 인어[鮫人]이고, 곡(縠)은 인어 가 짠 명주를 말한다. 인어가 짠 명주를 교초사(蛟綃紗)라고도 하며, 교(蛟)는 교(鮫)와도 통한다. 남조(南朝)시대 양(梁)나라 임방(任昉)의《술이기(述異記)》에 보면, "남해에서 인어 의 명주가 나오는데, 인어가 물 밑에서 짠 것이다. 일명 용사(龍紗)라고도 하는데, 그 가치는 백금이 넘으며 이것으로 옷을 만들어 입으면 물에 들어가도 젖지 않는다."고 하였다.

길게 석문[14]을 향하니 신기루 저자 열렸다더니　　　長向石門開蜃市,

다시금 바닷가 모래 감실[15]에 숨었다고 하누나.　　　更聞沙渚伏砂龕.

우리들이 때마침 배 타고 이르렀더니　　　　　　　　吾生適會乘槎至,

좋은 경치 이제 보려 험한 길 밟았구나.[16]　　　　 勝境今因履險譜.

만 리 길 거뜬히 끝내며 말 자국 남겼나니　　　　　萬里已能留馬跡,

십주[17]에서 신선수레[18] 타고 가는 것 같았네.　　　 十洲如得控鸞驂.

부상이라 동방 별 석목[19]이 가로질러 지나고　　　 扶桑析木憑陵過,

현포[20]와 단구[21]를 자세하게 얘기했네.　　　　　 玄圃丹丘仔細談.

---

12) 검은 용 구슬: '여주(驪珠)'는 검은 용이 입에 물고 있는 구슬이다. 《장자》〈열어구(列御寇)〉에 보면, "대저 천금의 구슬은 반드시 아홉 길의 깊은 연못 속의 검은 용[驪龍]의 턱 밑에 있도다. 네가 구슬을 가져올 수 있었던 것은 틀림없이 검은 용이 마침 잠들어 있을 때일 것이다."라고 하였는데, 보배로운 구슬과 같은 사람이나 귀중한 물건을 비유한다.

13) 누가 찾을 건가: 신유의 《해사록》〈상근호이십운(箱根湖二十韻)〉에 의하면, "만 곡 삼키는 큰 배이니 어찌 날아 건널 거며, 천금 품은 보배이니 감히 몸을 숙여 더듬으리라.[舟吞萬斛誰飛渡, 珠抱千金敢俯探.]"라고 하였다.

14) 석문: 애지현(愛知縣) 전원시(田原市) 일출정(日出町)으로 해가 뜨는 석문(石門)이라고 한다. 또는 소전원(小田原)의 성문을 가리키니, 신기루 저자는 석원산성(石垣山城)을 가리킨다.

15) 모래 감실: 감실(龕室)은 사원을 말한다. 풍신수길(豊臣秀吉)이 석원산성(石垣山城)에서 연회를 열기도 하였고, 천황의 조서도 받았다고 한다. 그 뒤에 지진이 일어나 지금은 석원(石垣)이 남아있지만 당시에 천수사(天守寺)가 있었는지 분명하지 않으나, 천수대(天守台)의 흔적이 남아있다고 한다.

16) 험한 길 밟았구나: 신유의 《해사록》〈상근호이십운(箱根湖二十韻)〉에 의하면, "신령한 명승지라 스스로 중국과는 달라서, 사신들이 이전부터 이 길에 어두웠도다.[靈區自與中州別, 使節從來此路譜.]"라고 하였다.

17) 십주: 도교에서 말하는 바다에 신선이 사는 열 곳의 명승지이니, 무릇 선경(仙境)을 말한다. 《해내십주기(海內十洲記)》에 의하면, "한나라 무제(武帝)가 왕모(王母)에게서 팔방의 거대한 바다에 조주(祖洲)·영주(瀛洲)·현주(玄洲)·염주(炎洲)·장주(長洲)·원주(元洲)·유주(流洲)·생주(生洲)·봉린주(鳳麟洲)·취굴주(聚窟洲)라는 십주(十洲)가 있는데 인적이 드물다는 말을 들었다."고 하였다.

18) 신선수레: '난참(鸞驂)'은 신선이 타는 수레이다.

19) 동방 별 석목: '석목(析木)'은 별자리 이름으로 12개의 별자리 가운데 하나이다. 십이진(十二辰)과 서로 짝하여 인(寅)이 되거나, 이십팔수(二十八宿)와 서로 짝하여 미(尾)나 기(箕)의 두 별이 된다.

20) 현포: 전설 속에 곤륜산(昆侖山) 정상에 신선이 사는 곳으로 기이한 꽃도 돌이 있는데, 평포

험난한 길 달린 것은 패해서가 아니요	畏路驅馳非敗北,
장한 사행[22] 품은 뜻은 남방 도모[23] 위함이라.	壯遊襟抱當圖南.
평안하게 큰 못에 이르니 천 길 물결 일어나고	平臨大澤千尋浪,
푸른 숲 잠간 지나니 몇 치짜리 감귤이 보이네.	乍擘靑林數寸柑.
가슴은 바다의 광대한 기운을 삼키는 것 같고	胸似滄溟呑浩浩,
눈은 포효하는 호랑이가 노려보는 것 같구나.	眼如虓虎視眈眈.
오직 태사[24] 지금 아픈 게 안타까우니	唯憐太史今多病,
명승지 기록 하려니 얼굴이 화끈거려.	欲紀名區面發慚.

(平圃) 또는 계산(雞山)이라고도 한다. 《목천자전(穆天子傳)》과 《회남자(淮南子)》에는 '현포(縣圃)'라고 썼으며, 전설 속에 천신(天神)이 사는 곳을 말한다.

21) 단구: 전설 속에 신선이 사는 곳으로 낮이나 밤이나 항상 밝으며, 단구(丹邱)라고도 한다.

22) 장한 사행: '장유(壯遊)'는 큰 뜻을 품고 멀리 떠도는 것을 말하니, 다른 나라로 사신 가는 일을 가리키는 말이다.

23) 남방도모: 《장자(莊子)》〈소요유(逍遙遊)〉에 붕새가 남쪽 바다로 가기를 도모한다는 데에서 나온 말로, 웅대한 포부를 품고 있음을 말한다.

24) 태사: '태사(太史)'는 옛날 중국에서 기록을 맡아보던 관리로, 여기서 누구인지 자세하지 않다.

8월 6일 강호를 떠나 돌아오다[1]

初六日還發江戶

한 가을에 오랑캐 객관에서 야윈 얼굴 하고 있다	一秋蠻舘苦凋顔,
오늘 아침 닭이 울자 편안하게 관문 나서도다.	今趁雞鳴穩出關.
하늘 밖으로 나온 사행의 배가 8월을 맞았고	天外靈槎當八月,
나그네[2] 돌아가는 뱃길에 삼산[3]이 있네.	客邊歸路是三山.
오직 충성과 신의 갖고 오랑캐 나라에 왔나니[4]	唯將忠信行蠻貊,
천지신명 가호 있어 가는 길을 보호하리로다.	合有神明護徃還.
흥겨워서 펄쩍펄쩍하니 몸이 건강해진 듯하고	逸興翩翩身似健,
말발굽이 가뿐하게 바다 구름 사이 건너도다.	馬蹄輕度海雲間.

---

1) 8월 6일 강호를 떠나 돌아오다: '강호'는 도쿄라 강호(江戶)를 떠나서 품천(品川)에 이르러 점심을 먹고 저녁에 신내천(新奈川)에 도착했다고 하였다.
2) 나그네: '객변(客邊)'은 객지, 곧 타지에서 온 사람을 말한다.
3) 삼산: '삼산(三山)'은 중국 전설 속에 신선이 산다고 하는 봉래산(蓬萊山)·방장산(方丈山)·영주산(瀛洲山)의 삼신산을 가리킨다. 청천(青泉) 신유한(申維翰)의 《해유록(海遊錄)》에는 일본의 부사산(富士山)·상근령(箱根嶺)·반대암(盤臺巖)을 삼신산(三神山)이라고 하였다. 중국 진나라 때 서불(徐市)이 삼신산(三神山)의 불사약을 구해오겠다고 진시황에게 말한 뒤 어린 남녀 3천 명을 데리고 바다를 건너 일본의 기이주(紀伊州)에 도착하였다고 한다.
4) 충성과 신의 갖고 오랑캐 나라에 왔나니: 《논어》〈위령공(衛靈公)〉에 "말이 충성스럽고 신의가 있으며 행실이 돈독하고 공경스러우면 비록 오랑캐의 나라에서도 행해질 수 있을 것이다. [言忠信, 行篤敬, 雖蠻貊之邦行矣]"

저녁에 등택에서 묵다[1)

夕次藤澤

푸른 바다는 너른 모래밭 너머에	碧海平沙外,
외딴 마을은 파도치는 바다 사이에.	孤村亂水間.
숲 울더니 바람 불어 나뭇잎 춤추고	林鳴風舞葉,
창 깜깜하더니 비, 저문 산에 내리네.	窓黑雨昏山.
덧없는 발자취[2) 스스로 우스워	自笑泥鴻跡,
이제 학들과[3) 같이 돌아가노라.	今同野鶴還.
한 해 사이 오래 길 위에만 있었으니	一年長在路,
귀밑머리 세는 것을 면할 수가 있겠소?	那免鬢毛斑?

---

1) 등택: 후지사와[藤澤] 시는 카나가와[神奈川] 현에 있는 도시로, 귀국길에 들린 것이다.
《계미동사일기(癸했다고 하였다. 사신 갈 때에는 7월 5일에 들렀다.

2) 덧없는 발자취: '이홍(泥鴻)'은 설니홍조(雪泥鴻爪)의 준말로, 기러기가 눈이 내린 땅을 걸으
면서 남긴 발자국을 말하는데, 쉽게 사라지는 덧없는 존재를 말한다.

3) 학들과: '야학(野鶴)'은 숲과 들에 사는 고고한 학처럼 성품이 고고한 처사의 삶을 말하나,
여기서는 사행에 같이 간 사신들을 말한다.

상근령[1] 꼭대기에 오르다

登箱根嶺絶頂

음과 양이 그득 넘쳐 해안을 구획 짓고	二氣沖融截海垠,
높은 꼭대기 문득 올라 별들을 만지도다.	却從高頂撫星辰.
강물은 세 줄기 명주실처럼 나누어지고	江河僅辨三條練,
세상은 한 무더기 흙먼지로 도로 합하네	區宇還同一聚塵
늘어선 봉우리들 옛날 칼처럼 뾰족뾰족하고	列峀攢鋩森古劒,
이리저리 흐르는 물 긴 띠 걸린 폭포 되었네.	亂流成瀑掛脩紳.
우리들이 으쓱거리며 돌아가는 노정이라	吾生堪詫歸來路,
다리 밑에 바람 구름 걸음걸음 새로워라.	脚底風雲步步新.

---

1) 상근령: 가나가와[神奈川] 현 남서부 하코네[箱根]산이다. 여러 개의 봉우리로 이루어졌는
데 제일 높은 봉우리인 신산(神山)은 1,438m이다. 상근령 북쪽에는 조천(早川)이 흐르고
서쪽에는 상근호(箱根湖)가 있다. 《계미동사일기(癸未東槎日記)》에 의하면, 8월 9일 아침
에 소전원(小田原)을 떠나서 상근령(箱根嶺)에서 점심을 먹고 밤에 삼도(三島)에 도착했다고
하였다.

저녁에 등지에서 묵다[1]

夕次藤枝

한 구역 화려한 객관에 감귤나무 숲 이루고	一區華舘橘成林,
세 오솔길[2] 안개 넝쿨[3] 붉고 푸른빛 짙구나.	三徑煙蘿紫翠深.
문 밖에 대나무 다리 건너던 일 애틋하고	門外竹橋憐再渡,
물가에 꽃핀 누대 왔던 게 떠오르네.	水邊花榭憶曾臨.
가을이라 오랜 골목 홰나무 그늘 옅어지고	秋生古巷槐陰薄,
문발 걷은 이층집에 높은 산 빛 스며드네.	簾捲層軒岳色侵.
왕래하며 얻은 것이 무엇인지 우스워서	堪笑徃來何所得,
흰머리에 부질없이 고심하며 시를 짓네.	白頭空苦覓詩心.

---

1) 등지: 후지에다[藤枝] 시는 시즈오카[靜岡] 현 중부에 있는 도시이다. 《계미동사일기(癸未東槎日記)》에 의하면, 8월 11일 아침에 강구를 떠나 준하주(駿河州)에서 점심을 먹고 저녁에 등지(藤枝)에 도착했다고 하였다.

2) 세 오솔길: '삼경(三徑)'은 전원에 조성한 세 오솔길로, 초야로 돌아와 은거한 사람의 집안 동산을 말한다.

3) 안개 넝쿨: '연라(煙蘿)'는 초목이 무성하게 빽빽하고 안개가 자욱하며 넝쿨이 뒤엉킨 것을 이른다. 또는 그윽한 곳에 살거나, 수진(修眞)하는 곳을 가리킨다.道教謂學道修行爲修眞

저녁에 빈송[1]에 이르다

夕抵濱松

한 달 만에 이 역정을 거듭 지나가나니	閱月重經此驛亭,
사행 역마 다시 예전 난간에 쉬도다.	征驂仍憩舊風欞.
시냇가의 푸른 잎이 이제 약간 붉어졌고	緣磎碧葉今微赤,
달려있는 노란 감귤 여태까지 푸르구나.	綴樹黃柑尙自靑.
해질 무렵 습한 구름 멀리 계곡 돌더니	日暮瘴雲還遠壑,
깊은 밤에 가랑비가 빈 정원에 내리도다.	夜深踈雨過空庭.
등불 앞에서 사람 자취 스스로 우스우니	燈前自笑人間跡,
내 신세가 너울너울 물 위의 부평초로다.	身世飄飆水上萍.

---

1) 빈송: '빈송(濱松)'은 시즈오카[靜岡] 현의 하마마스[浜松] 시를 말한다. 《계미동사일기(癸
   未東槎日記)》에 의하면, 8월 13일 아침에 현천을 떠나서 견부(見付)에서 점심을 먹고 저녁에
   빈송(濱松)에 도착했다고 하였다.

중추절에 강기[1]에서 묵으며 되는대로 읊조려서 용주와 이선[2]에게 적어서 주다

仲秋次崗崎 漫占錄奉龍洲 泥仙

가을 이슬[3] 흩날리니 나무숲이 연기 같고   玉露霏空樹似煙,

물가 마을 가을 달이 무척이나 둥글구나.   水村凉月十分圓.

맑은 가을 좋은 계절 한가위를 맞았건만   淸秋佳節當三五,

푸른 바다 돌아갈 길 6천 리나 떨어졌네.   滄海歸程隔六千.

온갖 일은 노년에 모두 그만이거니   萬事暮年都已矣,

좋은 밤 술 마시니 문득 정신 몽롱하네.   一樽良夜却茫然.

광한궁[4] 높은 데는 찬 기운이 일찍 올테니   廣寒高處寒應早,

남쪽 끝에 이 마음이 북두성에 가 있도다.   南極心懸北斗邊.

---

1) 강기: 아이치[愛知] 현의 오카자키[岡崎] 시이다. 《계미동사일기(癸未東槎日記)》에 의하면, 8월 15일 아침에 길전(吉田)을 떠나 적판(赤坂)에서 점심을 먹고 저녁에 강기(岡碕)에 도착했으며, 오늘은 추석(秋夕)이라고 하였다.

2) 용주와 이선: '용주(龍洲)'는 조경의 호이고, '이선(泥仙)'은 신유(申濡)이니 신유의 호가 이옹(泥翁)이기 때문이다.

3) 가을 이슬: '옥로(玉露)'는 가을 이슬을 말한다.

4) 광한궁: '광한(廣寒)'은 달나라 광한궁을 말한다. 또는 도가에서 말하는 북방의 선궁(仙宮)을 말한다.

강기에서 중추절 저녁에 입으로 읊조리다[1]

崗崎仲秋夕口號

빈 객관이 어두침침 푸른 넝쿨 얽혀있고　　　　虛舘沉沉鎖碧蘿,
밝은 달을 문득 보니 이 밤이 더 좋구나.　　　　忽看明月此宵多.
좋은 날에 맘껏 마심 어려운 일 아니로되　　　　良辰縱飲非難事,
덧없이 가는 세월에 늙은 것을 어이하리?　　　　浮世流光奈老何?
맑은 이슬 내릴 때에 바람이 나무 흔들고　　　　凉露下時風拂樹,
쓰르라미 우는 곳에 잎이 가지 떠나도다.　　　　亂蟬吟處葉辭柯.
누군가가 다시 세 번 처절하게 피리 불어[2]　　　誰人更弄三聲笛,
긴긴 밤에 정감 많아 내 노래에 화답하네.　　　　遙夜多情和我歌.

---

1) 입으로 읊조리다: '구호(口號)'는 구점(口占)과 같은 말로 즉흥적으로 입으로 읊조려 시를
   짓는 것을 말한다.
2) 세 번 처절하게 피리 불어: '삼성(三聲)'은 제삼성(第三聲)의 뜻으로, 사람의 마음을 슬프게
   하는 원숭이 울음소리를 가리킨다. 북위(北魏)의 역도원(酈道元)의 《수경주(水經注)》〈강수
   (江水)〉에 의하면, 매일 맑은 아침에 서리가 내리면 수풀이 차고 계곡이 조용하여 항상 큰
   원숭이가 길게 울부짖어 처량하고 기이하게 되는데, 빈 계곡에 메아리가 울려 슬픔이 더욱
   오래 심해지니 고기 잡는 이가 노래하기를 '파동(巴東)의 삼협 가운데 무협(巫峽)이 머나먼데,
   원숭이 울음소리 세 번 들려 눈물이 옷을 적시네.[巴東三峽巫峽長, 猿鳴三聲淚沾裳.]'라고
   하여 제삼성(第三聲)이 사람을 처절하게 하는 원숭이 울음소리를 가리키게 되었다.

홍장로[1)]의 〈중추〉에 차운하다

次洪長老仲秋韻

하늘에 가는 구름 걷히자 아주 기묘하여 　　天捲纖雲特效奇,
선아[2)]가 좋은 때에 스스로 나온 것 같아라. 　　仙娥如自赴佳期.
금빛 물결 마구 일며 섬돌 물가 이르고 　　金波亂皴當階水,
나뭇잎이 살랑 날려 문기둥에 드는구나. 　　玉葉微翻入戶枝.
천리 밖 고향 생각 바람결에 피리 불고 　　千里歸心風外笛,
한잔 술에 맑은 흥취 그림 속의 시로다. 　　一樽清興畫中詩.
우리들이 절로 높이 솟는 기상 지녔으니 　　吾生自有凌雲氣,
바로 그날 은교[3)] 건넌 이 과연 누군고? 　　當日銀橋爾是誰.

---

1) 홍장로: '홍장로(洪長老)'는 일본 승려 홍영홍(洪永洪)으로, 법명이 균천(勻川)이다.

2) 선아: 달 속에 살고 있다는 항아(姮娥)를 가리킨다.

3) 은교: '은교(銀橋)'는 은빛 다리이니, 전촉(前蜀) 두광정(杜光庭)의 《신선감우전(神仙感遇傳)》에 의하면, 현종(玄宗)이 궁중에서 달구경을 하고 있을 적에 공원(公遠)이 주청하기를, "폐하는 달에 이르러 구경하지 않으시겠습니까?"라고 하자 지팡이를 들어 공중을 향해 내던지니 은빛의 큰 다리가 되었으며, 다리에 올라 수십 리를 걸어가니 정묘한 빛이 눈부시고 한기가 스며들고 마침내 큰 성궐에 이르렀는데 바로 월궁(月宮)이었다는 고사이다.

저녁에 대원[1]에서 묵다 두 수

夕次大垣 二首

아스라한 사는 곳에 푸른 산 드리웠고	縹緲樓居控碧岑,
자고새 우는 곳에 고운 노을 깊숙하네.	鷓鴣啼處彩霞深.
성곽 아래 출렁이는 푸른빛 물이 있고	城根搖漾滄浪水,
들판 밖에 아득히 감귤 유자 숲이로다.	野外微茫橘柚林.
딱다기[2] 치는 한가한 밤, 달 높이[3] 떠있고	更柝夜閑千雉月,
겨울옷 두드리는 가을, 집마다 다듬이 소리.	寒衣秋擣萬家砧.
물가 마을 젊은이들 소금밭[4] 뒤적이더니	水村年少翻塩井,
강가 시장 아침마다 백금처럼 파는구나.	江市朝朝販白金.

은은하게 우거진 숲 푸른 산[5] 새에 있고	隱隱叢林積翠間,
정자 누대 세운 경관 세상과 동떨어졌구나.	亭臺樓觀絶塵寰.
제나라의 닭 개 울음소리 천리밖에 이르고[6]	齊郊鳴吠連千里,

---

1) 대원: 기후[岐阜] 현에 있는 오가키[大垣] 시이다.
2) 딱다기: '경탁(更柝)'은 타경(打更)의 뜻으로, 야경을 돌거나 딱따기를 치거나 밤 시각을 알리는 것을 말한다.
3) 높이: '천치(千雉)'는 성곽의 담이 높고 큼을 형용하는 말로, 담장 길이가 삼장(三丈)이고 높이가 일장(一丈)이 일치(一雉)가 된다.
4) 소금밭: '염정(塩井)'은 소금을 만들 바닷물을 모아 두는 염전(鹽田)의 웅덩이를 말한다.
5) 푸른 산: '적취(積翠)'는 초목이 무성한 것을 형용하거나, 푸른 산을 가리키거나, 봄철을 가리키는 말이다.
6) 제나라의 …… 이르고: '명폐(鳴吠)'는 계명구폐(鷄鳴狗吠), 곧 닭과 개의 소리가 여기저기에서 들린다는 뜻으로, 인가가 잇대어 있음을 이르는 말이다. 《맹자》〈공손추(公孫丑) 상〉에서 나온 말로, 하·은·주나라가 흥성할 때에도 땅이 사방 천 리를 넘지 않았는데, 지금 제나라는

초나라의 해자[7] 모든 오랑캐에 떨치네   楚國城池壯百蠻.

훌륭한 경치 넉넉한데 곡식 쌀알 겸했으며   形勝有餘兼粟粒,

번화함 견줄 데 없는데다 구름 산도 아름답네.   繁華無比更雲山.

우리들 스스로 속세 사람 아님을 자랑하니   吾生自詑非凡骨,

하늘 밖에 신선 세계 갔다 다시 돌아오네.   天外仙區徃復還.

그만한 땅을 가지고 있어 닭 우는 소리와 개 짖는 소리가 사방 국경까지 들릴 정도로 제나라가 강성해지고 백성들이 많아졌다는 것이다. 여기서는 일본을 비유함.

7) 초나라의 해자: '성지(城池)'는 적의 접근을 막기 위하여 성 둘레에 깊게 파 놓은 연못으로, 해자(垓子)를 말한다. 초나라는 양자강과 한수를 해자로 삼아서 적들이 침입하기 어려웠다. 일본의 상황을 비유함.

8월 20일에 신장성[1])을 지나다

二十日過信長城

높은 성루 켜켜 누대 이미 모두 무너지고　　高壘層臺已盡頹,
옛 도읍의 높은 나무 원숭이[2])가 애잔하네.　　舊都喬木楚猿哀.
영웅들이 이룬 패업[3]) 쓸쓸히 쇠락하고　　英雄霸業今蕭索,
궁궐 누대 남은 터에 잡초만이 우거졌네.　　宮觀餘基遍草萊.
시냇가에 해 지자 초어스름 합쳐지고　　溪路日沉殘靄合,
들녘 둑에 바람 빠르며 밀물 들어오는구나.　　野堤風急晩潮回.
예전의 흥망성쇠 모든 것이 꿈결 같고　　當時興廢俱如夢,
구름 낀 산만 있어 사방으로 펼쳐졌네.　　只有雲山四望開.

---

1) 신장성(信長城): 아즈치성(安土城). 오다 노부나가(織田信長)가 교토를 실질적으로 장악한 후 천하 통일의 거점성으로 삼기 위해 비와호(湖)를 한눈에 바라볼 수 있는 해발 198m의 아즈치산(山)에 1576년부터 7년의 세월에 걸쳐 축성했다. 금색, 붉은색, 검은색 등으로 장식한 5층 7단의 호화스러운 천수각과 석벽의 건축, 산기슭에 계획적으로 설계한 성 밖 시가지 등은 이후의 성 건축에 막대한 영향을 끼쳤다. 1582년에 불탔다.

2) 원숭이: 초나라 지방의 원숭이[楚猿]는 그 울음소리가 슬프기로 유명하다.

3) 영웅들이 이룬 패업: 1467년 오닌의 난 뒤에 일본은 130년간 각지에서 크고 작은 영주들이 전쟁을 일삼는 전국시대로 접어들었다. 일본 전역은 전쟁터로 변했고, 백성들은 백년 이상 지속된 전쟁 속에서 혼란과 고통 속에 빠져 있었다. 전쟁을 빨리 끝내고 통일을 통해 안정을 되찾으려는 자각이 영주들 사이에서도 점차 생겨나기 시작했지만, 서로 자신이 천하의 패권을 쥐는 일인자가 되려 했기에 전쟁은 좀처럼 진정되지 않았다. 이러한 때에 오다 노부나가(織田信長, 1534~1582)가 파죽지세로 일어나 일본 통일의 밑거름을 닦았다.

8월 22일 왜경¹⁾에서 머물다

二十二日留倭京

들녘 사원 거듭 유람하니	野寺重遊地,
오랑캐 고을에 객수 오래구나.	蠻鄕久客愁.
풀벌레 가득이나 밤새 울어대고	草蟲偏咽夜,
바람에 낙엽 지니 벌써 가을인가.	風葉已驚秋.
구름바다 건너편에 고향 땅 있건만	雲海鄕關隔,
센 머리²⁾는 해마다 색깔이 더하네.	星霜歲色遒.
허리띠 구멍만 옮겨가는데³⁾	郍堪移帶眼?
자꾸 칼머리⁴⁾ 매만지게 되누나.	頻自撫刀頭.

---

1) 왜경(倭京): 교토(京都)를 말한다.
2) 센 머리: '성상(星霜)'은 나이를 가리키거나, 반백(斑白)을 가리키는 말이다.
3) 허리띠 구멍만 옮겨가는데: 허리띠 구멍이 옮겨질 정도로 힘들게 사행을 하여 몸이 여윈 것을 말한다.
4) 칼머리: '도두(刀頭)'는 도환(刀環)과 같으며, 칼머리의 둥근 부분을 말한다. 환(環)이 환(還)과 음이 같아서 고향으로 돌아감을 소망하는 의미가 된다.

저녁에 평방[1]에서 머무르다

夕泊平方

나그네 배 모래언덕 기대있고	旅棹依沙岸,
저물녘 날 개니 가을 강물 맑구나.	秋江澹晚晴.
물가 안개에 먼 포구가 흐릿하고	渚煙迷極浦,
산속 나뭇잎은 높은 성을 가렸구나.	山葉隱層城.
저문 숲 싸늘하게 햇볕 없으며	暝樹寒無影,
인적 없는 여울에 언뜻 소리 들려.	空灘乍有聲.
갈매기 이런저런 품은 생각 많은지	白鷗多意緖,
유독 노 주변에 와서 반기는구나.	偏向棹邊迎.

---

1) 평방: 지금의 히라가타[枚方] 시로 오사카 북하내(北河內) 지역에 위치한 도시이다. 히라가
타 시는 마이카타 또는 마키카타라도고 하며, 히라가타(牧方)라고도 불렀다. 홍우재(洪禹載)
의 《동사록(東槎錄)》에 의하면, 1682년 8월 2일에 대판에서 출발하여 50리쯤 나아가 목방(牧
方) 곧 평방(平方)에서 점심을 먹었다고 하였다.

8월 27일 새벽에 평방에서 출발하여 대판성을 향하다
二十七日曉發平方向大板城

물에 자고 산길 가니 노정을 헤지 못해 　　水宿山行不計程,

나그네 배 일찍 떠서 첫닭 소리 좇누나. 　　旅帆催發趁雞鳴.

서쪽으로 내려 가며 멀리 간 걸 잊었더니 　　順流西下仍忘遠,

일어나서 동쪽 보니 상기 아니 밝았구나 　　起視東方尙未明.

바닷가 잠든 갈매기 노 젓자 놀라 깨고 　　沙渚眠鷗驚棹過,

버들 낚대 맑은 물결 조수냄[1] 에 흔들리네. 　　柳磯晴漲覺潮生.

선창에서 가만히 뱃사람 얘기 듣노라니 　　篷窓靜聽舟人話,

안개 숲에 희미하게 대판성이 보이누나. 　　煙樹微分大板城.

---

1) 조수냄: '조생(潮生)'은 바닷물이 밀려들어오는 것을 말한다.

회포를 풀다

遣懷

기쁜 얼굴로 바라보는 곳에
한가로운 구름 맑은 저녁 경치.
시름 속에서도 뜻 맞는 일 생기면
알맞은 글자 찾아 새로운 시 지었네.
청명한 밤에 또 술 마셔야 하나니
돌아갈 날도 늦어지진 않으리라.
멀리서도 고향 동산 국화 소식 알겠으니
응당 아직 피지 않은 꽃가지가 있겠구나.

望裏怡顏處,
閑雲澹晚姿.
愁邊適意事,
穩字入新詩.
清夜還須飮,
歸期亦不遲.
遙知故園菊,
應有未開枝.

거듭 대판성에 대하여

重題大板城

병합하고 할거한 땅[1] 모두 먼지 되었어도 　　幷吞割據揔成塵,

성곽에는 아직도 옛 섭진[2] 모습 전하네. 　　城郭猶傳舊攝津.

매화 핀 난파 거리[3] 꽃향기가 무럭무럭 　　梅發難波香陣陣,

물에 잠긴 귀정 다리[4] 푸른빛이 번쩍번쩍. 　　水涵龜井碧潾潾.

돛배 달밤 맞아 평방[5]까지 올라가니 　　帆檣夜遡平方月,

퉁소 소리 북소리에 주길신[6]이 봄 즐기네. 　　簫鼓春愉住吉神.

경치 좋은 고을이라 무척 크고 화려하니 　　形勝一州殊壯麗,

좋은 풍광 이제야 지친 나그네가 맡는구나. 　　風煙今屬倦遊人.

---

1) 병합하고 할거한 땅: '병탄할거(幷吞割據)'의 주체는 풍신수길(豊臣秀吉), 곧 도요토미 히데요시를 가리킨다.

2) 섭진: 옛날 섭진국(攝津國) 지역이니, 섭진국은 일본의 지방행정구인 영제국(令制國) 가운데 하나로 경기(京畿) 지역 안에 속한다. 지금의 대판(大阪)을 포함하여 계시(堺市)의 북쪽, 북섭(北攝) 지역, 신호(神戶)의 수마구(須磨區) 동쪽이 모두 섭진국의 영역이었다.

3) 난파 거리: 난바[難波]는 오사카[大阪]의 번화가를 가리킨다.

4) 귀정 다리: 대판성 안에 있던 다리 이름이다.

5) 평방: 지금의 히라가타[枚方] 시로 오사카 북하내(北河內) 지역에 위치한 도시이다. 히라가타 시는 마이카타 또는 마키카타라도고 하며, 히라카타(牧方)라고도 불렀다.

6) 주길신: 스미요시산진[住吉三神]을 말하니, 저통남명(底筒男命)·중통남명(中筒男命)·표통남명(表筒男命)의 세 신을 말한다. 주길대신(住吉大神)이라고 부르기도 하며 여기에는 신공황후(神功皇后)을 포함시킨다. 각기 해신(海神)·항해신(航海神)·화가신(和歌神)으로 되어있다.

9월 5일 섭진의 서본사¹⁾에 다시 머물다

初五日 仍留攝津 西本寺

역관에 가을바람 나뭇잎 떨어지고	郵店秋風落,
사행 길 푸른 바다 아득하구나.	征途碧海賒.
먼 허공에 흰 기러기 자취 없으며	遙空無白鴈,
계절 따른 노란 국화 구경도 못하네.	佳節負黃花.
세상살이 어려우니 허물만 쌓여가고	世難身還累,
근심걱정 많다보니 귀밑머리 세었구나.	愁多鬢已華.
어느 때나 세상일을 모두 다 사양하고	何時辭俗務,
돌아가서 한강에 배 띄우고 낚시할까?	歸釣漢江槎.

---

1) 서본사: 대판성에 있는 니시혼간지(西本願寺)를 말한다. 《해유록(海游錄)》에 의하면, 9월
4일에 사신 행차가 서본원사(西本願寺)에 객관을 정하였는데, 이 절은 대판에 있는 모든 절
가운데 규모가 가장 크고 화려하여 무려 천여 칸이나 되었다. 법당은 높고 큰데 무늬 있는
괴목(槐木)으로 기둥을 만들고, 돌을 깎아 뜰을 쌓았는데 높이가 10척이나 되었다. 마루 안의
기둥과 들보는 모두 황금을 칠하였다고 하였다.

밤에 앉아 이전의 시운을 다시 쓰다

夜坐復用前韻

노년에도 아직 길 헤매는지라 　　　　　　　 暮景仍迷轍,
타국에서 다시금 나루터 묻네.[1] 　　　　　　 殊方更問津.
노란 국화 나그네를 웃는 듯 　　　　　　　　 黃花如笑客,
흰 머리만 짐짓 사람을 범하네. 　　　　　　　 白髮故侵人
몸 늙어 시 지을 생각 적어져도 　　　　　　　 身老詩情少,
가을날 맑으니 물색이 새롭구나. 　　　　　　 秋晴物色新.
역정에는 말 나눌 사람 없어 　　　　　　　　 郵亭無可語,
오직 낮은 등잔대[2]와 벗하네. 　　　　　　　 唯與短檠親.

---

1) 나루터 묻네: '문진(問津)'은 나루터를 묻는다는 것은 올바른 삶의 길이나 정치의 방도를
   탐구하는 것을 비유하는 말이다. 《논어》〈미자(微子)〉에서 공자가 자로로 하여금 장저(長沮)
   와 걸익(桀溺)에게 나루터를 묻게 하였다는[使子路問津] 고사로, 세상이 혼탁하여도 숨어살
   지 아니하고 세상에 나아가 사람들과 함께 하며 올바른 정치가 행해지고 올바른 도가 행해질
   수 있도록 노력해야 함을 말한다.
2) 낮은 등잔대: '경(檠)'은 등경(燈檠)으로 등잔걸이[燈架]이니, 곧 등잔대이다.

또

又

내 신세 시름 속에 늙어가고   身世愁中老,
고향산천 꿈속에 아련하구나.   鄕山夢裏賒。
찬 서리에 모든 풀 시드는데   淸霜凋百草,
보따리 삼화수¹⁾에 맡겨있네.   旅橐寄三花。
안개 숲에 가을 그림자 묻히고   霧樹埋秋影,
떠도는 쑥대처럼 가는 세월아.   風蓬閱歲華。
사행 수레 일찍 떠나야 하기에   征車宜早轄,
문 밖에 떠날 배 매여 있구나.   門外繫星槎。

---

1) 삼화수: '삼화수(三花樹)'는 패다수(貝多樹)로 1년에 세 번 피는 꽃을 말하는데, 여기서는
   사행이 세 계절을 거쳤음을 뜻한다.

강어귀¹⁾로부터 밤에 가다

自河口夜行

굳센 밧줄 열 폭 돛²⁾ 높이 매달고	悍索高張十幅蒲,
풍백에게 앞길 평온하길 다시 비누나.	更敎風伯穩前驅.
붉은 구름 잠긴 바다 파도가 비단 같고	紅雲浸海波如錦,
조각달 흐르는 창공 이슬이 진주 같구나.	片月流空露似珠.
만 릿길 사행 배 너른 바다 넘으며	萬里靈槎凌浩渺,
십 주 신선 모두 불러낼 수 있으니	十洲仙侶可招呼?
하늘빛과 물 기운 텅 비어 밝은 곳에	天容水氣虛明處,
이 신세 편안히 신선계³⁾에 있구나.	身世居然在玉壺.

---

1) 강어귀: 대판(大坂)의 요도가와[淀川]의 강어귀를 가리킨다. 요도가와의 하구는 대천(大川)·중진천(中津川)·시니기천(神崎川) 세 하천이 대판만(大阪湾)에 흘러드는 곳이다. 《계미동사일기(癸未東槎日記)》에 의하면 9월 6일 아침에 왜선(倭船)을 타고 강어귀[河口]를 나와서 밤에 병고(兵庫)에 도착하여 배 위에서 잤다고 하였다.

2) 돛: '포(蒲)'는 포범(蒲帆)으로 부들로 짠 돛을 말한다.

3) 신선계: '옥호(玉壺)'는 신선 경계를 가리킨다. 《후한서(後漢書)》〈방술전(方術傳)〉에 보면, 동한(東漢)의 비장방(費長房)이 신선이 되고자 하였는데 저자에서 어떤 노인이 큰 병 하나를 매달고 약을 파는 것을 보고 그 병 속으로 뛰어 들어가 노인에게 절을 하고 노인을 따라서 병 속으로 더 들어가니 주옥같이 아름다운 집이 많고 술과 음식이 차려있어 노인이 신선이라는 것을 알았다고 하였다. 그 뒤로 '옥호'를 선경(仙境)을 가리키게 되었다. 또는 옥으로 만든 술병이나, 고결한 마음속 생각이나, 밝은 달을 비유하기도 한다.

밤에 병고[1]에서 머무르다

夜泊兵庫

나그네 배 깊은 밤 맑은 굽이에 묵으니   客帆深夜泊晴灣,

고깃배 불빛 희미하게 바닷물에 비치네.   漁火微明積水間.

역관에 시끌벅적 오랑캐 말씨 들끓으니   郵舘啁啾蠻語沸,

성안 사람 놀라서 객성[2] 돌아왔다 하네.   一城驚報客星還.

---

1) 병고: 효고[兵庫] 현의 코베[神戶] 시를 가리킨다. 《계미동사일기(癸未東槎日記)》에 의하면, 9월 6일 아침에 왜선(倭船)을 타고 하구(河口)로 나와서 밤에 효고(兵庫)에 도착하여 배 위에서 잤다고 하였다.

2) 객성: '객성(客星)'은 일정한 곳에 있지 않고 항상 새롭게 나타나는 별을 가리키니, 타지에서 온 나그네로 사행 간 사신들을 가리키는 말이다. 옛날에 객성(客星)에는 셋이 있었으니, 첫 번째 별은 노자(老子), 두 번째는 국황(國皇), 세 번째는 온성(溫星)이다. 노자는 덕행(德行)이 있으면서도 벼슬하지 않고 오래도록 수(壽)를 누린 사람이고, 국황은 누구인지 자세하지 않으나 나라의 황제라는 칭호를 받은 사람이고, 온성은 성씨가 온(溫)으로 조행(操行)을 지니고 벼슬하지 않은 사람인데, 세 사람의 정기가 모두 별로 변화하자 상제가 모두 객성이라 명명했다고 한다.

중구일 실진[1]에서 머물다 두 수

重九留室津 二首

가을바람[2] 벌써 불어 온통 싸늘하니　　　　　金風已作十分凉,

섬나라 늦가을에 기러기 줄지어 가네　　　　水國窮秋鴈幾行?

두루 청산 돌아봐도 고국 땅은 아니지만　　四顧靑山非故國,

일 년 중에 좋은 절기 중양절이 되었구나.　一年佳節又重陽.

용산의 날린 모자[3] 도무지 흥취 없고　　　龍山落帽渾無興,

큰 바다에 배를 타고 다시 고향 그리네.　　鯨海乘槎更望鄕.

나그네길 오늘따라 아픈 마음 못 이겨　　　客程不堪今日恨,

문득 시구 갖고 가는 세월에 답하네.　　　却將詩句答流光.

기러기 내린 모래톱, 나뭇잎 휘날리고　　　鴈下汀洲葉盡飛,

들녘 안개 비에 섞여 가느랗게 부슬부슬.　野煙和雨細霏霏.

강바람이 뜻 있는 듯 검은 모자[4]에 불고　江風有意侵烏帽,

---

1) 실진: 효고[兵庫] 현의 다쓰노[龍野] 시 어진정(御津町)에 속하는 파마탄(播磨灘)을 마주하
　고 있는 항구도시 무로츠[室津]이다.《계미동사일기(癸未東槎日記)》에 의하면, 9월 8일 아
　침에 병고(兵庫)를 떠나 저녁에 실진(室津)에 도착했다고 하였다.

2) 가을바람: '금풍(金風)'은 오행 가운데 금(金)이 서방과 가을을 가리키니 가을바람을 말한다.

3) 용산의 날린 모자: 진(晉)나라 맹가(孟嘉)가 일찍이 정서장군(征西將軍) 환온(桓溫)의 참군
　(參軍)이 되었을 때, 중양일(重陽日)에 환온이 용산에서 연회를 베풀어 그의 막료(幕僚)들이
　모두 모여서 술을 마시며 즐겁게 놀았는데, 마침 바람이 불어 맹가의 모자가 날아갔으나 맹가
　는 그것도 모른 채 한껏 놀았다는 고사이다.

4) 검은 모자: '오모(烏帽)'는 오사모(烏紗帽)를 말하며, 옛날에 벼슬하는 관리들이 쓰던 검은
　깁으로 만든 모자를 말한다.

오랑캐 객점에는 백의인[5] 보내는 이 없네.   蠻店無人送白衣.

남쪽 땅이라 부질없이 새 계절에 놀라고   南紀謾驚新節序,

동쪽 울타리[6]에서 공연히 옛 향기 생각하네.   東籬空想舊芳菲.

시골 노인[7] 산골 친구[8] 해마다 만나련만   園翁溪友年年會,

푸른 파도 돌아보니 모든 일이 어그러졌구나.   回首滄波事事違.

---

5) 백의인(白衣人) : 왕홍(王弘)이 중양절에 도연명에게 흰 옷 입은 아전을 시켜 술을 보내준 고사.

6) 동쪽 울: '동리(東籬)'는 도연명의 〈음주(飮酒)〉에 "동쪽 울 밑에서 국화를 따다가, 유연히 남산을 바라보도다.[採菊東籬下, 悠然見南山.]"에서 나온 것으로 국화가 피어있는 전원을 가리키며, 고향을 그리워하는 마음을 나타낸 것이다.

7) 시골 노인: '원옹(園翁)'은 원전(園田)의 노인으로, 도잠(陶潛)의 〈귀원전거(歸園田居)〉에 "황폐한 남쪽 들판을 개간하고, 졸성을 지키려 전원으로 돌아왔네.[開荒南野際, 守拙歸園田.]"라고 하였다. 여기서는 윤순지 자신을 가리킨다.

8) 산골 친구: '계우(溪友)'는 시냇가에 살면서 산수에 정을 붙이고 사는 친구를 이른다. 송나라 황정견(黃庭堅)의 〈화답자첨(和答子瞻)〉에서 "옛 전원의 산림 친구 회를 먹어 뱃살 쪘으니, 멀리서 봄날 차 싹을 싸서 문안함이 어떠할까?[故園溪友膾腹腴, 遠包春茗問何如?]"라고 하였으며, 육유(陸游)의 〈소주만귀(小舟晚歸)〉에서는 "병이 들어도 산림 친구 찾아가고, 시름 잊으려 배를 띄워 낚시하네.[扶病尋溪友, 忘憂泛釣槎.]"라고 하였다.

눈앞의 광경 육언 두 수

即事 六言二首

산기운 옅어졌다 짙어졌다[1]	山氣淡粧濃沫,
시골 마을 푸른 대 푸른 솔.	村居翠竹蒼松.
해 지니 물안개 가물가물	日落煙波渺渺,
구름 걷혀 누정들 겹겹이.	雲開樓榭重重.
구름 속에 변방 가는 기러기 소리	雲裏數聲邊鴈,
문 앞에 만 이랑 푸른 물결.	門前萬頃滄波.
달 뜨니 떠나는 배, 기슭에 기대고	月出征帆依岸,
바람 잦아 자던 새, 가지 옮기네.	風多宿鳥移柯.

---

1) 옅어졌다 짙어졌다: '담장농말(淡粧濃沫)'은 담장농말(淡妝濃抹)과 같은 말로, 담백하고 우
아한 화장과 짙고 고운 화장을 가리키니 아름다운 경치를 말한다. 송나라 소식(蘇軾)의 〈음호
상초청후우(飲湖上初晴後雨)〉에 "水光瀲灩晴方好, 山色空蒙雨亦奇. 欲把西湖比西子,
淡妝濃抹總相宜."라고 하였다.

9월 10일 계속 머물다[1]

初十日仍留

문발 휘장 어득어득 갠 저녁에 기대어
들녘 물가 조수 줄자[2] 초어스름 생기네.
강바람 뱃길 막아 믿을 것이 없지만
가을 달 사람 좇아 정감을 북돋우네.
만 리길 노정이라 하늘 또한 머나멀고
깊은 가을[3] 구름무리 밤이라 훨씬 맑네.
늙다보니 절로절로 고향 생각 간절한데
바다 밖 기러기 소리 어떻게 듣겠는가?

簾幌沉沉倚晚晴,
野磯潮落暝煙生.
江風阻纜全無信,
霜月隨人倍有情.
萬里客程天共遠,
九秋雲物夜偏淸.
衰遲自切思鄕念,
海外郍堪聽鴈聲?

---

1) 《계미동사일기(癸未東槎日記)》에 의하면, 9월 8일부터 12일까지 실진(室津)에 머물렀다고
   하였다.

2) 조수 줄자: 조락(潮落)은 조수가 빠져나가 수위가 낮아지는 것을 말한다.

3) 깊은 가을: '구추(九秋)'는 가을 하늘을 가리키거나, 9월의 깊은 가을을 가리킨다.

회포를 풀다

遣懷

늘그막에 오랫동안 나그네 되어	暮景長爲客,
험난한 길 근심걱정 몸에 겪누나.	危塗患有身.
밤낮 돌아가는 세월의 수레바퀴	光陰雙轉轂,
이웃할 이 조차 없는 푸른 바다.	滄海四無隣.
몸 져 누워 남쪽 울 국화 그리고	臥病憐南菊,
누대 올라¹⁾ 북극성을 바라노라.	登樓望北辰.
세상사 모두 다 훌훌 벗어 버리니	世情俱脫落,
시구들이 오히려 깨끗하고 신선하네.	詩句尙淸新.
가을하늘 먼 곳을 한껏 바라보며	極目秋天外,
들녘 물가에서 서글피 노래하네.	悲歌野水濱.
해마다 중양절이 되면	年年重九會,
옛 생각에 온통 마음 아프네.	懷舊一傷神.

---

1) 누대 올라: '등루(登樓)'는 한나라 말기에 왕찬(王粲)이 자가 중선(仲宣)으로 동탁(董卓)의 난리를 피하여 형주(荊州)에서 형주자사 유표의 식객의 있으면서 누대에 올라가 고향 생각을 하며 〈등루부〉를 지은 일을 말하는데, 그 뒤로 고향을 생각하거나 재주를 지니고도 때를 만나지 못함을 나타내는 전고가 되었다.

밤에 진화[1]에서 머무르다

夜泊津和

억새꽃 단풍잎 모래섬을 둘러 있고	荻花楓葉傍沙洲,
갯가어귀 배 대니 저녁 밀물 소리.	浦口停橈聽夕流.
하늘가 기러기소리 먼 섬에서 들리고	天濶鴈聲來遠嶼,
밤 깊어 오랑캐 말 외딴 배에 들리네.	夜深蠻語在孤舟.
늙어서도 사람사리 내버리지 못하고서	衰遲不棄人間事,
이리저리 떠돌며 세상 밖을 거니누나.	漫浪偏成物外遊.
신선세계 달 밝으니 멋진 흥취 생기고	仙界月明生逸興,
퉁소 소리 가을 바다 어귀까지 퍼지네.	玉簫聲徹海門秋.

---

1) 진화: 쓰와지[津和地] 섬을 말하니, 일본 에히메[愛媛] 현의 마츠야마[松山] 시에 속하였다.
《계미동사일기(癸未東槎日記)》에 의하면, 9월 14일 도포(韜浦)에 도착하고 전도(田島)를
지나 물가 언덕에 배를 대고 잤다. 밤 2경에 출발하여 15일 아침에 겸예(鎌刈)에 도착하고
낮 조수를 기다려 80리를 가서 진화(津和)에 이르러 배 위에서 잤다고 하였다.

9월 16일 새벽에 진화를 떠나다
十六日曉發津和

가을밤 나그네 길 돛배 하나 재촉하여	客程淸夜一帆催,
바다 천리 삼신산¹⁾을 차례차례 지나네.	千里三山取次廻.
하늘 밖에서 바다를 떠다닐까 근심마소	天外莫愁浮海去,
달 속에서 도리어 바람 타고 돌아오리라.	月中還得御風來.
미친 듯이 옥토끼²⁾ 부르며 선약을 구했고³⁾	狂呼玉兎求仙藥,
술김에 금빛자라 타고서⁴⁾ 바다를 건넜네.⁵⁾	醉跨金鰲作渡盃.
세상에 태어나⁶⁾ 장한 사행⁷⁾ 장부 일이니	墮地壯遊男子事,

---

1) 삼신산: 삼산은 봉래(蓬萊)·영주(瀛洲)·방장(方丈) 등 전설 속의 세 신산(神山)을 가리킨
   다. 청천(靑泉) 신유한(申維翰)의 《해유록(海遊錄)》에는 일본의 부사산(富士山)·상근령(箱
   根嶺)·반대암(盤臺巖)을 삼신산(三神山)이라고 하였다.

2) 옥토끼: 달 속에 옥토끼가 있어 항상 불사약을 찧고 있다는 전설에서 온 말이다. 이백(李白)의
   〈파주문월(把酒問月)〉에 "옥토끼는 봄이고 가을이고 불사약을 찧는다니, 항아는 외로이 지내
   며 누구와 이웃할꼬.[玉兎擣藥秋復春, 姮娥孤棲與誰鄰?]"라고 하였다.

3) 선약을 구했고: 진(秦)나라 때 시황(始皇)의 명을 받고 선약(仙藥)을 구하기 위해 동남동녀
   (童南童女) 3천 명을 데리고 먼 바다로 떠난 서복(徐福)이 일본에 도착하여 머물러 살다가
   후지산 기슭에서 70세에 죽었다고 한다. 그 뒤에 일본인들이 그를 기리기 위해 후지산 기슭에
   사당을 세우고 해마다 제향을 올렸다고 한다.

4) 금빛자라 타고서: '금오(金鰲)'는 금오(金鼇)라고도 하며, 신화에 나오는 바다 속에 사는
   금빛의 큰 자라를 가리킨다. 옛날에 여와(女媧)가 자라의 다리를 잘라서 네 개의 하늘 기둥을
   세웠다는 전설이 있으니, 자라가 바다에서 삼신산을 떠받치고 있기 때문에 한 표현이다.

5) 바다를 건넜네: '도배(渡盃)'는 배도(杯渡) 또는 배도(杯度)라고 한다. 진(晉)나라의 스님으
   로 기주(冀州) 사람이며, 성명은 미상이다. 항상 나무로 만든 잔[盃]을 타고 물을 건넜으므로
   사람들이 배도화상(盃渡和尙)이라고 불렀으며, 작은 행실에 구애되지 않고 신통력이 탁월
   하였다고 한다.

6) 세상에 태어나: '타지(墮地)'는 출생함, 세상에 태어나는 것을 말한다.

7) 장한 사행: '장유(壯遊)'는 큰 뜻을 품고 멀리 떠도는 것을 말하니, 다른 나라로 사신 가는

예나 제나 몇 사람이 봉래산에 이르렀던가?　　　幾人今古到蓬萊.

일을 가리키는 말이다.

아침에 상관[1]에 도착하다

朝到上關

천리 뱃길 긴 노정을 후딱후딱 재촉하여	千里長程瞥瞥催,
사신들이 이제 깊은 가을 되어 돌아가네.	客星今傍九秋廻.
선창의 발 걷으니 푸른 산이 눈에 들고	蓬窓捲箔靑山入,
갈대언덕 노 멈추니 흰 갈매기 날아오네.	蘆岸停橈白鳥來.
참으로 장한 사행 너른 바다 건너니	好是壯遊超汗漫,
신선세계 잠깐 동안 배회해도 좋겠네.	不妨仙界蹔徘徊.
변함없는 멋진 경물 맑은 흥취 돋아주고	依然物色供淸興,
바닷가에 노란 국화 웃으며 피어있네.	沙際黃花索笑開.

---

1) 상관(上關):《계미동사일기(癸未東槎日記)》에 의하면, 9월 15일 밤중에 돛을 달아 상관(上關)에 도착하였다고 하였다. 가미노세키정(上關町)을 가리키며, 야마구치현(山口縣) 동남쪽에 있는 정(町)이다. 실진(室津) 반도의 제일 끝부분과 주변의 나가시마(長島)·이와이시마(祝島)·야시마(八島) 외에 기타 작은 섬들로 이루어졌으며, 주요 도시구역은 반도의 실진(室津) 지역으로 가미노세키대교(上關大橋)가 나가시마(長島)와 연결되어 있다. 옛날 에도시대(江戶時代)에 바다 서쪽으로부터 들어오는 배들을 검사하는 관구(關口)를 설치하였는데, 상관(上關)·중관(中關: 지금의 三田尻의 中關港)·하관(下關: 지금의 下關港)이 그것이다. 상관은 조선통신사 사절단이 머물게 하기 위해 건설된 최초의 항정(港町)이기도 하다. 여기에 다옥관(茶屋舘)이라 일컬어지는 어전(御殿)과 객관(客舘)·장옥부(長屋敷)·번소(番所) 등을 건설하였는데 그 규모가 3천 평이나 된다. 어전(御殿)에서는 당시 일본과 조선을 대표하는 학자와 문인들이 서로 시문(詩文)을 주고받는 등 화려한 문화교류가 이루어졌다고 한다.

이선의 〈상관 북루에 오르다〉¹⁾ 시에 차운하다

次泥仙登上關北樓韻

깊은 가을²⁾ 오늘 또한 아주 좋은 날이니	九秋今日亦良辰,
산국화는 서리 이기고 달은 사람 좇누나.	山菊凌霜月趁人.
게다가 누각 있어 빼어난 경치 보여주니	復有樓居供絶勝,
마침내 시의 뜻이 청신함을 다투게 하네.	遂令詩意鬪淸新.
큰 소나무 울창한 대숲이 붉은 골짝에 늘어서고	長松密竹排丹壑,
물든 안개 한가한 구름이 푸른 나루에 넘실거려.	彩霧閑雲漾碧津.
주옥 같은 문장³⁾으로 산수구경⁴⁾ 표현하되	但使琅玕輸騁望,
시문 가지고 반악⁵⁾ 흉내는 내지 말지어다.	莫將詞賦效安仁.

---

1) 상관 북루에 오르다: 신유의 《죽당선생집(竹堂先生集)》 권3 《해사록(海槎錄)》 하권에 있는
〈상관북루주석정정부사(上關北樓酒席呈正副使)〉이니 그 내용은 다음과 같다. "每倚危樓
望北辰, 他鄕相對未歸人. 開樽大海靑山暮, 岸幘高風白髮新. 中國地形蟠廣陸, 上關天
險控長津. 座間談笑平戎略, 牧涙吾將效伯仁."

2) 깊은 가을: '구추(九秋)'는 가을 하늘을 가리키거나, 9월의 깊은 가을을 가리킨다.

3) 주옥같은 문장: '낭간(琅玕)'은 주옥같이 아름다운 돌을 말하니, 진귀하고 아름다운 물건을
비유하거나, 아름다운 글이나 말을 비유한다.

4) 산수구경: '빙망(騁望)'은 눈을 크게 뜨고 멀리 바라보거나, 말을 타고 달리면서 유람하는
것을 말한다.

5) 반악: '안인(安仁)'은 진(晉)나라 반악(潘岳)의 자로, 반악의 〈한거부(閑居賦)〉에 의하면,
반악이 일찍이 하양(河陽)의 현령이 되었을 때 고을 안에 복숭아나무와 자두나무를 가득 심었
는데, 사람들이 관리가 정치를 잘하고 부지런한 것을 칭찬하여 반화(潘花)라고 불렀다고 하
며, 또 반악의 〈추흥부(秋興賦)〉 서문에서 "나의 나이가 서른두 살인데 비로소 두 가지 털을
본다.[余春秋三十有二, 始見二毛.]"고 하였는데 그 뒤로 중년에 귀밑머리가 비로소 하얗게
되는 것을 반빈(潘鬢)이라 하였다고 하며, 아울러 서른두 살을 '이모지년(二毛之年)'이라 부
르게 되었다고 한다.

배 안에서 되는대로 짓다

舟中漫題

조서 들고 동쪽 와서 일 끝내고 돌아감에	奉勅天東幹事回,
잘도 가는 돛배 타고 오늘 봉래 지나도다.	快帆今日過蓬萊.
이어진 섬 안개 숲을 어렴풋이 지나가고	連洲煙樹依微過,
눈앞 뱃길 강과 산이 차례대로 오는구나.	前路江山次第來.
만 이랑의 풍파에도 몸이 아직 건재하고	萬頃風濤身尚健,
깊은 가을 좋은 경물 눈이 번쩍 뜨이도다.	九秋雲物眼偏開.
평생을 홍문관¹⁾에 조서 쓰던²⁾ 손이건만	平生玉署絲綸手,
홀로 먼 길 가는 배에 기대 술잔만 드는구나.	獨倚征篷擧酒盃.

---

1) 홍문관: '옥서(玉署)'는 홍문관(弘文館)의 별칭이다.
2) 조서 쓰던: '사륜(絲綸)'은 임금의 조서(詔書)를 말하니, 《예기》〈치의(緇衣)〉에 "왕의 말이 가는 실과 같으면, 그 나온 것은 인끈과 같아진다.[王言如絲, 其出如綸.]"라고 하였다.

밤에 일기도[1]에서 머무르다

夜泊一歧島

예 나루정자에서 고생 뒤에 머물었더니	曾向津亭費苦留,
다시 돌아가는 길에 가는 배에 묶였구나.	又從歸路繫行舟.
세월 따른 나그네 길 서리 기러기에 놀라고	光陰客路驚霜雁,
오고가는 안개 물결 바다 갈매기에 익었구나.	來徃煙波慣海鷗.
짧은 머리털에 반악 한탄[2]만 늘어가고	短髮謾添潘令恨,
험난한 뱃길이라 몹시도 자장 유람[3] 후회하네.	畏塗偏悔子長遊.
만 리 제후 봉해지는 방략을 안다 해도[4]	堪知萬里封侯略,
고기 잡고 나무 하는 시골생활[5]만 못 하느니.	不及漁樵守一丘.

---

1) 일기도: 이키시마[一歧島]는 일기(壹歧)라고도 하며, 나가사키[長崎] 현 이키시마[壹歧島]
   의 옛 나라 이름이다. 《삼국지》〈위지(魏志)·왜인전(倭人傳)〉에는 일지국(一支國)으로 기록
   되어 있는데 남북조 이후에는 대마(對馬)·송포(松浦) 등과 함께 왜구의 근거지가 되었고,
   전국시대 말에는 히라토마츠우라[平戶松浦]의 지배를 받았다.

2) 반악 한탄: '반영(潘令)'은 진(晉)나라 반악(潘岳)이 하양(河陽) 현령을 지낸 것을 말하며,
   여기서는 그의 〈추흥부(秋興賦)〉 서문에서 "나의 나이가 서른 두 살인데 비로소 두 가지 털을
   본다.[余春秋三十有二, 始見二毛.]"고 하였듯이 중년에 귀밑머리가 비로소 하얗게 되는 반
   빈(潘鬢)을 한탄한 것을 말한다.

3) 자장 유람: '자장유(子長遊)'는 사마천(司馬遷)의 자가 자장(子長)이니 사마천의 장유(壯遊)
   를 말한다. 사마천은 젊어서부터 산수 유람을 좋아하여 남북으로 명산대천을 다녔다. 20세
   때 남쪽으로 강회(江淮)·회계(會稽)·우혈(禹穴)·구의(九疑)·원상(沅湘)을 유람하고, 북쪽
   으로 문(汶)과 사(泗)를 건너 제(齊)나라와 노(魯)나라의 땅에서 강학(講學)을 한 다음, 양(梁)
   나라와 초(楚)나라를 거쳐서 돌아왔다. 이러한 장대한 유람을 통하여 문장이 크게 발전하여
   《사기(史記)》라는 위대한 저술을 남기게 되었다.

4) 만 리 제후 …… 안다 해도: '만리봉후략(萬里封侯略)'은 공을 세워 관직이 높아지고 귀한
   신분이 되는 것을 말한다. 후한(後漢)의 장수인 반초(班超)가 집이 가난하여 대서(代書)의
   일을 하며 먹고 살다가 만 리 제후에 봉해질 상(相)이라는 말을 듣고 두고(竇固)를 따라 흉노
   (匈奴) 토벌에 나서 별장(別將)으로 큰 공을 세우고 정원후(定遠侯)에 봉해졌다.

9월 26일 일기도에서 계속 머물다[1]

二十六日 仍留一歧島

바다 어귀 바람 몹시 사나워	渡口風偏惡,
하늘가 나그네 돌아가질 못하네.	天邊客未歸.
역정이 추우니 온 몸이 움찔대고	郵亭寒淰淰,
고향 길 멀어서 눈앞이 아득쿠나.	鄕路遠依依.
지팡이 놓고 고래 싸움 구경하고	拄杖看鯨鬪,
난간에 기대어 기러기를 세는구나.	憑軒數雁飛.
물 건네주는 노, 몹시 애처롭구나	深憐濟川楫,
여러 날 물가 바위에 묶여있으니.	連日繫沙磯.

---

1) 9월 26일 일기도에서 다시 머물다: 《계미동사일기(癸未東槎日記)》에 의하면, "아침에 흐렸다가 늦게 개었다. 바람에 막혀 일기도에 머물렀다."고 하였다.

9월 27일 밤에 대마도로 돌아와 머무르다[1)

二十七日夜還泊馬

강길 따라 갓등[2)] 놓아 점점이 밝은데 江路篝燈點點明,
밤 깊어 마주성[3)]에 돌아와 정박하네. 夜深還泊馬州城.
오랑캐 아이들 모이는데 아는 얼굴 많고 蠻童聚岸多知面,
물새들 배를 맞아서 정감 있는 듯하구나. 渚鳥迎船似有情.
남쪽 울 국화 벌써 피었다 오늘 눈물지우며[4)] 南菊已開今日淚,
만송사[5)]의 옛 종소리 아직 전처럼 들리네. 萬松猶出舊鍾聲.
아침 오면 고향 길을 볼 수 있을 테니 朝來可望鄕關路,
늙은 몸에 걸음마다 가뿐해짐 알겠구나. 老體堪知步步輕.
만송은 섬 안에 있는 절 이름이다. 萬松, 島中寺名.

---

1) 9월 27일 밤에 대마도로 돌아와 머무르다: 《계미동사일기(癸未東槎日記)》에 의하면, "흐림. 진시 경에 배가 출발하여 대양(大洋)으로 나갔다. 바람이 약해서 갈 수가 없어 종일 노를 저었다. 밤 2경에 대마도에 도착하여 육지에 내려 대평사(大平寺)에서 쉬었다."고 하였다.

2) 갓등: 구등(篝燈)은 등갓을 씌워 바람을 막도록 만든 등불이다.

3) 마주성: 대마도에 있는 성을 말한다.

4) 남쪽 울 …… 눈물지우며: 두보의 〈추흥(秋興)〉 8수중 제 1수의 "叢菊兩開他日淚"를 응용한 표현이다.

5) 만송사: '만송(萬松)'은 대마도에 있는 반쇼인[萬松院]을 말한다. 19대 대마도주 소오 요시토시는 임진왜란 이후에 조선과 국교 회복을 하기 위해 온 힘을 다하여 조선통신사 초청을 성사시킨 인물로, 반쇼인은 20대 도주 소오 요시나리가 아버지 요시토시의 명복을 빌며 1615년에 창건한 송음사(松音寺)를 1622년 요시토시의 법호를 따서 반쇼인이라 개칭한 것이다.

귤

橘

금빛 감귤[1] 갓 익으면 맛이 몹시 좋은지라	金丸初熟味偏佳,
광주리 듬뿍 담아 해마다 궁궐[2]에 바치네.	筐篚年年貢玉階.
기이한 풀 초 땅에서 많이 난다 말하지만	見說奇苞多產楚,
감귤 아직 회수를 건너지 못했다고 하네.[3]	更聞仙種未過淮.
향기 명성 오래도록 굴원 노래[4]로 퍼지고	芳名久播靈均頌,
아름다운 일 일찍이 육적 품에서 전하도다.[5]	美事曾傳陸績懷.
아까울사 진귀한 맛 이 땅 안에 남았으며	可惜珍甘留此地,
외론 뿌리 오래도록 습한 강가에 맡겨왔네.	孤根長托瘴江涯.

---

1) 금빛 감귤: '금환(金丸)'은 금으로 만든 탄환이나, 황금빛 과실을 말하니 감귤을 가리킨다.

2) 궁궐: '옥계(玉階)'는 궁궐 앞의 섬돌로 궁궐을 가리킨다.

3) 감귤 …… 하네: '선종(仙種)'은 감귤을 말하는 것으로, 감귤이 회수를 건너면 탱자가 된다는 고사를 인용하여 감귤이 회수를 건너가지 않았다고 말하지만 이미 일본까지 건너왔음을 말하는 것이다.

4) 굴원 노래: 초나라 굴원의 《초사》에 실려 있는 〈귤송(橘頌)〉에서, "천지 사이에 아름다운 나무가 있으니 귤이 우리 땅에 내려왔네. 타고난 성품은 바뀌지 않으니 강남에서 자라는구나. [后皇嘉樹, 橘徠服兮. 受命不遷, 生南國兮.]"라고 하여 귤나무의 색다른 성징을 찬미하였다. 영균(靈均)은 굴원(屈原)의 자이다.

5) 육적 품에서 전하도다: 삼국시대 오(吳)나라 육적(陸績)이 6살 때 구강(九江)의 원술(袁術)을 만났는데 원술이 귤을 내오자 귤 3개를 몰래 품속에 품어 집으로 돌아가려다가 귤을 땅에 떨어뜨리자 원술이 말하기를 "육랑(陸郎)은 손님이 되어 어찌 귤을 품에 넣었는가?"라고 묻자, 육적이 무릎 꿇고 대답하기를 "돌아가서 어머니께 드리려고 했습니다." 하니 원술이 크게 기특하게 여겼다고 한다.

비파[1]

枇杷

이 세상에 좋은 나무 이게 가장 기특하니 　　嘉木人間此最奇,
단 과즙이 꿀 같으며 이슬은 살결 되었네. 　　甘津如蜜露爲肌.
주렁주렁 열매 맺어 노씨집에[2] 심겼으며 　　離離子結盧家種,
나무마다 향기 풍겨 두보 시에[3] 노래했네. 　　樹樹香傳杜甫詩.
얼음서리 두루 겪어 여름이면 열매 익고 　　遍閱冰霜成夏熟,
복사오얏 따르잖고 봄날 자태 고와라. 　　不隨桃李媚春姿.
날 추워서 초목들이 이제 이울어 지지만 　　天寒草木今搖落,
사랑스런 옥빛 꽃잎 홀로 가지 가득하네. 　　可愛瓊葩獨滿枝.

---

1) 비파: 비파(枇杷)나무 또는 비파나무의 열매를 말한다. 열매가 현악기 비파를 닮았다고 하여
비파나무라고 불렀다고 한다. 비파 열매는 맛이 달고 시원하며 폐를 윤택하게 하고 갈증을
멎게 하고 기를 내리는 효능이 있다. 추위에 약해 따뜻한 지역에서만 재배되는데 원산지는
중국과 일본의 남쪽 지방이다. 열매는 6월에 익으며 달콤하고 향기가 좋다. 꽃은 흰색으로
10월에서 11월에 핀다.

2) 노씨 집에: '노가(盧家)'는 부유한 집을 말하는데, 낙양(洛陽)의 여인 막수(莫愁)가 부자인
노씨 집안에 시집갔다는 내용의 고악부(古樂府)에서 유래하였다. 남조 양(梁)나라 무제(武
帝)의 〈하중지수가(河中之水歌)〉에 "하중의 물은 동쪽으로 흐르는데, 낙양의 여아는 이름이
막수라네. …… 열다섯에 시집가서 노씨 집안의 부인이 되었고, 열여섯에 아이를 낳으니 자가
아후로다.[河中之水向東流, 洛陽女兒名莫愁. …… 十五嫁爲盧家婦, 十六生兒字阿侯.]"
라고 하였다.

3) 두보 시에: 두보가 〈전사(田舍)〉에서 "비파는 나무마다 향기롭다.[枇杷樹樹香.]"라고 한
것을 말한다.

저녁에 녹천[1]에 이르다

夕抵鹿川

눈 밑에 내 낀 물결 하얗고	眼底煙波白,
바닷가에 술집 깃발 푸르게.	沙邊酒幔靑.
물가 구름 깔린 데 어둑어둑	渚雲低黯黯,
산에 해 떨어진 곳 우뚝우뚝.	山日落亭亭.
흐르는 절기에 가을 만나니	流序逢秋月,
타향에서 오래 나그네 신세.	殊方久客星.
슬픈 노래 남녘 가에 퍼지니	悲歌南極外,
늙어 뜬 마름 타령 부끄럽네.	垂老愧浮萍

---

1) 녹천: 효종 5년(1655)에 통신사 종사관으로 일본에 다녀온 남용익이 지은 《문견별록(聞見別錄)》에 "신내천(神奈川)은 왜말로 가나가와[加郞加臥] 녹천(鹿川)이라고도 한다. 등택의 동쪽으로 거리 50리에 있고, 땅은 무장주(武藏州)에 소속되었다. 인가가 모두 바닷가에 있고 바다는 수증기 때문에 어둡고, 동쪽으로 20리 거리에 하기(河崎)라는 큰 마을이 있다."라고 하였다.

7월 20일 밤

二十日夜

칠월 중순 밤   七月中旬夜,
외딴 성 만 리 밖.   孤城萬里身.
문 열자 가을 기운 들고   開軒秋氣入,
술잔 잡으니 달빛 새롭다.   携酒月華新.
늘그막 오래도록 나그네 신세   暮景長爲客,
헛된 공명에 사람 그르쳤구나. 浮名謾誤人.
고향 땅은 푸른 바다 너머   故園滄海外,
돌아보며 원통 눈물 적실뿐.   回首一沾巾.

서박의 배 안에서 밤에 읊조리다[1]

西泊舟中夜占

바닷가 밀물 들어 모두 평평하고 沙際潮回一望平,
물새 울며 흩어지곤 아무 소리 없네. 渚禽啼散悄無聲.
하늘 낮고 바다 넓어 구름은 수천 조각 天低海闊雲千片,
북두 돌고 삼성[2] 누워 밤이 다 지났네.[3] 斗轉叅橫夜五更.
일어나서 뱃길[4] 보며 남은 거리 논하고 起向水程論遠近,
가만히 시구 읊조리며 날씨를 살피누나. 坐占詩句課陰晴.
반평생 날아오른 뜻 불쌍하고 불쌍하니 深憐半世飛騰志,
늙그막에 부질없이 만 리 사행 하였구나. 投老空爲萬里行.

---

1) 서박의 배 안에서 밤에 읊조리다: '서박(西泊)'은 대마도(對馬島)의 니시도마리[西泊]를 말
한다. 《계미동사일기(癸未東槎日記)》에 의하면, "악포(鰐浦)까지 가려고 새벽에 배를 출발
시켰는데, 바람이 없어 돛을 올리지 못하고 노를 재촉해 저어 나갔다. 오후가 되자 바람이
거꾸로 불고 물결이 일어 노 젓는 사람을 더 늘렸는데도 배는 몹시 더디게 갔다. 간신히 서박
(西泊)에 도착하니 사람이 이미 피로하고 밤도 또 깊었다."라고 하였다.
2) 삼성: '삼성(叅星)'은 이십팔수(二十八宿) 가운데 스물한 번째 별자리로, 10월 밤에 나타난다
고 하였다.
3) 밤이 다 지났네: '오경(五更)'은 새벽 3시부터 5시까지를 말한다.
4) 뱃길: '수정(水程)'은 항행(航行), 항해, 수로의 길이 등을 말한다.

저자 **윤순지(尹順之)**

1591(선조 24) 生 ~ 1666(현종 7) 沒

해평윤문 백사 윤훤의 장자.

시집으로만 이루어진 문집 〈행명재시집〉 전 6권에 전생애의 시작이 실려있다.

초역 책임자 **조기영**

강원대학교 한문교육과 졸업

연세대 국문과 문학박사

초역 연구원 **이진영**

고려대학교 교육학과 문학박사

독서당고전교육원 교수

초역 연구원 **강영순**

연변대학교 조선어학부 졸업

서울대학교 철학과 박사과정 수료

고려대학교 교육학과 박사과정 재학중

교열 **윤호진**

성균관대학교 문학박사

경상대학교 한문학과 교수

교열 **윤덕진**

연세대학교 문학박사

연세대학교 명예교수

독서당고전교육원 원장

역주 행명재시집 2

2021년 2월 8일 초판 1쇄 펴냄

저 자 尹順之
역 자 독서당고전교육원
발행인 김흥국
발행처 보고사

책임편집 이경민
표지디자인 손정자

등록 1990년 12월 13일 제6-0429호
주소 경기도 파주시 회동길 337-15 보고사
전화 031-955-9797(대표)
      02-922-5120~1(편집), 02-922-2246(영업)
팩스 02-922-6990
메일 kanapub3@naver.com / bogosabooks@naver.com
http://www.bogosabooks.co.kr

ISBN 979-11-6587-137-6
      979-11-6587-135-2 94810 (세트)
ⓒ 독서당고전교육원, 2021

정가 25,000원